Un(d)endlich ich

Roman

Diana Hübner

Un(d)endlich ich

Un(d)endlich ich

Für Mama

Licht

Wo ist das Licht, wenn ich in die Dunkelheit
sehe?
Wo ist das Licht, wenn ich vor dem Abgrund
stehe?
Wo ist es, wenn Ängste mich zu überwältigen
drohen und nur noch dunkle Gedanken und
Sorgen in mir wohnen?

Ich weiß, wenn meine Seele weint
Und keine Sonne in mir scheint,
dass meine Angst zur Wahrheit wird,
mein Weg, mein ICH, sich dann verirrt.

Ich weiß, ich lebe jetzt und hier,
doch Vergangenheit und Zukunft zerren an mir.
Es ist nicht viel von mir geblieben.
Ich weiß, ich muss lernen, mich selbst zu lieben.
Wie soll es denn dann
ein anderer, wenn ich es selbst nicht kann?

Ich suche meinen Seelenweg,
auch wenn ihn niemand mit mir geht.
ICH werde ihn finden, ICH werde ihn gehen,
und irgendwann werde ich verstehen:

Ich brauche weder Angst noch Dunkelheit!
Schritt für Schritt werde ich davon befreit!

Ich brauche das Licht!
Und JETZT weiß ich, wo es ist:
Es ist in mir, das Licht bin ICH!

Diana Hübner

Mama,

du warst, bist und wirst immer für mich da sein, mich halten, wenn ich traurig bin, mich trösten, wenn alles zerbricht, mich unterstützen, bei allem, was ich tue und bin...

Ich weiß, dass ich nie allein sein werde, du bist immer da, deine schützende Hand, deine Wärme, deine Nähe...DEINE LIEBE!

Ohne dich wäre ich nur halb so mutig, halb so stark und nur halb so sicher, auf dem richtigen Weg zu sein...

Du bist mein Fels in jeder Brandung, du fängst mich auf, wenn ich falle, und klärst meine Gedanken, wenn sie im Nebel versinken und ich die Orientierung verliere...

Du hast mir das Leben geschenkt und wirst es mit allem, was du bist, beschützen, bis zum Schluss...

Ich kann meine Dankbarkeit, dich zu haben, kaum in Worte fassen...

Aber ich kann dir sagen, dass ich dich von Herzen liebe und genau wie du für mich, immer für dich da sein werde, alles tun werde, damit es dir gut geht und dir so viel an Liebe, Glück, Kraft und Zufriedenheit zurückgeben werde, wie es mir irgend möglich ist!

Danke, Mama!

Ich hab´ dich unendlich lieb!

Deine Diana

Die Autorin

Diana Hübner wurde 1974 in Südthüringen geboren und lebt noch immer mit ihrer Familie in ihrem kleinen Heimatdorf in der Nähe des Rennsteiges.

Hauptberuflich ist sie Polizeibeamtin, Ehefrau und Mutter dreier Kinder.

Diana Hübner schrieb bereits in jungen Jahren Geschichten, Gedichte und kleine Theaterstücke und hat sich mit dem Schreiben nunmehr einen Kindheitstraum erfüllt.

Nach den beiden Romanen „Traumleuchten" und „Seelentrost" aus dem Jahr 2014 ist „Un(d)endlich ich" nun der dritte Roman der Autorin.

Diana Hübner

Liebe Leser!

Ich wünsche Ihnen beim Lesen viel Freude,
Entspannung und vielleicht auch ein wenig Zeit
zum Nachdenken.

Alles Liebe und Gute für Sie!
Ihre Diana Hübner

Un(d)endlich ich

Exposé

Luise Winter ist eine junge Frau Ende 30, Mutter von zwei Kindern und Ehefrau eines ruhigen, fast emotionslosen Mannes.

Sie selbst ist ein Workaholic der besten Sorte, hat aber über ihren vermeintlichen Aufgaben völlig vergessen, dass auch sie als Mensch mit Träumen und Wünschen existiert.

Als Luise endlich begreift, dass sie die alten Muster sprengen muss, um selbst glücklich zu sein, ist es fast zu spät. Denn nicht sie selbst, sondern ihr mittlerweile erkrankter Körper zwingt sie in die Knie und damit zu der Erkenntnis, etwas ändern zu müssen.

Sie nimmt sich trotz aller gegensätzlichen Meinungen ihrer Familie eine Auszeit, überlässt die Kinder ihrem Mann Georg und versucht herauszufinden, was SIE in ihrem Leben eigentlich will.

Doch als Georg plötzlich auf eine angebliche Geschäftsreise geht, die nicht abgesprochen war und auch noch ein neuer Mann in Luises Leben tritt, ist es mit der Ruhe und Entspannung vorbei.

Sie muss stärker sein, als jemals zuvor, denn Luise gerät wider Willen in eine absurde Affäre und das Schicksal schlägt härter zu, als man es womöglich ertragen kann…

Un(d)endlich ich

12

Prolog

Mit einer Tasse Tee, entspannt und gleichzeitig voll neuer Energie, saß Luise nachdenklich in ihrem kleinen, aber gemütlichen Zimmer der Ferienwohnung.

Das Meeresrauschen, der wunderbar beruhigende Wind und das belebende Geschrei der Möwen weckten in Luise ein Gefühl der Freiheit, Vertrautheit und Ruhe, wie sie es lange nicht erlebt hatte.

Noch vor einem Jahr hätte sie sich niemals in einer solchen Situation gesehen, allein, und vollkommen auf sich selbst konzentriert…

Gewusst, dass sich etwas ändern musste, hatte sie schon lange. Doch den Weg zu sich selbst, hatte sie bislang nicht gefunden. Sie hatte versucht, sich kleinere Auszeiten zu nehmen, um sich selbst wieder ein Stück näher zu kommen, doch meist wurden diese durch unvorhergesehene „Notfälle" vereitelt.

Sie brauchte im Grunde gar nicht viel zum Leben, das hatte sie eigentlich nie. Luise würde gerne mit ihrer Familie irgendwo abgelegen an einem schönen Fleckchen Erde leben, ohne den mittlerweile überhand nehmenden Kommerz, ohne die ständigen Forderungen anderer Leute, ohne all die wahnwitzigen und zutiefst verletzenden Gerüchte und Intrigenspiele in der Bekanntschaft und unter machen Kollegen.

Doch das war bisher ein Wunschgedanke geblieben, es war unmöglich zu realisieren, allein wegen der Kinder.
Luise war von jeher ein harmoniebedürftiger Mensch.
Sie kam einfach nicht klar mit der Einstellung vieler Menschen, die sich nur für sich selbst interessierten, keine Rücksicht auf andere nahmen und immer nur den eigenen Vorteil sahen. So konnte, ihrer Meinung nach, keine Beziehung, egal welcher Art, funktionieren.
Andererseits war sie einfach glücklich, anderen eine Freude zu bereiten, für andere da zu sein und zu helfen, wo es ging, ohne irgendetwas dafür einzufordern. Luise fühlte sich einfach gut dabei, sie war glücklich.

Eines hatte ihr aber bisher gefehlt. Ihre Art, mit Menschen umzugehen, hatte sie besonders für ihre Familie zur selbstverständlichen, gut funktionierenden, alles organisierenden, stets anwesenden und verständnisvollen Frau und Mutter gemacht. Sie diente nicht selten als Blitzableiter für alle Sorgen der anderen und tat es gerne. Sie liebt ihre Familie, doch fehlten ihr die Zuneigung und Wärme, die sie doch so sehr brauchte.

Ihre Kinder vergötterten sie und bei ihnen war die Liebe, die Luise in sich aufsog, zu spüren und echt.

Doch es war nicht genug. Das wusste sie jetzt. Was, wenn die Kinder aus dem Haus wären? Was sollte dann aus ihr werden?

Luise hatte noch immer Angst, die Kinder würden es ihr nie verzeihen, sich zurückgezogen zu haben. Diese Sorge hatte sie seit ihrem Weggang begleitet, es war ihr deshalb auch sehr schwer gefallen, zu gehen, aber sie wusste, es war an der Zeit, länger konnte sie nicht mehr warten.

Luise hatte ihre Familie nun seit fast drei Wochen nicht gesehen, nur mit den Kindern telefonierte sie täglich. Sie vermisste sie schrecklich. Aber sie war sich auch dessen bewusst, dass wenn sie jetzt zurückginge, alles beim Alten blieb. Sie war noch nicht so weit, vielleicht auf dem Weg der Besserung, aber noch lange nicht am Ziel.

Es ging den Kindern gut, sie waren durch Luises Eltern und ihren Mann gut versorgt, auch wenn es für alle einigermaßen schwierig war, Luises Aufgaben zu übernehmen. Ihre Eltern waren gerne dazu bereit, sie kannten die Situation ihrer Tochter, die gefangen war in einer Rolle, die sie einerseits liebte, doch andererseits daran zerbrach. Ihre Kinder würden es irgendwann verstehen, dessen war sich Luise sicher, auch wenn es momentan noch nicht danach aussah.

Mit Ende 30 hatte Luise das Ruder herumgerissen, ihr Leben in eine andere Richtung gelenkt.

Sie war nun auf der Suche nach ihrem ursprünglichen Seelenweg und das erst, nachdem diese unheilvolle Diagnose gekommen war. Zu spät vielleicht….

1

Den ganzen Tag hatte Luise nun schon an diesen Bilanzen gesessen und wenn sie sich ein wenig beeilte, konnte sie die Abrechnung noch schaffen, bevor sie Schluss hatte. Diese Woche war ihr Chef wieder einmal besonders „nett" zu ihr gewesen. Kein Tag war bisher vergangen, an dem sie nicht viel zu spät aus dem Büro kam. Irgendwie hatte sie es wohl wieder geschafft, Herrn Höller zu verärgern. Das tat sie eigentlich meist und wusste nicht einmal warum. Eigentlich war sie der Meinung, mit jedem einigermaßen gut auszukommen, aber Herr Höller war da eine Ausnahme. Und leider nicht nur er, auch zwei seiner engsten Mitarbeiter waren von der Sorte, anderen Leuten ständig zu erklären, wie dumm sie waren, wie wenig wert und dennoch wurden gerade Luise und einige andere Kollegen immer wieder dazu eingeteilt, schwierige Aufgaben zu übernehmen, für die sie gar nicht qualifiziert waren, geschweige denn dafür bezahlt wurden.

Aber wenn man jetzt denken sollte, Luise würde für ihr Engagement wenigstens ein wenig Anerkennung bekommen, war man auf einem Irrweg. Im Gegenteil, je besser sie war, je mehr sie sich in ihre Arbeit vertiefte und je mehr sie auf sich nahm, desto größer wurden die Knüppel, die ihr zwischen die Beine geworfen wurden. Teilweise artete eine Auseinandersetzung mit den

17

Chefs so aus, dass Luise Dinge an den Kopf geworfen wurden, wofür sie die Herren eigentlich hätte anzeigen müssen.

Luise konnte eine Menge ertragen, wenn es um die Unfähigkeit einiger Leute ging, mit ihren Mitmenschen umzugehen, aber wenn es dabei um enge Freunde oder ungerechtfertigte Anschuldigungen gegen sie selbst ging, wurde ihr Kampfgeist geweckt und sie schlug zurück.

Wenn sie sich in dieser Situation befand, erkannte sie sich selbst am wenigsten wieder. Es war nicht ihre Art, die Zähne zu zeigen, sie war eigentlich der Meinung, sich immer ganz sachlich mit Problemen auseinandersetzen zu können und Unstimmigkeiten nicht ausarten lassen zu müssen. Aber eine kleine ängstliche Mimose war sie eben auch nicht.

Sie konnte nicht untätig zuschauen, wenn ihr, oder anderen, Unrecht getan wurde.

So kam es eben, dass sie mehr und mehr in Streitgespräche verwickelt wurde, sei es auf Arbeit, oder auch mit ihrem Mann, die bei nüchterner Betrachtung eigentlich jeglicher Grundlage entbehrten.

Luise kam wieder spät nach Hause an diesem Abend. Sie hatte vorher angerufen, um den Kindern und Georg Bescheid zu geben und sie hatte darum gebeten, dass die Kinder bereits fertig fürs Bett waren.

Sie wollte einfach mal nach Hause kommen und nicht erst noch beginnen, alle Schulsachen durchzuschauen, die Kinder ins Bett zu bringen und anschließend das Haus aufzuräumen.

Es wäre wirklich ganz toll, dachte sie, wenn sie noch ein paar ruhige Minuten mit ihren Kindern hätte und dann auch selbst zur Ruhe kommen könnte.

Als sie die Haustür aufschloss, hörte sie ihre Kinder bereits im oberen Badezimmer.

Sie stritten sich, mal wieder! Also doch nichts mit einem ruhigen restlichen Abend, dachte Luise stöhnend und brachte ihre Sachen schnell ins Wohnzimmer.

Georg, ihr Mann, lag entspannt auf dem Sofa und sah fern, er sah sie nicht einmal, als sie wieder hinausging.

Kopfschüttelnd machte sich Luise auf den Weg nach oben. Es war schon ziemlich spät, eigentlich müssten die Kinder schon im Bett sein, denn sie mussten ja früh raus.

Freudestrahlend und kurzfristig von ihrem Streit abgelenkt, kam ihr die kleine Jessy tropfnass entgegen. Nach einer langen Knuddelrunde zog Luise sie an, die Zähne wurden geputzt und dann ging es ins Bett.

Eine ganz kleine Gute - Nacht - Geschichte wollte sie aber noch hören. Jessy war gerade in die Schule gekommen und wollte unbedingt lesen üben.

Ihr fast acht Jahre älterer Bruder Luca verdrehte nur die Augen und verzog sich in sein Zimmer, aber nicht ohne Jessy zuvor noch einmal zu ärgern. Er zog sie gerne damit auf, dass sie die Kleine war, er liebte das einfach.

Nachdem endlich Ruhe eingekehrt war, ging Luise ins Bad, genoss eine wunderbar heiße Dusche, zog sich ihren kuscheligen Schlafanzug an und freute sich auf ihr Bett. Jetzt war sie so müde, dass sie bestimmt gleich einschlafen könnte.

Langsam schlurfte Luise ins Wohnzimmer, fand ihren Mann mittlerweile schlafend auf dem Sofa vor. Ich werde mir noch schnell einen Tee machen und ihn im Bett trinken, dachte Luise.

Aber als sie in die Küche kam, traf sie fast der Schlag!

Ein Bombeneinschlag war wahrscheinlich nichts gegen das Chaos in ihrer Küche. Sämtliche Sachen standen herum!

Manchmal, dachte Luise, würde es vielleicht doch helfen, den Kindern und Georg große Pfeile auf die verschiedenen Küchengeräte und Abfallbehälter zu zeichnen.

Aber was würde das nützen? Würden sie dann vielleicht bemerken, wo sie ihre Sachen eigentlich hinräumen sollten?

Nicht wirklich.

Eigentlich war ja auch alles nicht so schlimm und meist nahm es Luise sehr gelassen, ihrer Bande zu Hause alles hinterherräumen zu müssen.

Sie hatte schon so oft darum gebeten, ein wenig Unterstützung zu bekommen, sie meinte immer, wenn alle ein bisschen zusammenhelfen würden, hätten sie doch viel mehr Zeit für andere Dinge. Das interessierte aber irgendwie niemanden so recht.

Aber heute war ein Tag, an dem sie sich eben nicht damit abfinden konnte, dass das Chaos unerbittlich auf sie wartete.

Während sie die Küche in Ordnung brachte, die Schulranzen der Kinder kontrollierte und das Pausenbrot für den nächsten Tag vorbereitete, beobachtete sie immer wieder Georg, der seelenruhig schlief, als würde ihn alles nichts angehen.

Er hatte offensichtlich noch nicht bemerkt, dass sie zu Hause war. Luise spürte langsam, wie sich ihr Hals zuschnürte, ihr Tränen in die Augen traten und sie, wie schon so unzählige Male zuvor, den tief sitzenden Schmerz der Enttäuschung fühlte.

Oft war aus diesem Schmerz in der Vergangenheit Wut geworden, die sie auch an Georg ausließ, ihm direkt ins Gesicht sagte, was ihr nicht gefiel. Doch seit einiger Zeit hatte sich das geändert.

Die Vergangenheit hatte gezeigt, dass ihre Streitereien zu nichts führten, im Gegenteil, sich Luise danach umso schlechter fühlte.

Teilweise bekamen es auch die Kinder mit, was die Sache nur noch verschlimmerte.

Sie hatte heute sowieso einen bemerkenswert schlechten Tag gehabt. Herr Höller hatte mal wieder seinen beachtlichen Anteil daran gehabt und dann nach Hause zu kommen und dort, wie eben auch bei der Arbeit, zwar für alles verantwortlich zu sein, aber gekonnt ignoriert zu werden, war heute einfach zu viel für Luise.

Sie hatte das Gefühl, einfach nirgendwo eine beschützende Höhle zu haben, in die sie flüchten konnte, wenn alles zu schlimm wurde.

Nachdem sie ihre Sachen erledigt hatte, nahm sie ihren Tee und ging in ihr Schlafzimmer. Mittlerweile war an Schlaf nicht mehr zu denken, zu viele Gedanken schwirrten in Luises Kopf herum.

Es gab Momente, in denen sie befürchtete, verrückt zu werden. Ihre Erinnerungen an längst vergangene Tage kehrten allmählich in ihr Bewusstsein zurück, in die Zeit, als sie Georg kennengelernt hatte...

2

Es war ein wunderschöner Abend in einem kleinen Lokal der Stadt.
Luise wohnte hier für die Zeit ihrer Ausbildung mit ihrer Freundin in einer Wohngemeinschaft.
Sie war gerade 20 Jahre alt und mit Freunden unterwegs.
Bisher war es ein schöner Abend gewesen, aber Luise bemerkte langsam, dass sie ein bisschen viel getrunken hatte, es war Zeit zu gehen.

Am Nachbartisch saß dieser Mann, der ihre Aufmerksamkeit auf sich lenkte.
Er musste um einiges älter sein als sie, aber dennoch sah er noch recht jung aus. Vielleicht um die 30, dachte Luise. Er gefiel ihr, aber sie hätte im Traum nicht daran gedacht, es ihn wissen zu lassen.
Der Abend neigte sich langsam dem Ende und Luise war froh, endlich ins Bett zu kommen. Als sie gerade aufstehen wollte, um mit Alex, ihrer Freundin, nach Hause zu gehen, stand er plötzlich vor ihr.
„Ich frage mich schon die ganze Zeit, ob ich dich noch zu einem Kaffee überreden kann? Ich bin Georg, nett dich endlich kennen zu lernen."

Luise war etwas überfordert von der Situation.
„Äh, ich...eigentlich wollten wir gerade nach

Hause gehen."

Alex schaltete sich ein, knuffte Luise in die Seite und meinte: „Komm schon, für einen Kaffee hast du doch sicher noch Zeit!", und an Georg gewandt: „ Aber nur, wenn Sie Luise in spätestens einer Stunde heil zu Hause abliefern!" Georg musste lächeln.

„Aber natürlich, wenn Luise einverstanden ist?"

Sie kam sich vor wie ein Ausstellungsstück, um das gerade gefeilscht wurde. Hatte sie auch noch etwas dazu zu sagen?

Georg schaute sie fragend an.

Luise warf Alex einen vernichtenden Blick zu, drehte sich zu Georg um und nickte nur.

Mhm, guter Einstieg, dachte Luise, das kann ja wirklich lustig werden.

Georg begleitete Luise zu einem kleinen Tisch in der Bar, bestellte für sie beide einen Kaffee und wandte sich Luise zu.

„ Du heißt also Luise? Schöner Name. Es freut mich, dass du meine Einladung angenommen hast."

„Oh, gerne. Ich muss mich für meine Freundin entschuldigen, sie ist manchmal ein bisschen direkt", meinte Luise, in der Hoffnung, dass sie die Situation damit ein wenig normalisieren konnte.

Sie fühlte sich ein bisschen unwohl, viel Erfahrung hatte sie bisher nicht mit Einladungen solcher Art.

Zwar hatte sie schon ein paar Dates gehabt, aber

meist waren das die Jungs, mit denen sie schon ihre halbe Jugend verbracht hatte. Wirklich erfahren war sie also nicht.

Und das hier war irgendwie ganz anders. Sie war auch nicht der Typ, der sich einfach so mit Männern einließ, ausprobierte, ob es klappen würde oder nicht und schon gar nicht der Typ für One - Night- Stands.

Georg verwickelte Luise in ein zwangloses Gespräch und bald waren alle Ängste und Einwände ihrerseits verflogen. Er war ein wunderbarer Gesprächspartner, es war eine Unterhaltung, die sie sonst äußerst selten mit ihren gleichaltrigen Freunden führen konnte. Luise blühte regelrecht auf, es gefiel ihr immer mehr, dass Alex sie in diese Situation gebracht hatte. Er gefiel ihr.

Es war längst eine Stunde vergangen und Luises Handy klingelte ununterbrochen. Alex machte sich offensichtlich doch langsam Sorgen.

Georg meinte, sie solle doch ans Telefon gehen, um ihre Freundin zu beruhigen. Luise gab Alex Bescheid, dass alles in Ordnung sei und nach einem kurzen Augenkontakt mit Georg versicherte Luise ihr, dass sie bald daheim sein würde.

Nachdem sie aufgelegt hatte, stand sie auf. „Bitte entschuldige mich kurz."

Sie ging zur Toilette. Sie schaute sich im Spiegel an und wie immer gefiel ihr nicht wirklich, was sie sah. Aber sie hatte einen schönen Abend gehabt, einen netten Mann kennen gelernt und dachte bei sich, dass das doch immerhin schon etwas wert war. Auch wenn sie nicht die Schönheit war, die sie manchmal gerne wäre, akzeptierte sie sich doch so, wie sie war. Und offenbar teilte Georg ihre Meinung zu ihrem Äußeren auch nicht so ganz, warum hätte er sonst den Abend mit ihr verbringen sollen? Mit einem zufriedenen Zwinkern in Richtung Spiegelbild kehrte sie zurück an den Tisch. Georg hatte inzwischen gezahlt.

„Wir sollten aufbrechen, ich bringe dich nach Hause, bevor deine Freundin noch einen Suchtrupp losschickt." Luise wollte eigentlich noch nicht gehen, war aber dennoch einverstanden.

Es war mittlerweile ziemlich kalt geworden und sie verkroch sich regelrecht in ihre Jacke. Es dauerte ungefähr 10 Minuten, bis sie an ihrer Wohnung angekommen waren. Die ganze Zeit über hatten Georg und Luise kein Wort gesprochen.

„Wir sind da. Danke für den Abend, Georg, es hat mich gefreut, dich kennenzulernen."

Mit diesen Worten drehte sich Luise zur Eingangstür um. Doch Georg hielt ihren Arm fest. Sie drehte sich noch einmal um. Dieses Gefühl, das sie bei seiner Berührung verspürte, war unbeschreiblich. Bisher hatten sie sich nicht im Geringsten berührt, nicht die Hand gegeben oder gar mehr. Aber jetzt, jetzt hielt Georg sie fest und

Luise war überwältigt, von dem Gefühl, welches sein fester, sicherer Griff in ihr auslöste. Georg sah sie lange an, es kam Luise wie eine Ewigkeit vor. Seine Augen, so fragend und gleichzeitig fordernd, es war nicht zu deuten, was sie sagen wollten. Georg nahm Luise sanft in seine Arme, hob ihr Kinn hoch und berührte zärtlich ihre vollen Lippen. Es war nur ein Streicheln, Georgs Lippen waren kaum mehr als ein sehnsüchtiger Hauch auf ihrem Mund, doch Luise war sofort in einem Chaos von Empfindungen gefangen, das sie noch nie erlebt hatte. Georg löste sich langsam von ihr.

„Luise, wie alt bist du eigentlich?"

Luise war verwirrt, wusste nicht, was diese Frage bedeuten sollte, antwortete aber:

„20, ich bin 20 Jahre alt."

Georgs Blick wurde ernst und dunkel. Er ließ Luise plötzlich los, wollte sich von ihr verabschieden, indem er die Hand hob...

„Und du, Georg?" Wieder schaute er Luise tief in die Augen.

„Ich bin 33."

Er drehte sich um, winkte Luise kurz zum Abschied und verschwand in der Dunkelheit. Vollkommen durcheinander stand sie da, vor ihrem Haus und sie starrte in die Dunkelheit, die Georg gerade verschlungen hatte.

Was war das gerade gewesen? Hatte sie wirklich dieses wunderbare Gefühl bei diesem Kuss gespürt, oder war alles nur Einbildung? Und hatte dieser Mann ihr gerade gesagt, dass er um einiges älter war, als sie? Langsam kam Luise zur Besinnung. Sie würde Georg wohl nicht wiedersehen. Offensichtlich hatte sich der Abend für ihn nicht so gestaltet wie für Luise und nicht so, wie er es vielleicht gedacht hatte.

„Luise! Bist du eigentlich verrückt?"
Alex hatte sich offenbar Gedanken gemacht, wo sie so lange geblieben war. Jetzt tobte sie, machte Luise Vorwürfe, ihr hätte etwas passiert sein können.
„Was regst du dich so auf? Du bist doch dafür verantwortlich, dass ich mit Georg noch einen Kaffee getrunken habe."
Schuldbewusst blickte Alex zu Boden.
„Aber mach dir keine Sorgen, ich werde ihn nicht wiedersehen. Wir hatten lediglich einen schönen Abend."

Die nächsten sechs Wochen vergingen für Luise sehr schleppend. Sie war unkonzentriert und hatte kaum noch Lust auszugehen. Wenn sie ehrlich war, kannte sie auch den Grund dafür.
Georg ging ihr nicht mehr aus dem Kopf. Auch wenn sie wusste, dass es keinen Sinn hatte, weiter über diesen Abend nachzudenken, tat sie es doch. Sie fühlte sich auf eine unbestimmte Art zu ihm hingezogen, völlig außer Acht lassend, dass er bereits Mitte 30 war und Luise einfach zu jung für

ihn.

Sie wusste ja auch sonst nichts weiter von ihm.

Sicherlich war er gebunden und hatte an dem besagten Abend nur ein Abenteuer oder eine nette Unterhaltung mit einer Unbekannten gesucht. Oder vielleicht war er sogar verheiratet, das wäre schließlich auch möglich. Luise musste Georg aus dem Kopf bekommen, es hatte schlicht und einfach keinen Sinn, Georg hinterherzu trauern, sich etwas einzubilden, was einfach nicht existierte.

Luise kam spät nach Hause. Der Tag war lang gewesen und sie hatte vor, sofort ins Bett zu gehen. Sie öffnete auf dem Weg nach oben noch schnell den Briefkasten, denn wie sie Alex kannte, hatte sie nicht nach der Post gesehen. Es waren einige Briefe dabei und davon waren die meisten Werbeprospekte.

Sie legte die Sachen auf den kleinen Tisch im Flur, ging ins Bad und ließ sich Wasser ein. Als sie kurz in den Flur zurückkam, um noch ihre Jacke abzulegen, bemerkte sie, dass der Stapel Briefe heruntergefallen war. Luise hob sie stöhnend auf und legte sie zurück, als ihr ein Brief auffiel, auf dem nur ihr Vorname stand.

Sie nahm ihn mit ins Bad, stieg dann langsam in das heiße Badewasser und genoss das wohlige Gefühl. Sie würde noch ein paar Minuten allein sein, bevor Alex nach Hause kam. Luise würde es genießen. Sie liebte ihre Freundin wirklich, doch war sie so ganz anders als Luise. Ausgeflippt, immer auf Achse und Luise hatte manchmal den Eindruck, dass Alex gar nicht anders konnte, als ständig wie ein Flummi in der Gegend herumzuspringen. Lächelnd tauchte Luise unter, hielt die Luft an, genoss für einen kurzen Augenblick die vollkommene Ruhe ihres Körpers. Der Brief auf dem Rand der Badewanne kam ihr wieder in den Sinn. Sie tauchte auf, trocknete kurz ihre Hände ab und las den Brief.

„ Luise,
ich möchte dich fragen, ob du mich am nächsten Wochenende zu einem Konzert begleiten würdest? Ich würde mich sehr darüber freuen.
Bitte melde dich und gib mir Bescheid, ja?

Liebe Grüße
Dein Georg"

Er hatte noch seine Telefonnummer aufgeschrieben, aber das war nicht das, was Luise aus der Fassung brachte.
Georg hatte sich über sechs Wochen nicht bei ihr gemeldet, sich nicht einmal richtig von ihr verabschiedet, und jetzt lud er sie zu einem Wochenende mit ihm ein?
Luise begriff nur ganz langsam, dass Georg

vielleicht doch ein wenig an ihr lag. Zumindest wollte er sie wiedersehen.

Sie nahm sich vor, ihn anzurufen. Nicht gleich heute oder morgen, aber bald.

Tatsächlich stieg sie aus der Badewanne und rannte förmlich zum Telefon im Flur und wählte Georgs Nummer.

Nach einigen Freizeichen meldete sich der Anrufbeantworter. Georgs Stimme bat darum, eine Nachricht zu hinterlassen. Luises anfänglicher Mut war mit einem Mal verpufft.

Sie schwor sich, erst am nächsten Tag noch mal bei Georg anzurufen.

Als Luise am nächsten Morgen aufwachte, fand sie Alex bereits in der Küche.

„ Hey, du Schlafmütze! Du hast gestern schon geschlafen, als ich heimkam. Ich wollte dich nicht wecken, um dir zu sagen, dass ich für ein paar Tage wegfahre. Robin hat mich zum campen eingeladen und wir haben ja sowieso frei. Hast du Lust mitzukommen? “

Alex würde wegfahren, na prima. Gerade jetzt, wo sie mit ihr reden wollte, über Georg. Sie brauchte ihren Rat.

„ Nein, Süße, ich werde zu meinen Eltern fahren, aber ich wünsche dir viel Spaß! “

„ Och, komm´ schon, fahr´ doch mit, es wird bestimmt lustig! “

Ja, das würde es bestimmt, dachte Luise, aber Lust hatte sie wirklich nicht.

„ Übrigens, das Telefon ist am Überschnappen,

ständig ruft jemand an. Aber da ich die Nummer nicht kenne, bin ich nicht rangegangen."

Luise suchte nach dem Telefon. Sicherlich wollte ihr wieder irgendjemand etwas verkaufen. Als sie die Nummer sah, hielt sie die Luft an.

Es war Georgs Nummer, die, die sie gestern gewählt hatte! Er hatte schon fünf Mal angerufen.

Als sie dann den Anrufbeantworter abhörte, erklang Georgs Stimme:

„ Luise, ich hoffe, du bist es, die angerufen hat, bitte ruf noch einmal zurück."

Stimmt, er konnte gar nicht wissen, dass sie es gewesen war.

Luise wartete ab, bis Alex aus dem Haus war. Mit einem duftenden Kaffee setzte sie sich auf ihr gemütliches Sofa und war sich sicher, dass jetzt eigentlich nichts mehr schief gehen konnte. Entschlossen, so souverän wie möglich zu klingen, rief sie Georg zurück.

Diesmal meldete er sich sofort. Luise war einigermaßen überrascht darüber.

„ Hallo, Georg, hier ist Luise." Luise konnte förmlich hören, wie Georg die Luft ausblies.

„ Gott sei Dank! Ich dachte schon, du bist es gar nicht gewesen. Ich bin froh, dass du dich meldest."

Die beiden unterhielten sich eine Weile über dies und das, aber auf den eigentlichen Anlass des Anrufes kamen sie anfangs gar nicht zu sprechen.

Nachdem das Gespräch fast zu Ende war, fragte Georg vorsichtig nach:

„ Hast du darüber nachgedacht, am Wochenende mit mir wegzufahren? "

Luise hatte sich eigentlich eine ausführliche Antwort zurechtgelegt, für den Fall, dass er sie tatsächlich noch einmal fragen würde.

„ Georg, ich bin nicht sicher, ob das eine so gute Idee wäre, wir kennen uns kaum und... "

Georg redete dazwischen.

„ Luise, ich bin nicht gerade der Mann, den eine so junge Frau wie du sucht, ich weiß das. Aber ich würde es trotzdem gerne, entgegen aller Bedenken, versuchen", gab Georg zurück.

Was wollte er versuchen?

Luise war durcheinander. Konnte er sich wirklich vorstellen, diese zugegebenermaßen für Luise mehr als erfreuliche Begegnung zu vertiefen? Sie brauchte ein bisschen Zeit, um darüber nachzudenken, wollte nichts überstürzen.

Umso überraschter von sich selbst war sie, als sie sofort zusagte:

„ Ich würde gerne am Wochenende mit dir wegfahren. "

Wer um Gottes Willen hatte die Kontrolle über sie übernommen?

Ihr Unterbewusstsein schien ganz anderer Meinung zu sein und wollte sich wohl unbedingt auf dieses Abenteuer einlassen.

Georg freute sich wirklich und versprach, sich spätestens am Donnerstag noch mal zu melden. Das waren noch drei Tage, genug Zeit, es sich anders zu überlegen, dachte Luise. Nachdem sie aufgelegt hatte, spürte sie dennoch eine Vorfreude in sich aufsteigen. Ein Teil von ihr wollte Georg wirklich besser kennen lernen, herausfinden, was es mit ihren Gefühlen für ihn auf sich hatte. Sie wollte sie einordnen können, wollte wissen, ob diese emotionale Bindung zu ihm, die sich fast bedrohlich ihn ihr aufbaute, eine Zukunft hatte oder nur eine Art Neugier auf etwas Neues, Aufregendes war.

Es wurde Donnerstag und bisher hatte Luise nichts mehr von Georg gehört. Vielleicht hatte er es sich doch anders überlegt, oder er hielt einfach Wort, sich erst heute zu melden.

Sie würde es abwarten müssen. Ihren Eltern hatte sie für das Wochenende bereits abgesagt, den Grund dafür hatte sie allerdings für sich behalten. Nicht dass Luise ihren Eltern nicht vertraute, aber sie war sich sicher, dass sie mit ihrem Vorhaben nicht einverstanden gewesen wären.

Luise schnappte sich ihre Tasche, um noch einmal kurz in die Stadt zu gehen. Sie brauchte noch ein paar Lebensmittel und wollte auch noch einmal kurz bei ihrer Freundin Nina vorbeischauen.

Sie war zwei Jahre älter als Luise und hatte bereits einen kleinen Sohn.

Jona war das süßeste Baby der Welt, fand Luise und wann immer sie Zeit hatte, half sie Nina, auf ihn aufzupassen.

Nina und ihr Mann Rene´ waren für Luise das Abbild einer glücklichen Familie. Jona machte ihr Glück einfach perfekt. Dass sich die beiden aus tiefstem Herzen liebten, konnte man regelrecht spüren. Und Luise war eine der wenigen, aus dem gemeinsamen Freundeskreis, die sich sicher waren, dass die beiden ihr Glück für immer festhalten würden. Auch wenn sie noch so jung waren, waren sie bereits die wunderbarsten Eltern und ein Liebespaar, worum man sie nur beneiden konnte. Luise freute sich so sehr für die drei und wünschte sich nichts sehnlicher, als irgendwann auch so glücklich zu sein.

Die Einkäufe waren schnell erledigt und als sie bei Nina ankam, war es gerade 11 Uhr. Jona würde gleich gefüttert werden und vielleicht konnte Luise ihn zum Mittagsschlaf ein bisschen im Kinderwagen fahren.

Dann hatte auch Nina Zeit für sich und konnte mal entspannen. Nina freute sich riesig über Luises Angebot, da sie tatsächlich noch etwas zu tun hatte.

Der kleine Prinz, wie ihn Luise nannte, freute sich über einen Ausflug mit Tante Luise.

Jona war gerade ein Jahr alt und wollte gerne laufen. Luise lief eine Weile mit ihm an der Hand durch die Stadt, mit der anderen schob sie den Buggy. Es dauerte nicht lange und Jona wurde so müde, dass er freiwillig in seinen Buggy wollte, um sein verdientes Nickerchen zu machen. Er war so goldig und Luise war so stolz auf den kleinen Mann.

Lächelnd setzte sie sich an den Tisch eines

Straßencafes und bestellte einen Kaffee.

Jona schlief inzwischen selig. Luise trank von ihrem Kaffee, betrachtete dabei den kleinen und ließ ihre Gedanken in die Zukunft schweifen...mit einem kleinen Engel auf dem Arm, den Mann, den sie liebte an ihrer Seite.... Luise schmunzelte, als ihr dabei Georgs Gesicht in den Sinn kam.

„ Luise?" Erschrocken drehte sie sich um.

„ Ich hoffe, ich störe dich nicht? "

Georg stand neben ihr und deutete auf Jona in seinem Buggy.

„ Hast du mir vielleicht irgendetwas verschwiegen? "

Luise wusste zunächst nicht, wie sie Georgs Gesichtsausdruck deuten sollte. Er schien sich wirklich nicht sicher zu sein, ob Jona zu ihr gehörte.

„ Nein, warum fragst du?", gab Luise augenzwinkernd zurück.

„ Na ja, ich dachte nicht, dass du schon Mutter bist, Luise." Georg schaute noch immer ein wenig skeptisch.

„ Wäre das ein Problem? ", fragte Luise grinsend, meinte aber gleich:

„ Keine Sorge, das ist Jona, der kleine Prinz meiner Freundin Nina. Ich darf mich ab und an um ihn kümmern und tue das sehr gerne. Er ist wirklich zauberhaft. Ich liebe Kinder. "

Wenn das jetzt nicht ein Statement war, dachte Luise. Hoffentlich hatte sie Georg damit nicht gleich ins Boxhorn gejagt. Andererseits sollte er ruhig wissen, dass sie sich später Kinder wünschte.

Georg lächelte Luise liebevoll an. Ob nun beruhigt oder eher mit guter Miene zum bösen Spiel, konnte Luise nicht sagen, aber als er ihre Hand nahm und begann, sie sanft zu streicheln, waren bei Luise alle Zweifel verflogen.

„ Du bist unglaublich, Luise. "

Georg setzte sich neben sie, bemüht, Jona nicht zu wecken und bestellte sich Cappuccino. Dabei ließ er Luise kaum aus den Augen und auch sie konnte ihren Blick nicht von Georg abwenden.

Wieder redeten sie miteinander, als würden sie sich schon ewig kennen.

Nach einer halben Stunde bemerkte Luise, Jona nach Hause bringen zu müssen. Georg bot ihr an, sie zu begleiten, und so spazierten sie mit dem schlafenden Kind durch die Stadt, als wäre es ganz normal, als müsse es so sein.

Nina erwartete sie bereits und als Luise mit dem Wagen in den Hauseingang fuhr, nahm Nina sie kurz zur Seite.

„ Wer ist denn der heiße Typ? Gehst du etwa mit meinem Sohn auf Männerfang? ", fragte Nina gespielt aufgebracht.

Luise lachte und meinte, dass sie das ganz bestimmt nie tun würde. Sie erzählte ihrer Freundin kurz, wie sie Georg kennengelernt hatte und eben zufällig in der Stadt getroffen hatte. Von dem bevorstehenden Wochenende sagte sie nichts.

Vielleicht würde sie Nina später nochmal anrufen und es ihr erzählen, aber bisher war sie noch gar nicht sicher, ob es bei dem Ausflug bleiben würde. Georg hatte bisher noch nichts darüber gesagt.

Die Frauen verabschiedeten sich voneinander. Georg begleitete Luise noch ein Stück. Sie hatte wieder das Gefühl, dass er sie nicht aus den Augen ließ. Als sich ihre Blicke trafen, nutzte er die Gelegenheit, sie an der Hand zu nehmen.

„ Luise, ich würde gerne später noch mal bei dir vorbeikommen, um mit dir über das Wochenende zu sprechen. Bist du einverstanden? "

Er sah Luise mit seinen leuchtenden Augen an, die ihr mehr versprachen, als sie sich vorstellen konnte. Georg strich sanft über ihre Wange, über ihre vollen Lippen und musterte dabei jedes Detail ihres Gesichtes.

Luise wurde übermannt von einem Gefühl der Geborgenheit und Zärtlichkeit, von einem Gefühl der Sehnsucht nach unbekannten Dingen, die sie unbedingt erleben wollte. Sie gab sich seinen Berührungen hin, nickte stumm, ohne die Augen von ihm abzuwenden.

„ Du hast wunderschöne Augen. ", sagte Georg und fuhr über Luises Braue.

„ Gegen acht bin ich bei dir, ja? "

Sanft küsste er sie auf die Wange und verabschiedete sich von ihr.

Luise blieb noch stehen, noch immer gefangen in dem vergangenen Augenblick. Als Georg nicht

mehr zu sehen war, ging sie langsam nach Hause.
Er würde sie also nachher besuchen. Hatte sie
noch eine Flasche Wein zu Hause?
Vorsichtshalber nahm sie unterwegs noch eine
mit.

Als Luise gerade ihren Einkauf weggeräumt hatte,
klingelte das Telefon. Es war Nina. Sie rief an,
weil sie am Samstag kurzfristig einen Babysitter
für Jona brauchte. Luise hätte ihr natürlich gerne
geholfen, nur wusste sie nicht genau, wie sie Nina
erklären sollte, dass sie vielleicht nicht da wäre.
Nach kurzer Überlegung erzählte sie Nina
schließlich alles, auch, dass sie sich nicht ganz
sicher war, sich auf das Abenteuer einzulassen.
Aber dennoch fühlte sich Luise ein bisschen
wohler, zumindest wusste jetzt jemand, was sie
am Wochenende vorhatte.
Entgegen der Annahme, dass Nina ihr die Sache
sofort ausreden würde, wurde diese immer
aufgeregter.
„ Das ist so toll! Ich freue mich so für dich! Und
Georg, so heißt er, nicht wahr, er ist ein echter
Traumtyp! Was soll schon passieren, außer, dass
du mal endlich ein richtig heißes Wochenende
verbringst? Komm schon, trau dich und geh das
Risiko ein! Wenn es nichts wird, ist es auch so
und ihr hattet wenigstens euren Spaß"
Luise war hin-und hergerissen, musste sich aber
am Ende eingestehen, dass Nina Recht hatte. Es
konnte doch gar nichts schief gehen. Mit richtig

guter Laune bereitete sich Luise langsam auf den bevorstehenden Abend vor. Sie nahm ein ausgedehntes Bad und genoss es mit einem Buch und einem Glas Wein. Als es sieben wurde, zog sie sich an, machte sich ein bisschen zurecht, aber nicht übertrieben. Sie versuchte, ihre lockige Mähne etwas zu bändigen, ließ das Haar aber dann doch offen, weil es eh keinen Zweck hatte, diese störrischen Haare in Ordnung bringen zu wollen. Georg hatte Luise schließlich auch so kennen gelernt.

Mittlerweile war es kurz nach acht. Georg war noch nicht da. Aber statt sich Sorgen zu machen, nahm sich Luise wieder ihr spannendes Buch vor und vertiefte sich darin. Als sie das nächste Mal nachschaute, war es bereits neun und von Georg noch immer keine Spur. Luise ging zur Terrasse, um nach ihm zu schauen, als es klingelte.

„ Luise, es tut mir Leid, ich bin aufgehalten worden. Kannst du mir verzeihen, dass ich zu spät bin? "

„ Hm...gerade so", lächelte sie ihn an.

„ Wenn es nicht gerade eine andere Frau war, die dich aufgehalten hat, ist alles in Ordnung. "

Sie bat Georg herein und nachdem er seine Sachen abgelegt hatte, zeigte ihm Luise das Wohnzimmer.

Luise bat ihn, sich zu setzen.

„ Wenn ich ehrlich bin, war es eine Frau", sagte Georg und seufzte.

„ Meine Frau. Vielmehr meine zukünftige Exfrau. Ich lebe in Scheidung. "

Oh mein Gott! Was hatte er da gerade gesagt? Schlimmer hätte es kaum kommen können, dachte Luise noch, als sie auf den Sessel sank. Ihr hatte es komplett die Sprache verschlagen. Es gab also doch einen Haken an der Sache. Sie hätte es doch wissen müssen! Immerhin war er um einiges älter als sie, warum also sollte er nicht bereits in einer anderen Beziehung sein, in einer Ehe? Wie naiv war sie eigentlich?

Georg musste bemerkt haben, dass Luises Gedanken Karussell fuhren. Er beugte sich zu ihr herüber, um ihre Hand zu fassen. Luise aber zog sie instinktiv weg, stand auf und ging in die Küche. Verwirrt suchte sie im Schrank nach einem Glas und bemerkte nicht, dass Georg ihr gefolgt war.

Zärtlich berührte er Luise am Rücken und ein Schauer fuhr durch ihre Glieder.

Nein! Das durfte sie jetzt nicht zulassen. Auch wenn ihr Körper sich so sehr wünschte, von ihm berührt zu werden, verbot es ihr Verstand.

„ Möchtest du auch ein Glas Wein? ", fragte sie ihn unsicher. Ihr kam in den Sinn, dass sie ihn bitten sollte zu gehen. Aber sie brachte es nicht fertig, es laut auszusprechen.

„ Ich nehme gerne ein Glas, vielleicht tut mir das gut. Aber bitte setze dich zu mir, ich möchte es dir

41

erklären."

Was blieb Luise anderes übrig?
Georg begann zu erzählen, dass er schon einige Jahre nicht mehr als Paar mit seiner Frau zusammenlebte. Sie teilten sich eine Wohnung und er kümmerte sich um das Kind, dass sie mit in die Ehe gebracht hatte. Er war dem Jungen ein Vater geworden und es war ihm wichtig, das der Junge wusste, dass er für ihn da war.
Seine Frau hatte ihn des öfteren mit anderen Männern betrogen und er war nur wegen des Kindes noch bei ihr geblieben. Vor etwa einem halben Jahr hat er seine Frau dann inflagranti mit einem ihrer Kollegen erwischt, als er früher als erwartet von einer Geschäftsreise nach Hause gekommen war. Der Junge schlief nebenan im Kinderzimmer. Das war der Zeitpunkt, als die Entscheidung fiel, sich endgültig zu trennen. Georg reichte die Scheidung ein und nahm sich eine Wohnung.

„ In vier Wochen ist der Termin vor Gericht und dann ist endlich alles vorbei. Ich weiß, dass es für dich ein Schock sein muss, aber ich wollte von Anfang an ehrlich zu dir sein. Und wenn ich ehrlich zu mir bin, hätte ich nicht gedacht, dass mir jemand wie du über den Weg läuft. Du bist mir einfach passiert! Und auch wenn der Zeitpunkt denkbar schlecht ist, darüber habe ich lange nachgedacht, glaube mir, und auch der

Altersunterschied zwischen uns sicher eine Rolle spielt, ich kann und will dich nicht einfach wieder vergessen. "

Luise schwirrte der Kopf, nur wusste sie nicht, ob es der Wein war, oder ob sie von Georgs Erzählung so durcheinander war. Er hörte sich ehrlich an, sie glaubte ihm und dennoch machte sich da ein Gefühl in ihr Platz, das ihr voraussagte, dass es schwer werden würde, mit Georg eine Beziehung zu führen.
Und das schien er zumindest versuchen zu wollen. Dass er nicht der Typ war, eine Frau für eine Nacht zu benötigen, wusste Luise intuitiv. Sie war es auch nicht, aber ob sie die Kraft hatte, sich auf Georg einzulassen, wusste sie nicht.

Lange sagten beide nichts, bis Georg aufstand und sich zu ihr setzte.
„ Wenn du möchtest, dass ich jetzt gehe, dann sage es bitte, ansonsten... "
„ Ansonsten was? ", fragte Luise leise.
„ Ansonsten würde ich dich jetzt gerne küssen... "
Georg nahm vorsichtig Luises Kinn hoch, schaute ihr tief in die Augen und legte seine schmalen Lippen auf ihre.
Ganz langsam nahm er ihren Mund in Besitz, benetzte ihn mit vielen kleinen zärtlichen und weichen Küssen, leckte immer wieder über ihre Oberlippe, was ihr wohlige Schauer über den Rücken laufen ließ, bis sie ihm schließlich Einlass

gewährte.

Immer fordernder erkundete seine Zunge ihren Mund und Luise tat es ihm gleich. Beide wurden mehr und mehr in den Bann der Leidenschaft gezogen und Luise wusste, dass es kein Zurück mehr gab.

Sie hatte ihn gefunden, den einen, sie konnte es spüren!

Heiße Tränen liefen über ihre Wangen und vermischten sich mit dem nach Wein und aufkeimender Lust schmeckenden Kuss. Luise weinte vor Glück und Schmerz, da sie erahnen konnte, wie schwer ihre Liebe werden würde, wie viel Kraft sie brauchen würde, für sie beide.

Luises Finger vergruben sich in Georgs Haaren, hielten ihn fest, zogen ihn immer näher. Sie liebkoste seinen Hals, entlockte ihm wohlige Seufzer, fand immer wieder seinen Mund, bis er keuchend von ihr abließ.

„ Wenn wir jetzt nicht aufhören, kann ich für nichts garantieren. Was machst du nur mit mir?"

Georg sah Luise an. Auch er hatte Tränen in den Augen, aber auch bei ihm schien es, als wären es Tränen der überwältigenden Gefühle, mit denen er nicht gerechnet hatte.

Luise hätte in seinen Augen versinken können, sie hatte das Gefühl, in ihnen lesen zu können und sie wollte ihn so nah bei sich spüren, wie es nur irgend möglich war.

Ohne ein weiteres Wort zog Georg Luise auf

seinen Schoß. Er umarmte sie fest, ließ seinen Kopf auf ihrer Brust ruhen und beide lauschten dem Rhythmus ihrer Herzen.

Georg streichelte sanft über Luises Rücken, ohne den Kopf von ihr zu nehmen. Luise legte ihren Kopf auf seinen, kraulte sein Haar, drückt ihn fest an sich. Behutsam glitten Georgs Hände unter ihr Shirt und berührten zärtlich ihre Haut. Es fühlte sich himmlisch an, sie spürte ihre Lust erneut aufkeimen, wollte ihn am ganzen Körper spüren. Er fand ihren Mund, doch diesmal eroberte er ihn hart.

Gierig zog er Luise das Shirt über den Kopf und danach gleich sein eigenes. Er hielt kurz inne, um sie zu bewundern.

„ Wie schön du bist!", hauchte er und küsste sie wieder und wieder. Langsam fuhr seine Zunge über ihren Kehlkopf hinunter zu dem Tal zwischen ihren Brüsten. Luise bäumte sich auf, genoss die Liebkosungen, wehrte sich nicht dagegen, sondern lies ihrer Lust freien Lauf. Sie streichelte über seinen nackten Rücken, bewegte sich im Takt ihrer Leidenschaft, als Georg ihre Brust innig mit seinen magischen Händen umfasste.

Er ließ nicht ab von ihr, er schien überall zu sein, auf ihrem Körper, in ihrem Kopf, in ihrem Herzen. Behutsam hob er Luise hoch, nur, um sie gleich wieder vorsichtig auf das Sofa zu legen. Er stand nur ganz kurz auf, um sie anzuschauen. Mit einer Ruhe, die Luise nicht nachvollziehen konnte, zog er ihr die Jeans aus. Er betrachtete immer eingehender ihren Körper, musterte sie und verfing sich in ihren Augen.

„ Du solltest nicht immer so weite Sachen anziehen, du hast einen so wunderbaren Körper."

Sein Blick wurde dunkel. Tief atmend kam er langsam zu ihr herunter, bedeckte Luise halb mit seinem Oberkörper, um sie erneut zu küssen. Ganz langsam wanderte sein Mund zu ihrem Busen, umschloss ihre hervorstehenden Spitzen, befreite sie gleichzeitig von ihrem BH, um ihre ganze Schönheit genießen zu können. Luises Feuer war entfacht, sie wollte ihn in sich spüren, so nah und so tief wie nur möglich.

Ihre Angst zu versagen, weil sie kaum Erfahrung hatte, war plötzlich vollkommen verschwunden. Sie gab sich nur noch Georgs Berührungen hin, folgte dem eigenen Spiel ihrer Lust und als er begann, ihr sanft das Höschen abzustreifen und dabei, wie zufällig, ganz nah an ihre empfindsamste Stelle kam, war Luise der Ohnmacht nahe. Wenn er sie doch nicht so quälen würde!

Gierig zog sie ihn ganz auf sich. Auch Georg war bereits mehr als nur erregt, sie spürte seine Härte an ihrem Geschlecht. Pulsierend kam sie ihm entgegen, wollte ihn endlich aufnehmen. Und dennoch versuchte Luise, ihre Leidenschaft noch ein wenig zu zügeln. Sie schob ihre Hände langsam unter seine Hose, vorsichtig zog sie sie herunter, um seinen Po berühren zu können. Nur mit den Fingernägeln glitt Luise langsam über

46

Georgs Hintern und entlockte ihm ein Stöhnen, dass sie sich kaum mehr beherrschen konnte. Schließlich hob er seine Hüfte an, damit sie ihn von seinem Kleidungsstück befreien konnte und gab damit den Blick auf seinen Körper frei. Luise war geschockt und freudig überrascht zugleich. Georg war gut gebaut, männlich, nicht übertrieben, aber eben einfach unglaublich sexy.

Luise packte seinen Po jetzt fester, um ihn zu sich zurückz holen.

Georgs Hände übernahmen wieder die Regie und auch Luise konnte ihre nicht ruhen lassen. Sie erforschte seinen Körper, berührte ihn erst zaghaft, dann immer fester und war durch diese Empfindung schier überwältigt. Doch Georg verstand es, es Luise in einer Art gleich zu tun, die sie so nahe an den Gipfel brachte, dass sie befürchtete, den Verstand zu verlieren. Georgs kehlige Laute, wenn Luise ihn berührte, sein Fingerspiel zwischen ihren Beinen, ohne ihre Knospe auch nur zu streifen, brachte die beiden an den Rand des Wahnsinns.

Georg sah auf. Keuchend blickte er ihr tief in die Augen, nahm ihre Lippen behutsam in seinem Mund auf, ließ seine Zunge mit ihrer spielen und drang dabei ganz langsam in sie ein.

Luise spürte erneut die sich aufbauende Erregung, wenn er noch einmal in sie eindrang, wäre sie verloren. Und sie behielt Recht. Als Georg sich kurz aus ihr zurückzog, um so intensiver wieder in sie einzudringen, erreichte Luise

47

augenblicklich den Gipfel. Es war einfach himmlisch für sie, ihr Körper pulsierte in Georgs Rhythmus und noch während Luise in ihren Empfindungen gefangen war, folgte er ihr über die Klippe.

Lange lagen Georg und Luise eng aneinander gekuschelt und schweigend auf der Couch. Ununterbrochen glitten Georgs Hände über Luises Körper. Er betrachtete jeden Zentimeter an ihr und streichelte sie, bis sie einschlief.
Als sie mitten in der Nacht aufwachte, war sie zugedeckt, Georg lag hinter ihr und umfasste sie fest. Er atmete ganz ruhig, seine Augen waren geschlossen, aber er schlief nicht. Denn noch immer glitten seine Finger über ihren Bauch und ihre Hüfte. Wohlig seufzend schlief Luise wieder ein.

Am Morgen wurde Luise von dem Duft frischen Kaffees geweckt. Blinzelnd schaute sie sich im Wohnzimmer um. Es war bereits hell. Ein leises Flüstern drang in ihr Ohr, gefolgt von einem sanften Krabbeln über ihren Oberschenkel bis zu ihrer Schulter.

„ Guten Morgen, mein kleiner Engel. "
Georg, er war also noch da, es war kein Traum gewesen, auch wenn es sich noch immer so anfühlte.
„ Guten Morgen ", gab Luise gähnend zurück.

Sie drehte sich zu ihm um und schaute in sein lächelndes Gesicht.

„ Es war wunderschön, ich danke dir, Luise. "

Oh, das hörte sich an, als wenn er sich von ihr verabschieden wollte. Aber stattdessen fragte er:
„ Möchtest du heute mit mir übers Wochenende wegfahren? "
Luise war etwas unschlüssig, ein bisschen überrumpelt vielleicht. Sie setzte sich auf, zog die Decke an sich und schaute ihn einfach nur an. Nur in Shorts saß er ihr gegenüber, seine hellen Augen auf sie gerichtet und wartete auf ihre Antwort.
Luise konnte nicht umhin, ihn einfach zu betrachten. Er hatte hellgrüne Augen und dichte Brauen. Seine Haare waren dunkelblond und im Moment ganz verwuschelt. Seine Nase war ein wenig schief und sein Mund bestand aus schmalen Lippen. Wenn Luise daran dachte, was dieser kleine Mund gestern Nacht alles mit ihr angestellt hatte, wurde ihr sofort wieder ganz warm. Und diese Hände! Sie waren groß, so wie sein gesamter Körperbau, und muskulös. Er war bestimmt keine klassische Schönheit, aber das war Luise schließlich auch nicht.
Aber er war sexy, einfühlsam und er gab Luise ein Gefühl der Geborgenheit, von dem sie nicht gewusst hatte, es bisher vermisst zu haben.
Luise nahm seine Hand in ihre, schaute sie sich unverwandt an, bevor sie zu Georg aufschaute.

„ Ich würde das Wochenende gerne mit dir verbringen. "

Ein Lächeln huschte über Georgs Gesicht. Mit einer ruckartigen Bewegung hatte er Luise geschnappt und zu sich herübergezogen. Halb nackt lag sie in seinen starken Armen und er drückte sie fest an sich.

„ Danke", flüsterte Georg Luise ins Ohr, seine Hand in ihrer Mähne vergraben. Er nahm ihren Kopf leicht zurück, um sie zu küssen, tief und innig.

3

Wenn Luise jetzt an diese Zeit zurückdachte, die mittlerweile fast 20 Jahre zurück lag, musste sie noch immer lächeln. Es war einfach wunderschön mit ihm. Luise fühlte sich bei ihm geborgen, beschützt, sicher. Sie hatte ihr Herz an ihn verloren…

Das gemeinsame Wochenende damals war einfach traumhaft gewesen. Sie waren mit dem Motorrad aufs Land gefahren, hatten abends in der angrenzenden Stadt ein Konzert besucht und hatten sich ein wunderschönes kleines Zimmer in einer Pension gemietet. Sie waren unzertrennlich, ihre Zuneigung wuchs von Stunde zu Stunde. Sie

*liebten sich fast jeden Tag und es war jedes Mal,
als würden sie den Boden unter den Füßen
verlieren.*

*Er würde sie nie hintergehen oder betrügen,
dessen war sich Luise damals sicher.*

*Später konnte sie nicht mehr sagen, ob es nicht
vielleicht doch so war.*

*Nicht dass sie annahm, Georg hätte sie je
betrogen, das nicht, aber hintergangen hatte er
sie...*

*Es war eine schwierige Zeit nach seiner
Scheidung damals, in der Luise ihm eine starke
Hilfe und emotionale Stütze war. Die geballte Wut
der Exfrau bekam sie ebenfalls zu spüren, als
diese von Luise erfuhr. Das alles wäre nicht so
schlimm für sie gewesen, wenn es nicht eine Zeit
gegeben hätte, in der Georg immer wieder spät
nach Hause kam und nicht zu antworten gewillt
war, wo er gewesen war.*

*Eher durch Zufall bekam Luise dann mit, wo er
sich aufhielt. Sie hatte sich damals mit Nina in
der Stadt getroffen. Als sie in eine Kneipe gehen
wollten, um auf Ninas neuen Job nach der
Babypause anzustoßen, zeigte Nina plötzlich auf
einen Mann, der auf der anderen Straßenseite
Kisten schleppte.*

*„ Ist das nicht Georg?“ fragte Nina ihre
Freundin. Luise winkte ab und sagte, dass er
noch in einer Besprechung wäre.*

Aber schnell wurde sie eines Besseren belehrt. Er war es tatsächlich und wie sich dann herausstellte, half er seiner Exfrau beim Umzug.

Luise hatte ihn darauf angesprochen, als er wieder zu Hause war. Er gab zu, öfter bei ihr zu sein, aber nur wegen des Jungen, sagte er.

Luise hatte gefragt, warum er ihr das denn nicht einfach sagte und er gab dann zurück, dass es sie nichts anginge, nichts mit ihr und ihm zu tun habe und er diese Angelegenheit von ihr fern halten wollte. Immer wieder gerieten Georg und sie deshalb aneinander.

In der schwierigen Zeit zu Beginn ihrer Beziehung war Luise immer für ihn da gewesen, hatte ihn unterstützt, ihm Halt gegeben. Da ging sie die Sache auch etwas an. Später, so war er der Meinung, wohl nicht mehr.

Luise wurde krank. Die Beziehung zu Georg zehrte an ihr, sie wollte, dass er verstand, wie weh er ihr mit seinem Verhalten tat. Sie konnte nicht mehr richtig essen, verschrieb sich dem extremen Sport, bis sie schließlich in die Magersucht abrutschte. Es war damals nicht leicht, aber es gab Momente, in denen Luise erkannte, wie schlimm es um sie stand. Georg hatte zwar bemerkt, dass mit ihr etwas nicht stimmte, es war ja kaum zu übersehen, aber ihr wirklich Hilfe angeboten hatte er nicht.

Eines Abends fuhr Luise von der Arbeit nach Hause. Plötzlich verschwamm die Straße vor ihren Augen, ihr wurde schwindelig und sie versuchte, den Wagen noch an den Straßenrand zu fahren. Kurz darauf verlor sie für ein paar Sekunden das Bewusstsein.

Als sie wieder erwachte, stand ein fremder Mann neben ihrer Fahrertür und klopfte wie wild gegen die Scheibe. Luise öffnete die Tür und der Mann fragte sofort, ob etwas nicht in Ordnung sei. Erst jetzt bemerkte sie, dass sie noch mitten auf der Straße stand.

Der Mann bot ihr an, sie nach Hause zu bringen, zu einem Arzt wollte sie nicht.

Georg war damals zu Hause. Er bedankte sich bei dem Mann, setzte sich mit Luise an den Tisch und fragte, was zur Hölle denn nur mit ihr los sei. Das Telefon klingelte und er nahm ab.

Nach etwa fünf Minuten kam er zurück und meinte, er müsste noch mal weg, es konnte später werden.

Georg war noch nicht richtig zur Tür hinaus, als Luise bereits im Schlafzimmer nach ihrem Koffer suchte. Sie hatte sich entschieden! Für ihre Gesundheit und gegen Georg!

Nach drei Jahren Beziehung zu Georg ging Luise zurück zu ihren Eltern...

4

Bei der Erinnerung an ihre damalige Heimkehr zu ihren Eltern kamen Luise die Tränen. Es war eine Art Riss in ihrer Beziehung, der vielleicht nie mehr repariert werden konnte. Es verging kein Tag, an dem Georg nicht anrief und wochenlang verging auch kein Tag, an dem Luise Georg nicht sehen wollte.

Sie nutzte die Zeit im Schoß ihrer Familie, gesund zu werden. Mit einem Lächeln auf den Lippen dachte sie heute an die schwierige, aber erfolgreiche Zeit zurück, in der es Luise aus eigener Kraft geschafft hatte, die Magersucht zu besiegen.

Noch heute war sie mehr als stolz darauf, den Fängen dieser Krankheit entkommen zu sein. Luise wurde zu dieser Zeit von ihrer Firma für ein paar Monate an die Küste versetzt. Sie sollte dort in einer Zweigstelle neue Kollegen einarbeiten. Ihr wurde eine hübsche kleine Wohnung zur Verfügung gestellt und obwohl Luise anfangs nicht gehen wollte, fand sie, dass es der richtige Zeitpunkt war, neu anzufangen.

Sie vermisste Georg sehr, doch sie wusste auch, dass es momentan keinen Sinn ergab, einfach zurückzugehen. Ihren Eltern hatte sie gesagt, dass sie Georg Bescheid geben könnten, wo sie sich aufhielt, für den Fall, dass er es wissen wollte. Und offenbar wollte er es...

Luise kam gerade von der Strandpromenade zurück, die nicht weit von ihrer Wohnung entfernt war. Wieder einmal ging ihr Georg nicht aus dem Kopf. Sie konnte sich noch immer nicht erklären, was passiert war, warum ihre Liebe dabei war zu zerbrechen.

Sie zog ihren Schlüssel gedankenverloren aus der Tasche, ging die ersten Stufen der Treppe hinauf und starrte plötzlich in Georgs Augen. Er saß zusammengesunken auf dem oberen Treppenabsatz.

„Georg! Was tust du hier?", rief Luise erschrocken. Doch als sie in seine traurigen, müden Augen sah, konnte sie ihm nicht einmal böse sein. Sie freute sich sogar darüber, dass er den weiten Weg auf sich genommen hatte, um sie zu sehen. Langsam setzte sie sich neben ihn, betrachtete ihn eingehend...so lange hatte sie ihn nicht gesehen. Er schaute zu ihr auf.

„ Luise, bitte verlass mich nicht, es tut mir alles so Leid!" Sie nahm ihn in den Arm und er umschlang sie sofort fest. Doch Luise sagte nichts, sie ließ sich von ihm halten, so wie sie es sich in den letzten Monaten immer wieder gewünscht hatte, geborgen zu sein, geliebt zu werden, wie zu Beginn ihrer Beziehung. Und sie genoss es, ohne es bewusst zu realisieren.

Und Georg weinte. Er weinte, wie sie es bisher bei ihm nicht erlebt hatte. Luise hatte das Gefühl, Georgs Schmerz brach einfach aus ihm heraus, die Tränen ließen sich nicht aufhalten, es war wie eine Art Reinigung seiner Seele. Luise nahm ihn mit in ihre Wohnung, bat ihn, sich zu setzen, kochte einen Tee für sie beide und ließ ihn gewähren, ließ ihn sich mit seinen Gefühlen auseinandersetzen.

Allmählich schien sich Georg beruhigt zu haben, doch er ließ Luise nicht aus den Augen. Immer wieder suchte er ihre Nähe, musste sie berühren, sie halten.

Luise spürte, dass diese Begegnung mit Georg entscheidend für ihre Zukunft war. Er konnte nicht aufhören, ihr zu erklären, warum er in den letzten Monaten so gehandelt hatte, wie er es tat. Wie sehr er Luise und ihre Liebe, Kraft und Fürsorge vermisst hatte, wie schmerzlich es für ihn gewesen war, sie zerbrechen zu sehen und die späte Einsicht, dass er selbst daran schuld war. Luise glaubte ihm, sie musste ihm auch nicht erklären, warum sie ihn verlassen hatte, er wusste es.

Sie begegnete ihm an diesem Abend auf eine andere, seltsame Weise.

Luise und Georg offenbarten sich einander auf einer Ebene, die fast magisch war. Beide sahen in die Seele des jeweils anderen.

Es brauchte eine ganze Weile, bis beide mit dieser Situation klarkamen, sie waren vollkommen überwältigt von dieser Art der Kommunikation, in welcher beide nichts sagten, sich nur anschauten und tief in dem anderen versanken. Luise erkannte ihn Georg ihren Seelengefährten, ihr Schicksal, denjenigen, der sie ihr Leben lang begleiten würde.

Doch sie sah auch, dass er seine wahren Gefühle nie wirklich an die Oberfläche kommen ließ, dass Georg selbst immer wieder mit seinem äußeren Erscheinen und Auftreten und mit seinem inneren Ich in Konkurrenz treten würde.

In dieser Nacht liebten sich Georg und Luise auf eine Art, wie sie es vorher und auch nachher nie wieder taten. Es hatte nichts mit sexueller Lust zu tun, vielmehr mit der tiefen Sehnsucht nach dem anderen, dem fehlenden Teil, um eins zu werden, die Vereinigung der Seelen zu einem Ganzen...

5

Noch heute konnte sich Luise diese Empfindungen in jener Nacht damals nicht wirklich erklären.

Es mochte sich vielleicht auch ein wenig komisch anhören, für jemanden, der so etwas noch nicht erlebt hatte, dachte Luise, aber irgendwie war das damals nicht von dieser Welt gewesen.

Ein wenig später sollte sich ihre Empfindung über diese außergewöhnliche Nacht bestätigen, sie war mit ihrem ersten Kind schwanger. Luise musste noch immer schmunzeln, wenn sie an die Zeit zurückdachte. Alles war so neu, sie und Georg waren noch nicht sicher, ihre Beziehung wieder aufzubauen und Luise fühlte sich noch viel zu jung. Völlig überfordert obendrein, aber ihr kleiner Engel Luca, der heute ein pubertierender Wilder war, hatte Luise und Georg die Entscheidung abgenommen.

Wohl aus dem Grund, weil Luca schon wusste, wie schwer sich seine zukünftigen Eltern miteinander taten, obwohl sie sich über alles liebten.

Seufzend und erschöpft, weil sie sich erneut über all das Vergangene Gedanken gemacht hatte, schlief Luise endlich ein.

Viel zu früh am Morgen klingelte der Wecker und Luise quälte sich aus den Federn. Diesmal schliefen Luca und Jessy noch. Eine Seltenheit und ein großes Lob wert, dachte Luise, da es sonst nachts meist Jessy war, die es zu Mama ans Bett zog, um noch etwas Wichtiges loszuwerden oder um Bescheid zu geben, dass sie einfach nicht schlafen konnte.

Leise öffnete Luise erst die Tür von Lucas Zimmer. Ihr Großer war morgens kaum wach zu bekommen und anschließend dementsprechend schlecht gelaunt. Nachdem sich Luise durch Berge von Klamotten gekämpft hatte, fand sie schließlich das Bett ihres Sohnes.

Sie streichelte ihm über die Wange und flüsterte ihm ins Ohr, er müsse aufstehen.

„ Och Mum, lass mich in Ruhe!", war die Antwort darauf und Luises Tag begann wie üblich mit den morgendlichen Launen ihrer Kinder. Denn auch die Kleine konnte es mal wieder nicht unterlassen, sich schon auf dem Weg ins Badezimmer darüber auszulassen, wie blöd es war, so bald aufzustehen.

Naja, wie üblich eben, dachte Luise. Sie bat die Kinder, sich anzuziehen, und ging hinunter in die Küche. Nachdem sie das Frühstück für die Kinder zubereitet hatte, machte sie sich einen Kaffee und setzte sich zu ihnen. Heute musste sie erst mittags zur Arbeit, also hatte sie genug Zeit, den Haushalt in Ordnung zu bringen und einkaufen zu gehen.

Bei ihren Eltern, die im Nachbarort wohnten,

wollte sie auch noch einmal vorbeischauen. Alles in allem ein entspannter Tag.

Was auf Arbeit heute wieder auf sie zukommen würde, wollte sie noch gar nicht wissen. Sie konnte sich wie jeden Tag nur überraschen lassen, mit welchen neuen Erniedrigungen seitens ihres Chefs sie sich wieder einmal auseinandersetzen musste.

Georg arbeitete mittlerweile ebenfalls in ihrer Firma. Er war, anders als Luise, jedoch auf der Karriereleiter nach oben geklettert.

Das war zu Beginn auch gar kein Problem gewesen. Luise hatte ihm den Rücken freigehalten, sich um die Kinder gekümmert und sich darüber gefreut, mit welchem Enthusiasmus Georg seinem Ziel des Abteilungsleiters näher kam.

Inzwischen hatte er es geschafft und ging voll und ganz in seiner Arbeit auf. Zu sehr manchmal, fand Luise, denn mit der Zeit wurde die Arbeit für ihn wichtiger als die Familie.

Er war zwar nicht unbedingt öfter oder länger in der Firma, dennoch war sein Job doch wichtiger als ihrer.

Wenn er zu Hause war, brauchte Georg oft seine Ruhe, schlief viel oder entspannte von seinem anstrengenden Tag vor dem Fernseher. Bei Unternehmungen mit den Kindern hielt er sich meist raus, auch aus vielen Entscheidungen, die die Kinder betrafen.

Luise war daher zu einer Art Allrounder geworden, der sich um alles kümmerte. Und in gewisser Weise war sie froh, alles irgendwie unter einen Hut zu bekommen.

Georg hatte frei. Da sie später nach Hause kam, musste er die Kinder nachmittags übernehmen, so wie am Tag zuvor. Luise wollte ihm später noch Bescheid geben, dass er mit Luca ein wenig üben sollte, weil eine Kontrolle in der Schule anstand.
Nachdem sie die Kinder in die Schule gebracht hatte, fuhr sie gleich zum Einkaufen.
Irgendwie hatte sie das Gefühl, nicht ganz auf dem Posten zu sein. Sie hatte mal wieder Kopfschmerzen, keine Seltenheit in letzter Zeit, und es war ihr auch wieder schwindelig.
Oh Gott, hoffentlich würde sie nicht wieder eine Migräneattacke bekommen, das fehlte ihr noch. Bisher hatte sie es immer geschafft, auch dann auf Arbeit zu gehen, wenn sie angeschlagen war, die Genugtuung, zu Hause bleiben zu müssen, wollte sie ihrem Chef nicht geben.
Lieber stellte sie sich ihm jeden Tag, als wie viele andere mit einem Krankenschein vor ihm zu kuschen.
Aber heute war es etwas anders. Als sie beim Einladen ins Auto die Kiste mit den Getränken anheben wollte, hatte sie urplötzlich überhaupt keine Kraft mehr. Sie brauchte drei Anläufe, bis die Kiste im Auto verstaut war. Ihre Beine fühlten sich an wie Pudding und immer wieder

verschwamm alles vor ihren Augen.

Sie saß eine Weile im Wagen, bevor sie losfuhr. Es wird schon wieder, dachte sie, ich werde erst mal zu meinen Eltern fahren, etwas frühstücken und dann wird es schon wieder gehen.

Doch bis zu ihren Eltern kam sie nicht…

Als Luise die Augen aufschlug, konnte sie undeutlich das Gesicht einer ihr unbekannten Frau erkennen, die hektisch mit jemandem sprach. Luise verstand nicht, worum es ging. Alles drehte sich um sie herum, Gedanken über die Kinder, Georg und ihre Eltern gingen ihr durch den Kopf. Nichts ließ sich ordnen und Luise spürte Panik in sich aufsteigen. Wo war sie? Träumte sie? Sie versuchte vergebens herauszufinden, was sie zuletzt getan hatte, was sie vorhatte, wo sie gewesen war. Leise drang die Stimme der Frau zu ihr:

„ Sie ist wieder da, aber der Puls ist noch zu schwach! Wir müssen sie stabilisieren!"

Was tat diese Frau, von wem redete sie, dachte Luise. Langsam versuchte sie sich zu bewegen. Erst jetzt bemerkte sie, dass sie auf einer Liege lag und fixiert war. Sie bemerkte noch eine weitere Person, einen Mann.

Er trug eine leuchtend orange Jacke, hatte ein Stethoskop um den Hals und machte sich an irgendeinem Gerät zu schaffen.

Oh Gott, war sie etwa in einem Krankenwagen?

Das konnte nur ein Traum sein.

Langsam kam ihre Erinnerung wieder. Sie war doch auf dem Weg zu ihren Eltern, doch ob sie sie tatsächlich getroffen hatte, wusste sie nicht mehr. Was war nur passiert?

Luise versuchte zu sprechen, doch es fiel ihr unglaublich schwer.

Schmerzen spürte sie nicht und doch fühlte sie sich, als wäre der Körper, in dem sie steckte, nicht der ihre. Sie hatte keine Kontrolle über ihn, konnte weder den Kopf, noch ihre Arme oder Beine bewegen. Luise startete einen Versuch, mit der Frau zu sprechen.

„ Wo bin ich?", fragte sie ganz leise. Die junge Frau beugte sich zu ihr herunter.

„ Es ist alles in Ordnung, Sie sind jetzt in Sicherheit. Wir fahren Sie ins Krankenhaus. Sie hatten einen Unfall."

Zu ihrem Kollegen gewandt, meinte die Frau:

„ Wir haben sie wieder, sie ist wach."

Wie bitte? Einen Unfall? Warum konnte sich Luise nicht daran erinnern?

„ Aber ich kann nicht in ein Krankenhaus! Die Kinder, ich muss nach meinen Kindern schauen, sie kommen nachher aus der Schule und ich muss zur Arbeit!"

Entsetzt schaute Luise die junge Frau an.

„ Frau Winter, Sie können vorerst nicht zur Arbeit und um Ihre Kinder kümmert sich sicher jemand. Können wir jemanden anrufen?"

Luise war wie vor den Kopf geschlagen. Das durfte doch alles nicht wahr sein. Sie wollte erneut aufstehen und merkte schnell, dass es unmöglich war.

Wen sollte sie informieren? Sie dachte an Georg und als sie das tat, kam ihr sofort das Ereignis von damals in den Sinn, als sie schon mal nach Hause gebracht worden war. Damals hatte er mit völligem Unverständnis reagiert und Luise hatte ihn verlassen.

Sie wusste, dass Georg heute frei hatte. Er würde wohl das Telefon gar nicht hören, weil er meist schlief und wenn, würde er nicht abnehmen. Das tat er grundsätzlich nicht, wenn er die Nummer nicht kannte.

„ Meine Eltern, rufen Sie bitte meine Eltern an."

„ In Ordnung, Frau Winter, Ihre Eltern kümmern sich sicher um die Kinder. Sie müssen jetzt in erster Linie an sich denken."

Sie sollte an sich denken….okay, ein bisschen vielleicht, dachte Luise noch, bevor ihr die Augen wieder zufielen.

Als sie das nächste Mal aufwachte, lag sie allein in einem Krankenzimmer. Draußen hatte es begonnen zu regnen und Luise schaute dabei zu, wie sich die einzelnen Tropfen an die Scheibe ihres Fensters setzten. Es war Herbst und eigentlich war das eine Zeit, die Luise sehr mochte.

Die Natur begann sich auf den Winter vorzubereiten und alles erstrahlte in den schönsten Farben. Wenn es draußen stürmisch und kalt wurde, genoss Luise gerne die wenige Zeit mit den Kindern vor dem Kamin, spielte gerne mit ihnen oder schaute sich mit Jessy ein Märchen an.

Oft kam das zwar nicht vor, weil die Kinder meist andere Pläne hatten, aber die seltenen Momente, die Luise mit den Kindern hatte, ohne dass sie sich stritten oder etwas anderes dazwischenkam, waren ihr die liebsten.

Luise wollte nach Hause, sie wollte jetzt genau das, was sie immer so vermisste, bei ihrer Familie sein.

Die ersten Tränen liefen ihr über die Wangen und Luise konnte und wollte sie nicht aufhalten. Zu lange hatte sie sie immer wieder zurückgehalten, hatte weitergemacht, wie man es von ihr erwartet hatte und ihre Enttäuschung hinuntergeschluckt. Doch jetzt war sie allein und es drängte sich die Gewissheit in ihr Bewusstsein, dass es nicht mehr so einfach war, zu sich selbst zurückzukehren. Sie wusste, es stimmte etwas ganz und gar nicht mehr mit ihr.

Die Tür öffnete sich leise und eine Schwester kam vorsichtig herein.

„ Frau Winter, sind Sie wach?"

Luise drehte sich zu ihr um und setzte sich langsam auf. Sie war froh, sich wieder etwas bewegen zu können, auch wenn es ihr noch immer schwer fiel.

Die Schwester trat an Luises Bett und hantierte an dem Tropf herum, der über ihr hing. Luise hatte bisher nicht bemerkt, dass sie eine Kanüle im Arm hat.

„ Wie geht es Ihnen?"

„ Ich glaube, es geht mir soweit ganz gut. Was bekomme ich da für Medikamente?"

„ Das ist ein Mittel, um Ihren Kreislauf zu stabilisieren, aber es ist gleich vorbei und ich kann Ihnen den Tropf abmachen. Übrigens kommen ihre Eltern und die Kinder gleich vorbei, ich hoffe, das ist Ihnen recht", antwortete die Schwester.

Ja, und wie, dachte Luise und lächelte.

„ Können Sie mir sagen, was passiert ist und warum ich hier bin? Ich weiß nur, dass ich wohl einen Unfall hatte."

„ Ich kann Ihnen nichts weiter sagen Frau Winter, aber der Arzt kommt später vorbei, um mit Ihnen zu reden."

Luise nickte nur, als die Schwester den Raum wieder verließ. Wirre Gedanken schossen ihr durch den Kopf. Hoffentlich war es nicht so schlimm, vielleicht hatte sie sich nur etwas gebrochen oder verstaucht.

Luise schaute an sich herab. Nirgends war ein Verband oder ein Gips zu sehen. Nur ihr Hals steckte in einer Krause und ihr Kopf war verbunden. Ein paar Abschürfungen an den Armen waren da, aber ansonsten konnte Luise nichts finden.

Es dauerte nicht lange und ihre Zwerge stürmten zur Tür herein. Luise nahm sie lachend in die Arme, froh, sie endlich bei sich zu haben. Ihre Eltern waren auch dabei, nur Georg fehlte.

„ Es tut mir Leid, ich erreiche Georg nicht, ist er auf Arbeit?", fragte Luises Mutter, als sie ihre Tochter umarmte und sich zu ihr setzte. Maria war sichtlich durcheinander. Sie versuchte, ihre Angst um Luise unter Kontrolle zu halten.

„ Nein, er hat frei. Sicher hat er nur die Klingel oder das Telefon nicht gehört", gab Luise zurück. Sie wusste, er würde sich erst melden, wenn die Kinder nicht wie geplant nach Hause kommen würden. Wahrscheinlich auch nicht bei ihr, denn er dachte ja, sie sei auf Arbeit. Sie würde es sehen.

Luise wollte von ihren Eltern wissen, was man ihnen über den Unfall gesagt hatte. Luises Mutter Maria erklärte ihr, dass sie auf dem Weg zu den Eltern von der Straße abgekommen sei und sich im Graben überschlagen habe. Es war wohl kein anderes Fahrzeug beteiligt.

Das war schon mal gut, dachte Luise, aber wieso war sie bloß von der Fahrbahn abgekommen, sie konnte sich nicht erinnern.

„ Und das Auto?", fragt sie leise nach.

„ Tut mir Leid Schatz, das ist wohl hinüber. Du hattest Glück, dass sie dich da rausbekommen haben."

Oje, das wurde ja immer besser. Luise hatte morgens Georgs kleinen Wagen genommen, da sie ihren Familien-Van nicht brauchte. Bestimmt würde das noch Ärger geben. Aber das konnte Luise ja klären, wenn sie wieder aus dem Krankenhaus kam. Hoffentlich bald, dachte sie.

Unmittelbar, nachdem die Kinder und ihre Eltern gegangen waren, kam ein Arzt ins Zimmer.

„ Frau Winter, wie geht es Ihnen?"

„ Es geht mir gut, danke. Wann kann ich entlassen werden?"

„ Frau Winter, es tut mir Leid, aber sie werden uns noch einige Zeit erhalten bleiben müssen, es sind noch zahlreiche Untersuchungen nötig. Wir sollten herausfinden, wie und warum es zu dem Unfall kam."

Der Arzt erklärte Luise, dass sie glücklicherweise keine größeren Verletzungen davongetragen hatte. Auch ein Schlaganfall oder Herzinfarkt konnte ausgeschlossen werden. Allerdings schien Luise aus noch unerklärlichen Gründen immer wieder das Bewusstsein und ihre Bewegungsfähigkeit zu verlieren, was den Unfall möglicherweise erklären könnte.

„ Können Sie sich bewegen, Frau Winter?"
„ Ja natürlich, alles in Ordnung."

Luise versuchte, dem Arzt zu demonstrieren, dass sie sehr wohl beweglich war. Doch bereits beim Aufsetzten spürte sie, wie ihr Körper rebellierte. Ihre Beine fühlten sich an, als wären sie zentnerschwer, ihre Arme, als hätte sie seit Tagen Gewichte gestemmt.
Erschrocken blickte sie den Arzt an.
Was war das? Warum konnte sie keine Kraft aufbringen, wenigstens aufzustehen? Es fühlte sich an, als hätte Luise absolut keine Energie mehr.
„ Bitte ruhen Sie sich jetzt aus. Wir beginnen morgen mit den übrigen Untersuchungen und dann wissen wir sicher mehr."
Damit ließ der Arzt Luise allein zurück. Panik stieg in ihr auf. Ihr war unbegreiflich, warum sie plötzlich so gehandicapt war. Um sich zu beruhigen, redete sie sich ein, dass es morgen bestimmt wieder vorbei war, vielleicht war sie einfach nur erschöpft.

Es klopfte an der Tür. Die Schwester kam mit dem Telefon herein.
„ Ihr Mann ist am Apparat."
Ach herrje, was sollte sie ihm erklären. Als Luise sich meldete, war sie überrascht, dass Georg sofort nachfragte, wie es ihr ging.

Als Luise sagte, dass es ihr soweit alles in Ordnung war, antwortete Georg:

„ Prima, da kannst du ja vielleicht morgen wieder nach Hause. Ich muss in die Aufsichtsratssitzung, das dauert bestimmt länger. Und ich muss den großen Wagen nehmen, mein Auto ist ja hinüber."

War das gerade ein Vorwurf?

„ Georg, es tut mir Leid, aber ich werde morgen nicht entlassen, ich muss noch einige Untersuchungen abwarten, bevor man weiß, was genau los ist. Das mit deinem Auto tut mir leid. Ich versuche das zu regeln, wenn ich wieder zu Hause bin."

„ Welche Untersuchungen? Ich denke, dir geht es gut? Und du bist kaum verletzt, sagte deine Mutter. Wie stellst du dir das mit den Kindern vor? Ich muss mich um die Firma kümmern."

Luise sank zurück in das Kissen. Sie hatte ja eigentlich mit einer Reaktion dieser Art gerechnet, trotzdem traf es sie diesmal umso mehr. Sie, oder besser gesagt, die Kinder waren jetzt auf ihn angewiesen. Es war Luise mehr als unangenehm, Georg mit Dingen zu belasten, die er offensichtlich nicht wollte.

„ Ich werde mit meinen Eltern sprechen, ich hoffe, sie können sich so lange um die Kinder kümmern."

„ In Ordnung", gab Georg zurück.

„ Ich habe übrigens deine Handtasche und dein Handy aus dem Auto hier, ich bringe sie dir morgen vorbei, wenn ich von der Sitzung komme."

„ Danke", sagte Luise noch, bevor sie auflegte.

Mit einem Bekannten hätte sie sicher auch so geredet, oder er mit ihr, aber wie eine Unterhaltung eines Paares hatte es sich zwischen ihr und Georg nicht angehört.

Luise benutze gleich das Telefon und verabredete mit ihren Eltern, dass sie auf unbestimmte Zeit auf die Kinder aufpassen mussten. Zum Glück waren beide schon Rentner und hatten Zeit für sie. Und sie taten es gerne.

Der nächste Tag zog sich mühsam hin. Luise war zwar mit den Untersuchungen beschäftigt, aber sie hatte tatsächlich ein Problem, einfach nur in einem Bett zu liegen und nichts zu tun.

Ihr fehlten die Geschäftigkeit und das Gefühl, gebraucht zu werden. Sie vermisste ihre Kinder und sehnte die Zeit herbei, wenn sie sie besuchen kommen würden.

Luise nahm sich vor, die viele Zeit zu nutzen, um sich ein bisschen zu entspannen, etwas zu schlafen, denn solange sie noch allein im Zimmer war, hatte sie eh keine Ablenkung.

Doch so sehr sie sich auch mühte, an Schlaf war einfach nicht zu denken. Auch in der Nacht war sie ständig aufgewacht, hatte versucht aufzustehen, sich zu bewegen. Glücklicherweise konnte Luise eine Besserung feststellen, was ihre körperliche Beeinträchtigung anbelangte, wenn es auch noch nicht so war, wie sie es sich wünschte. Aber immerhin war sie nicht mehr ganz so kraftlos, war in der Lage, ohne Hilfe aus dem Bett zu kommen, sich anzuziehen und ins Bad zu gehen.

Jetzt, wo sie ein wenig schlafen wollte, zur Ruhe kam, wurde sie wieder damit konfrontiert, warum sie eigentlich hier war.

Es konnte irgendetwas mit ihr nicht in Ordnung sein, warum sonst sollte ihr ihr Körper noch immer so schwer gehorchen?

Luise hatte Angst, Angst davor, was der Arzt vielleicht sagen könnte, was eventuell gefunden würde.

Was, wenn sie ernsthaft krank wäre und sich alles änderte? Ihr Leben, wie sie es bisher kannte?

Nein, sie wollte gesund sein, wollte endlich wieder zu ihrer Familie. Allein war Luise unvollständig und das konnte sie nicht ertragen. Sie schaute auf die Uhr und versuchte, die Zeit durch Willenskraft zu beschleunigen, denn je schneller die Zeit verging, desto eher konnte sie ihre Kinder wieder um sich haben, konnte nach Hause gehen und alles war wieder gut.

Dass sie noch an diesem Abend eines Besseren belehrt wurde, konnte sie nicht ahnen…

6

`Ein noch wenig erforschter Virus greift Ihr Immunsystem an, Ihr Körper wehrt sich dagegen, indem er die Funktionen herunterfährt, sie werden bewusstlos. In manchen Fällen wird die Bewegungsfunktion der Arme und Beine stark eingeschränkt. Es ist wahrscheinlich, dass diese Beeinträchtigung dauerhaft ist. Frau Winter, wir werden Ihnen helfen, so gut es geht, aber wir können nicht versprechen, dass Sie wieder ganz gesund werden. Es handelt sich hierbei um eine chronische Krankheit, deren schubartiges Ausbrechen nicht kontrollierbar ist.`

Nicht ganz eine Stunde war es jetzt her, dass der Arzt Luise die vorläufige Diagnose unterbreitet hatte. Noch immer starrte sie aus dem Fenster, unfähig, etwas zu denken, zu sagen, zu weinen oder wütend zu sein.

Gerade war doch noch alles gut gewesen, die Kinder hatten sie abgelenkt, sie auf andere Gedanken gebracht, sich gestritten, wie immer. Ach, wie sehr Luise diese Streitereien vermisste, die ihr sonst so an die Nieren gingen.

Sie hatte Jessy und Luca doch versprochen, schnell aus dem Krankenhaus rauszukommen. Was sollte sie ihnen denn jetzt sagen?

Sie sollte ihre Eltern anrufen, oder Georg. Er wollte doch eigentlich nach der Sitzung vorbeikommen. Mittlerweile war es fast sechs Uhr, aber vielleicht schaffte er es ja noch.

Luises Gedanken kreisten um alle möglichen Dinge, nur nicht darum, was ihr der Arzt offenbart hatte.

Noch konnte sie sich nicht damit beschäftigen, damit abfinden vielleicht überhaupt nicht.

Ab und an gingen ihr die Worte des Arztes durch den Kopf, doch irgendwie schienen sie wie Dinge zu klingen, die nicht sie betrafen.

Ihr Unterbewusstsein weigerte sich strikt zu akzeptieren, dass Luise mit einem Mal eine möglicherweise unheilbare Krankheit haben sollte, ihren Körper und ihren Geist nicht mehr selbst steuern zu können.

Luise glaubte sich zu erinnern, dass der Arzt etwas von einem Medikament gesagt hatte, welches sie in den nächsten Tagen bekommen würde, in der Hoffnung, dass sie es vertrage und es ihre bisherigen körperlichen Einschränkungen abmildere.

Als die Schwester hereinkam, fand sie Luise aufrecht am Fußende des Bettes sitzen. In der einen Hand hatte sie einen leeren Wasserkrug, in der anderen ein paar alte Zeitschriften, die sie zusammengerollt hatte. Abwechselnd hob sie erst den rechten, dann den linken Arm. Es sah leicht aus, aber das war es nicht.

Luise hatte Mühe, ihre gesamte Kraft aufzubringen, um die Arme heben zu können.

„ Frau Winter, es freut mich, dass Sie bereits wieder auf dem Weg der Besserung sind. Aber bitte übertreiben Sie es nicht."

Luise antwortete nicht. Sie machte einfach weiter, sah angespannt aus dem Fenster und dachte an ihre Kinder, ihre Zukunft, ihre Träume und ihren Wunsch, einfach glücklich zu sein.

Plötzlich machte sich ein Gedanke in ihrem Kopf breit, den sie nicht wieder los wurde.

Hatte sie noch genug Zeit? Zeit für ihre Kinder? Zeit und Kraft, um weiter um ihre Ehe mit Georg zu kämpfen?

Zeit genug, um zu sich selbst zu finden und ihrem eigenen Seelenweg zu folgen? Hatte sie noch Zeit genug, ihren Wunsch, eine großartige Oma und Uroma zu werden, verwirklichen zu können?

Luise wurde mit einem Mal von einer Angst überfallen, die sie so nie zuvor gespürt hatte. Alle Sorgen, die sich manchmal Gehör verschafft hatten, brachen über sie herein und umfingen sie schamlos.

„ Schwester, kann ich an dieser Krankheit sterben?"

Verwirrt schaute die Schwester Luise an.

„ Sie sollten sich nicht so viele Gedanken machen, Frau Winter. Ruhen Sie sich ein bisschen aus. Ich bringe Ihnen gleich etwas zum Essen, dann geht es Ihnen sicher besser."

Die Schwester wandte sich zum Gehen.

„ Bitte, sagen Sie es mir!" Luise sah die Schwester mit festem Blick an.

„ Darüber sollten Sie mit dem Arzt sprechen."

Und damit verließ die Schwester das Zimmer.

Luise sank in sich zusammen. Jetzt war sie nicht mehr in der Lage, ihre Tränen zurückzuhalten. Lautlos liefen sie in Rinnsalen über ihre Wangen.

Es dauerte nicht allzu lange, bis die Schwester wieder in Luises Zimmer kam.

Wortlos stellte sie ein Tablett auf den Tisch und setzte sich zu ihr.

Langsam griff sie nach Luises Hand. Die Blicke der beiden Frauen trafen sich und Luise erkannte in der Schwester eine liebevolle und fürsorgliche Frau, die ihren Beruf liebte und sich tatsächlich um ihre Patienten sorgte. Sie konnte kaum älter sein als sie selbst.

Ein Gefühl der Wärme durchströmte Luise. Für einen kurzen Moment konnte sie alles, was in den letzten Jahren und Tagen passiert war, vergessen. Lange sagte keine der Frauen ein Wort. Sie schauten sich nur an, lasen im Gesicht der jeweils anderen. Ein sanftes Lächeln umspielte den Mund der Schwester.

„ Es wird alles wieder gut werden, ganz bestimmt."

Seufzend drückte Luise ihre Hand.

„ Danke!", sagte Luise und wischte ihre feuchten Wangen ab.

„ So, und jetzt essen Sie etwas, schließlich brauchen Sie jede Menge Energie, wenn Sie von hier fliehen wollen."

Die Schwester zwinkerte Luise zu und sie lächelte dankbar zurück. Auch wenn sie wusste, dass es die Aufgabe der Schwestern war, die Patienten zu beruhigen und beschwichtigend auf sie einzureden, war sie doch unendlich dankbar dafür. Es gab ihr das Gefühl, umsorgt und wichtig zu sein.

„ Ach bitte, würden Sie mir noch einmal das Telefon bringen, um meine Eltern anzurufen zu können?" fragte Luise, als sie sich behutsam und vorsichtig an den Tisch setzte.

Die Schwester nickte freundlich und verschwand in den Flur.

Georg kam an diesem Abend nicht mehr.

Maria besuchte am nächsten Morgen ihre Tochter im Krankenhaus. Sie hatte geweint, das sah Luise ihr an. Lange lag Luise in ihren Armen, ohne das eine der beiden etwas sagte.

Maria erzählte Luise dann, dass die Kinder bei ihnen geblieben waren. Georg war spät zurückgekommen und noch mal da gewesen. Maria hatte ihm von dem Telefonat mit Luise erzählt. Er wusste jetzt also Bescheid, aber warum war er noch immer nicht bei ihr gewesen?

Georg hatte Maria versprochen, seine Arbeitszeit in Zukunft so einzurichten, dass er die Kinder selbst betreuen konnte.

Schön, dachte Luise. Das war wirklich lieb von ihm.

Er hatte Maria Luises Handtasche und ihr Handy mitgegeben und wollte auf jeden Fall heute vorbeischauen.

Luise und Maria redeten über belanglose Dinge, sie wollten und konnten nicht über die neue Situation, über diese ominöse Krankheit reden. Sie unterhielten sich gerade darüber, wie sie in diesem Jahr Weihnachten feiern wollten, als die Visite hereinkam.

Auf den Boden der Tatsachen zurückgeholt, blickten die beiden Frauen den Chefarzt erschrocken und erwartungsvoll an. Luise klammerte sich an die Hand ihrer Mutter. Sie wäre in diesem Moment am liebsten überall gewesen, nur nicht in diesem verdammten Krankenbett.

Es ging ihr einigermaßen gut. Langsam kam auch ein wenig Kraft zurück und Luise war überzeugt, dass sie es bald schaffen würde, wieder nach Hause zu gehen.

Wie es oft ihre Art war, versuchte sie ihre Unsicherheit mit kleinen Scherzen zu überspielen und sich so optimistisch wie möglich die Ausführungen des Arztes anzuhören.

„ Frau Winter, Sie werden ab heute mit einem Medikament behandelt, von dem wir hoffen, gegen diesen Virus ankämpfen zu können. Wie ich Ihnen schon gesagt habe, gibt es bisher kein Mittel, um diese Art von Erkrankung zu heilen, aber ich bin guter Hoffnung, Ihnen mit diesem Medikament Linderung zu verschaffen. Ich glaube, wir stehen noch am Anfang und können Sie vorerst wieder auf die Beine bekommen."

Vorerst wieder auf die Beine bekommen? Was meinte er denn damit?

„ Was kann im schlimmsten Fall passieren?", fragte Luise, ohne recht darüber nachzudenken, ob sie die Antwort eigentlich hören wollte.

„ Das kann ich Ihnen nicht sagen, da der Krankheitsverlauf sehr unterschiedlich ist."

„ Kann ich daran sterben?", fragte Luise zaghaft nach. Maria schaute sie entsetzt an.

„ Luise! Wie kommst du darauf, es wird sicher alles wieder gut. Nicht wahr?", fragte sie, an den Arzt gewandt.

„ Man muss nicht zwangsläufig an dieser Krankheit sterben, Frau Winter."

Was er im Anschluss an diesen Satz noch sagte, hörte Luise nicht mehr. Wie urplötzlich in eine andere Dimension befördert, starrte sie auf das Bettende.

Sie nahm nicht wahr, wie sich das Ärzteteam entfernte, nicht, was Maria zu ihr sagte.

Man muss nicht daran sterben...aber man kann? Mein Gott! Was war hier nur los?

Es konnte doch nicht wirklich um sie gehen? Was hatte sie nur Falsches getan, um so etwas gesagt zu bekommen? Warum war sie eigentlich hier?

Luise begriff gar nichts mehr. Sie wollte einfach nur noch nach Hause, ihre Kinder streiten hören, ihren Mann anschweigen, in ihr gewohntes Leben zurück. Langsam wurde ihr klar, dass es das nicht mehr gab.

Jemand nahm ihren Arm, schob ihr Shirt nach oben und sprühte eine kalte Flüssigkeit in Luises Armbeuge. Als sie aufschaute, bemerkte sie, dass inzwischen eine Schwester bei ihr war, die ihr eine Kanüle legen wollte.

„ Ich werde Ihnen jetzt das verordnete Medikament über den Tropf verabreichen. Brauchen Sie vielleicht noch etwas zur Beruhigung, Frau Winter?"

Luise schüttelte nur den Kopf.

Hilfesuchend schaute sie zu Maria, die am Fenster stand und sich zwang, ihrer Tochter aufmunternd zuzulächeln. Dass auch sie vollkommen durcheinander war, war nicht zu übersehen.

„ Wenn Sie irgendwelche Probleme haben oder das Gefühl, dieses Teufelszeug nicht zu vertragen, melden Sie sich bitte!"

Die Schwester verließ das Zimmer wieder und Mutter und Tochter starrten auf den Tropf.

„ Oh Mama, was soll das nur werden?"

Maria setzte sich wieder an Luises Bett. Sie rang mit den Tränen.

„ Kind, mach dir keine Sorgen, du schaffst das. Wir sind alle für dich da und helfen dir. Du wirst wieder gesund, egal, was der Arzt sagt, du wirst das hier überstehen."

Luise wusste, dass auch Maria im Moment nicht die richtigen Worte fand und dennoch glaubte sie ihr. Sie würde es schaffen, irgendwie, irgendwann, aber sie würde!

Die nächsten Tage verbrachte Luise in diesem Krankenhaus. Die Schwester hatte Recht behalten, dieses Medikament, was ihr eigentlich helfen sollte, war tatsächlich Teufelszeug.

Luise ging es nicht gut, nicht nur, dass sie noch immer Probleme hatte, sich ordentlich zu bewegen, auch ihr Kopf wollte nicht mehr so funktionieren, wie sie es gerne gehabt hätte.

Luise hatte mit Sicherheit nicht vorgehabt, sich in eine Depression zu manövrieren, aber irgendwie schaffte sie es nicht mehr, positiv zu denken. Sie hatte Mühe, sich nicht aufzugeben und obwohl sie sich wirklich bemühte, fielen die dunklen Schatten der Angst unwillkürlich über sie her. Wenn die Kinder bei ihr waren, ging es ihr gut, sie war abgelenkt, konzentrierte sich voll und ganz auf die Belange ihrer Lieben, doch sobald sie wieder allein war, zweifelte sie an den Versprechungen, die sie den Kindern gemacht hatte.

Auch Georg war inzwischen fast jeden Tag bei ihr. Er hatte es einrichten können, seine Arbeitszeit auf unbestimmte Zeit der neuen Situation anzupassen. Er brachte die Kinder zur Schule und war rechtzeitig zu Hause, um sie wieder abzuholen. Luise sah ihm an, dass er sich nicht leicht damit tat. Sein gewohnter Rhythmus war eigentlich ein anderer, Hausmann und Vater zu sein, der seine Arbeit hintenan stellen musste, war nicht seine Sache.

Luise versuchte, ihn zu unterstützen, soweit es irgendwie ging, erklärte ihm einige Dinge, was die Schule oder den Haushalt anbelangte, um ihm alles ein wenig zu erleichtern.

Was Luise allerdings etwas wunderte war, dass Georg es vermied, über ihren Gesundheitszustand zu sprechen.

Sicher, er wusste Bescheid, hatte sich auch mit dem Arzt unterhalten, aber Luise gegenüber äußerte es sich auffällig wenig darüber.

Einerseits war es Luise recht, sich nicht ständig damit beschäftigen zu müssen, wenn er und die Kinder da waren, andererseits suchte sie jedoch gerade jetzt Halt bei ihm, Sicherheit und die Liebe, die sie zu Beginn ihrer Beziehung verbunden hatte.

Vielleicht war er der Situation nicht gewachsen, wollte oder konnte nicht akzeptieren, dass Luise nicht mehr dieselbe war. Für Georg schien es einfacher zu sein, alles zu verdrängen.

Luise grübelte darüber nach, warum Georg sie nicht einfach in den Arm nehmen konnte, ihr Mut zusprechen oder sie aufheitern konnte.

Konnte oder wollte er es nicht mehr?

War diese Krankheit nicht vielleicht eine Chance, wieder zueinander zu finden? Luise hoffte es so sehr.

7

In den folgenden Wochen nach ihrer Entlassung verbrachte Luise die meiste Zeit zu Hause. Sie bemühte sich nach Kräften, ihren Kindern wieder die Mutter zu sein, die sie vermisst hatten. Es fiel Luise sehr schwer, zu ihrem Alltag zurückzukehren. Immer wieder wurde sie urplötzlich von Schmerzen geplagt, die jedoch so schnell, wie sie gekommen waren, auch wieder verschwanden. Sie hatte das Gefühl, regelrecht daran erinnert zu werden, dass sie nicht mehr gesund war.

Luise hatte eine extreme Veränderung durchgemacht, sie war von einer unbeschwerten Frau, die so ziemlich alles stemmen konnte, zu einer ängstlichen und unsicheren Frau geworden. Es gab Zeiten, in denen sich Luise in das tiefe Loch fallen ließ, welches immer wieder drohte, sie zu verschlingen.

Georg hatte längst wieder begonnen, so viel wie möglich zu arbeiten. Von der anfänglichen Fürsorge ihres Mannes nach Luises Rückkehr aus dem Krankenhaus war nichts mehr zu spüren.

Es war mittlerweile alles beim Alten.

Luise hatte versucht, mit Georg zu sprechen, doch es wurde zusehends schwieriger mit ihm und Luise musste sich eingestehen, dass sie die Kraft nicht mehr besaß, ihre bestehende Ehe in eine glückliche zu verwandeln.

Oft wurde sie von Georg zurückgewiesen, wenn sie ihn um Hilfe bat. Wenn es auch für ihn offensichtlich war, dass es ihr nicht gut ging, griff er ihr zwar unter die Arme, machte aber keinen Hehl daraus, dass es ihm nicht recht war. Es hatte für Luise dann immer den Anschein, als würde sie ihn stören.

Georg hatte sich mehr noch als zuvor seiner weiteren Karriere gewidmet und sich derart in ein Projekt verbissen, dass es fast schon erschreckend war. Selbst wenn er zu Hause war, brütete er ständig darüber, manchmal gar nicht wahrnehmend, dass seine Familie um ihn herumtobte. Wenn er das nicht tat, schlief er oder sah fern. Er hatte seine Prioritäten, doch seine Familie gehörte offensichtlich nicht dazu.

Luise nahm sich sehr zusammen, zeigte kaum, wenn sie wieder von Schmerzen geplagt oder in ihrer Beweglichkeit und Kraft eingeschränkt war. Wahrscheinlich machte sie Georg damit glauben, dass alles in Ordnung sei.

Ihre Kinder jedoch spürten, wenn etwas mit Luise nicht stimmte und auch wenn sie ihrer Mutter alles abverlangten, waren es doch ihre Zwerge, die sie immer wieder auffingen und ihr die nötige Ruhe verschafften, die sie manchmal brauchte.

Luise hatte sich dazu entschlossen, nach Monaten endlich wieder arbeiten zu gehen. Sie fühlte sich soweit fit, um sich wieder mit ihren Aufgaben beschäftigen zu können. Außerdem war es an der Zeit, endlich zu Hause herauszukommen. Luise fiel oft die Decke auf den Kopf und sie musste einfach unter Leute, arbeiten gehen, um sich von ihren Problemen abzulenken und endlich so etwas wie Normalität in ihr Leben zurückzubringen.
Georg hatte nichts einzuwenden, dass Luise wieder ins Büro ging. Für ihn war das ein Zeichen, dass alles in gewohnten Bahnen lief und in Ordnung war.
Während ihrer Zeit zu Hause hatte nur einmal ein Kollege aus der Firma bei ihr angerufen. Und das war eigentlich nur, um nachzufragen, wie die Planung weiter verlaufen sollte. Die Verwaltung gehörte, wie so viele andere Sachen, zu Luises Ressort. Wenn nicht ihre liebe Freundin Isa aus der anderen Abteilung mit ihr in ständigem Kontakt gewesen wäre, hätte Luise wohl auch nicht erfahren, dass sie zwischenzeitlich versetzt worden war.
Mittlerweile war sie schriftlich darüber unterrichtet worden, dass sie aufgrund ihrer langen krankheitsbedingten Abwesenheit nicht mehr tragbar in ihrer bisherigen Position war.
Prima, dachte Luise, hatte es dieser elende Herr

Höller doch geschafft, sie loszuwerden. Und dennoch breitete sich auf ihrem Gesicht ein kleines Lächeln aus. Dass sie zwar wieder von vorne beginnen musste, sich in der Firma zu beweisen, hatte auch seine Vorteile. Sie würde mit ihrem ehemaligen Chef nichts mehr zu tun haben, sie würde ohne seine ständigen Nörgeleien und Beschimpfungen in Ruhe ihre Arbeit erledigen können.

Und ihre Arbeit war tatsächlich seit ihrem Neubeginn in der Firma absolut stressfrei. Die Kollegen, mit denen sie jetzt zusammenarbeitete, kannte Luise bereits. Sie waren allesamt nett und Luise fühlte sich sehr wohl. Das Beste aber war, dass sie jetzt mit Isa zusammenarbeiten durfte und das machte aus der ehemalig so verhassten Firma einen Ort, an dem Luise mit Isa und den Kollegen Spaß hatte.

Luise bearbeitete gerade den letzten Auftrag an diesem Tag, als Isa den Kopf zur Tür hereinsteckte.

„ Süße? Geht es dir gut?"

„ Ja, es geht mir gut, danke." Luise grinste Isa liebevoll an. Sie wusste, Isa machte sich wirklich oft Sorgen um sie, versuchte sie in allen Dingen zu unterstützen und war einfach für Luise da, wenn sie sie brauchte.

„ Wir sind doch für heute fertig und da du die Kinder erst in einer Stunde holen musst, dachte ich mir, ich lade dich auf was richtig lecker Süßes ein. Was meinst du?"

Luise sprang auf, warf die Arme in die Luft und sandte laut ein Stoßgebet gen Himmel.

„ Danke, lieber Gott, dass du mir eine so liebe und aufmerksame Freundin zur Seite gestellt hast, die immer genau weiß, was ich brauche! Halleluja!"

Isa hielt sich vor Lachen den Bauch.

„ Du bist unmöglich! Aber ich habe dich trotzdem lieb! Komm, lass uns einfach gehen."

Isa war schon halb wieder aus dem Büro draußen, als Luise sich langsam nochmal auf den Stuhl sinken ließ. Beim Aufstehen vorhin hatte sie bemerkt, dass ihre Kraft in den Beinen wieder stark nachgelassen hatte. Aber wenn sie sich jetzt ein wenig bewegte, würde es sicher wieder gehen. Kein Grund zur Sorge, mahnte sich Luise selbst, denk nicht immer gleich an das Schlimmste.

Isa lugte noch einmal herein.

„ Was ist, du lahme Ente? Keine Lust mehr?"

Als Isa bemerkte, dass sich Luise mit dem Aufstehen schwer tat, eilte sie zu ihr.

„ Tut mir Leid, ich wollte dich nicht aufziehen. Geht es? Kannst du laufen?"

Noch ein bisschen zerknirscht schaute Luise ihre Freundin an.

„ Es geht schon wieder. Ich hab wahrscheinlich einfach nur zu lange gesessen."

Luise knuffte Isa leicht in die Seite.

„ Los jetzt, du kleine Schnecke, wollten wir nicht längst los?"

Erleichtert sah Isa ihre Freundin an. Sie wusste,

dass Luise noch oft gesundheitliche Probleme hatte, war aber doch immer froh, wenn sie alles überspielte und einfach weitermachte.

Die Frauen spazierten vergnügt zum Italiener um die Ecke, der den besten Schokoladenshake aller Zeiten machte.

Einer der Firmenwagen kam ihnen entgegen. Hektisch wurde die Beifahrertür aufgerissen und Georg stieg mit dem Handy am Ohr aus. Fast rannte er ins Gebäude, musste aber dennoch die Frauen bemerkt haben, denn er nickte kurz in ihre Richtung.

In diesem Moment kam es Luise so vor, als hätte sie gerade einen wildfremden Mann zum ersten Mal gesehen. Nichts hatte dieser Mann gerade mit Georg, dem Vater ihrer Kinder und ihrem Ehemann, zu tun. Der, der zu Hause nicht ansatzweise etwas von dieser Energie in sich hatte, die er gerade verströmte.

Isa musste Luises Unsicherheit bemerkt haben. Als beide den herbeigesehnten Shake vor sich stehen hatten, starrte Luise vor sich hin. Von der eben noch guten Laune war bei ihr nichts mehr zu spüren.

„ Süße, was hast du? Ist es wegen Georg?"

Langsam schien sich Luise wieder zu fangen.

„ Hast du gesehen, wie engagiert er ist, wenn es um die Firma geht?", fragte Luise.

„ Ja, aber das ist er doch immer. Ich kenne ihn gar nicht anders, als mit einem Ohr am Handy und dabei schon wieder bei einem neuen Auftrag", antwortete Isa leise.

Isa kannte Luise schon so lange und hatte sich oft mit ihr darüber unterhalten, wie ihre Ehe mit Georg aussah.

„ Zu Hause ist er das genaue Gegenteil. Warum kann er sich für seine Familie nicht auch so ins Zeug legen? Ich erkenne ihn dann überhaupt nicht wieder", sagte Luise leise.

Isa schüttelte nur den Kopf.

„ Und weißt du, seitdem ich jetzt so lange krank war, ist es nicht besser geworden. Im Gegenteil, ich habe das Gefühl, es wird immer schlimmer. Eigentlich hatte ich gehofft, aus dieser blöden Situation eine Chance für uns zu finden, wieder näher zusammenzurücken, aber..."

Traurig hörte Isa ihrer Freundin zu. So gerne würde sie ihr helfen, aber sie wusste nicht wie.

Isa kannte Luise als eine starke, liebevolle Frau und Mutter, die Harmonie, Liebe und Verständnis ganz obenan stellte. Aber Luise schien seit langem von Georg nicht die Zuneigung und den Halt zu bekommen, den sie brauchte.

„ Ach, weißt du, es wird schon wieder werden. Jetzt lassen wir uns den Nachmittag nicht von meinen sentimentalen Gedanken verderben!", zwinkerte Luise ihrer Freundin dann aber zu.

Die beiden stießen miteinander an und während die herrliche süße Flüssigkeit Luises Kehle hinunterlief, formte sich ein Gedanke in ihrem Kopf, der sie nicht wieder losließ.

8

Gerade hatten die Kinder und Luise das Abendessen beendet, als Georg zur Tür hereinkam. Offensichtlich völlig erledigt, ließ er seine Sachen fallen und setzte sich stöhnend auf das Sofa. Von der überschwänglichen Energie und dem Eifer nur ein paar Stunden zuvor war nichts mehr zu spüren.

Nach Hause gekommen war der Georg, den Luise bereits seit Jahren als ihren Ehemann kannte. Georgs Gesichtsausdruck nach zu urteilen, wollte er lieber in Ruhe gelassen werden und so ging Luise ohne ein weiteres Wort mit den Kindern nach oben.

Nachdem die Kleine im Bett war und auch Luca in seinem Zimmer verschwunden war, ging auch Luise schlafen. Sie hatte vor, noch ein wenig zu lesen. Doch sie hatte Mühe, sich auf den Text des Romans zu konzentrieren. Der Gedanke, der sie am Nachmittag so plötzlich übermannt hatte, ließ sie nicht mehr los. Was, dachte sie, wenn ich mir einfach eine Auszeit nehme, allein wegfahre und wenn es nur ein paar Tage sind? Sie könnte ihre Eltern bitten, auf die Kinder aufzupassen, damit sie Georg damit nicht belästigen musste. Es musste doch eine Möglichkeit geben, diese Idee in die Tat umzusetzen?

Endlich schlief Luise ein, doch es wurde eine unruhige Nacht.

Schon immer verarbeitete sie ihre Erlebnisse im Traum und es waren auch oft die gleichen Träume, die sie verfolgten…

`Ich stehe in der Küche unseres wunderschönen, großen Hauses. Die Kinder spielen in unserem Garten, der einem Park ähnelt. Das Lachen der Kinder macht mich unendlich glücklich und ich genieße die Ruhe, die unser Anwesen umgibt. Von irgendwoher kommt leises Geflüster. Immer wieder kichert jemand. Stimmen vermischen sich miteinander. Ich gehe hinaus in den großzügigen Flur und schaue die geschwungene Treppe hinauf. Das Gemurmel und Gelächter kommt von oben. Aber wer ist dort? Die Kinder sind im Garten und Georg schläft doch, oder nicht? Langsam gehe ich die Treppe hinauf.

Die Stimmen scheinen aus dem Schlafzimmer zu kommen. Trotzdem schaue ich zuerst in den Kinderzimmern nach, ob vielleicht der Fernseher läuft. Alles ruhig, die Geräte sind aus. Ich gehe zurück in den Flur, als die Tür unseres Schlafzimmers aufgerissen wird. Georg kommt spärlich bekleidet mit einer hübschen Frau im Arm in den Flur gestürmt. Sie hat ebenfalls nur wenig an, ist vielleicht Mitte 20 und ähnelt einem Model. Die beiden bemerken mich gar nicht und gehen in Richtung Badezimmer. Die Frau küsst Georg immer wieder, bietet sich ihm an. Und er geht bereitwillig darauf ein. Die Tür des

Badezimmers wird von innen geöffnet. Luise kann noch zwei andere Frauen sehen, die in ihrer Schönheit der ersten in nichts nachstehen. Fassungslos steht Luise da, beobachtet das Schauspiel, bis sie eine Hand auf ihrem Arm spürt. Erschrocken dreht sie sich herum und sieht Georg grinsend vor sich stehen.

„Was schaust du denn so? Ich hab nur meinen Spaß!" Laut lachend geht er zurück zu den Frauen und schließt die Badezimmertür hinter sich. ´

Als der Wecker klingelt, braucht Luise eine Weile, um zu verstehen, dass sie nur geträumt hatte. Der Schmerz und die Verachtung waren noch so deutlich zu spüren, dass sie Mühe hatte, in die Realität zurückzukehren. Warum nur verfolgte sie immer wieder dieser Traum? War das ein Zeichen? Irgendein Omen? Sie konnte sich eigentlich nicht vorstellen, dass Georg sie tatsächlich betrügen könnte, aber warum wurde sie dann wieder und wieder in ihren Träumen mit der Nase daraufgestoßen?

„ Mama! Kommst du? Der Wecker hat schon lange geklingelt."
Ihre Kleine, die beim ersten Hahnenschrei meist wach war, holte Luise aus ihren Gedanken.
„ Ja, Schatz, ich komme schon."
Langsam kroch sie aus dem Bett. Munter fühlte

sie sich nicht, aber das würde nach dem ersten Kaffee bestimmt gleich ganz anders aussehen. Ihre Beine ließen sich noch nicht so richtig bewegen, aber das war Luise inzwischen gewöhnt. Es brauchte nach dem Aufstehen immer so seine Zeit, bis ihr Körper ihr gehorchte. Viele Dinge musste sie ignorieren, um nicht verrückt zu werden.

Nach dem Frühstück brachte sie die Kinder zur Schule und fuhr gleich weiter ins Büro.

Luise liebte ihre hübsche Kleinstadt. Es war alles da, was man sich wünschte, die wunderbare historische Altstadt mit ihrem kleinen Lieblingscafe´, kleinen Bars und niedlichen Läden. Das Bürogebäude der Firma war ebenfalls unmittelbar in der Nähe zum Stadtkern und auch die Schulen der Kinder waren selbst zu Fuß in ungefähr 20 Minuten zu erreichen. Sie hatten damals Glück gehabt, den Bauplatz für ihr Haus so günstig am Stadtrand bekommen zu haben. Wenn man im Garten hinter dem Haus war, war von der Stadt nichts mehr zu spüren. Dort erschloss sich ein wunderschönes Waldgebiet und in weniger als einem Kilometer Entfernung befand sich auch ein kleiner See, den Luise wegen seiner Abgelegenheit und Ruhe liebte. Sie war oft mit den Kindern dort, oder auch allein, wenn sie einen freien Tag hatte. Hier fühlte sie sich wohl, las oder genoss einfach nur die Stille.

Sie hatte gerade die Akte abgeschlossen, welche sie ihrem Kollegen übergeben sollte, als ihr Telefon klingelte. Mit einem Blick auf die Uhr, es war gerade zehn, nahm sie ab.

Die Direktorin der Grundschule meldete sich und erklärte Luise, dass Jessy auf dem Weg ins Krankenhaus sei. Sie hatte sich beim Spielen auf dem Schulhof den Fuß verletzt, vermutlich gebrochen.

„ Frau Winter, es ist sicher nicht so schlimm, wie es sich anhört, machen Sie sich keine Sorgen."

„ Ich danke Ihnen für Ihren Anruf, ich werde sofort zu meiner Tochter fahren."

Schnell legte Luise wieder auf, um ihrem Chef Bescheid zu geben, dass sie nach Hause musste.

Als Luise in ihr Auto stieg, versuchte sie vergeblich, Georg zu Hause ans Telefon zu bekommen. Auch auf seinem Handy hörte er nicht. Wahrscheinlich schlief er noch, er hatte ja seinen freien Tag.

Der Fuß ihrer Kleinen war tatsächlich gebrochen. Aber Jessy war tapfer, weinte kaum und freute sich darüber, so viel Aufmerksamkeit zu bekommen.

„ Ich möchte gerne einen grünen Gips, Mama" Luise lächelte.

„ Aber natürlich, mein Schatz. Du wirst sehen, dein Fuß heilt ganz schnell wieder und mit einem grünen Verband bestimmt noch schneller!" Sie zwinkerte ihrer Tochter zu.

Luise konnte Jessy mit nach Hause nehmen. Sie trug ihre Tochter ins Haus und weil es Mittag war, kochte sie der Kleinen schnell ihr Lieblingsessen... Grießbrei.

9

Jessy war nach dem Essen auf dem Sofa eingeschlafen. Die Schmerzmittel, die sie bekommen hatte, machten sie müde und Luise nutze die Zeit, etwas Ordnung zu schaffen.
Georg war nicht da, einen Zettel hatte er ihr auch nicht hinterlassen.
Gut, er wusste ja noch nicht, dass Jessy sich den Fuß gebrochen hatte und sie mit der Kleinen zu Hause war. Sie sah wieder auf ihr Handy, ob er vielleicht zurückgerufen hatte, aber nichts. Sie wählte noch einmal seine Nummer, doch es ging wieder nur die Mailbox dran. Ohne es zu wollen, machten sich wieder die Gedanken an ihren letzten Traum in Luise breit. Diese hübschen, jungen und gesunden Frauen, zusammen mit ihrem Georg im gemeinsamen Schlafzimmer...das breite Grinsen ihres Mannes, als Luise dazukam...

Luise blieb vor dem großen Spiegel im Flur stehen. Angespannt musterte sie ihr mittlerweile gealtertes Gesicht, ihren sichtlich angegriffenen

Körper, der noch vor wenigen Monaten vor Kraft und Energie gestrotzt hatte. Sie konnte nicht wirklich sagen, was sie in diesem Moment für ein Gefühl hatte, doch sie spürte, dass sie ihr ursprünglich sicheres und gesundes Selbstbewusstsein langsam verlor.

Die Unsicherheit, die ihr diese unheimliche Krankheit bereitet hatte, übernahm wieder einmal die Kontrolle über sie. Luise verlor sich kurz in dieser Machtlosigkeit und Unfähigkeit, etwas ändern zu können. Tränen rannen ihr über das Gesicht und sie spürte mehr und mehr, wie schnell es immer wieder möglich war, in diesem elend schwarzen Loch zu versinken…

Luise riss den Kopf nach oben, atmete tief durch, wischte sich die Tränen weg und starrte erneut in den Spiegel. Sie musterte ihre einst leuchtenden Augen und schaffte es, sie lächeln zu lassen. Stück für Stück kam die Sicherheit zurück, sich nicht unterkriegen zu lassen.

Diese Option bestand einfach nicht. Nicht wegen der Kinder oder ihrer Eltern oder Georg. Für sich selbst wusste sie, dass sie es schaffen würde, wieder mit beiden Beinen im Leben zu stehen, ohne diese beängstigenden Schatten, die sie ständig verfolgten. Sie durfte es nicht mehr zulassen und vor allem wollte sie es nicht mehr.

Es war endlich an der Zeit, das Ruder wieder in die Hand zu nehmen!

Schließlich hatte sie noch einiges vor und sie beschloss, die Zeit zu nutzen, die ihr blieb. Jetzt!

Luise setzte sich zu ihrer Tochter, auf das Sofa, die noch immer tief und fest schlief. Ihre Gedanken wanderten zurück an die Küste, an den Ort, an dem sie bereits vor Jahren für eine gewisse Zeit hatte arbeiten dürfen. Es hatte Luise dort sehr gefallen und ihr Gefühl sagte ihr, dass dies genau der richtige Ort wäre, um sich zu erholen, um zu sich zurückzufinden.
Jessy würde für ein paar Wochen nicht in die Schule gehen können, also musste entweder Luise mit ihr zu Hause bleiben oder ihre Eltern würden einspringen müssen. Oder Georg.
Aber es waren ja auch bald Ferien, irgendwie würde sich schon ein Weg finden.

Als Luca nach Hause kam, fand er seine Mutter und seine kleine Schwester schlafend auf dem Sofa vor. Er konnte sich ein Lächeln nicht verkneifen und obwohl er die beiden manchmal wirklich nervig fand, spürte er doch eine innige Liebe für sie.
Gerade, als er sich zum Gehen wandte, sagte Luise leise: „ Hey, mein Großer, komm her zu uns."
Sie nahm ihren Sohn in den Arm und Luca genoss es einfach.
„ Ich muss mit dir reden, meinst du, du hast nachher kurz Zeit für deine Mum?"

„ Klar, ich wollte gleich noch mit Tobi los, aber es dauert nicht lange, dann können wir reden, okay?"

Als Luca aufstand, bemerkte er erst, dass Jessy einen Gipsverband am Fuß hatte.

Erschrocken drehte er sich zu seiner Mutter um.

„ Was ist mit dem Zwerg passiert?"

Luise lächelte ihren Sohn liebevoll an.

„ Dein kleiner Zwerg hat sich den Fuß gebrochen, also sei gefälligst lieb zu ihr!"

„ Oh", antwortete Luca nur und ging in sein Zimmer.

Luise schaute ihm hinterher. Ach, mein Großer, er liebt seine kleine Schwester ja doch, dachte sie lächelnd.

Als es Abend geworden war und Jessy im Bett lag, ging Luise zu ihrem Sohn. Georg war noch immer nicht zu Hause, zurückgerufen hatte er bisher auch nicht und seltsamerweise war es Luise inzwischen gleichgültig. Sie vermied es, sich darüber Gedanken zu machen, warum dies so war, sie akzeptierte es einfach.

Leise klopfte sie an Lucas Zimmertür. Sie fand ihn mit Kopfhörern auf dem Bett liegen und setzte sich neben ihn.

„ Hey, Mum, was gibt's?", fragte er.

„ Ich möchte mit dir reden, Großer, und ich brauche deine Unterstützung."

Das Gespräch verlief besser, als es Luise erwartet hatte. Als sie Luca von ihrem Vorhaben erzählte, für eine Weile allein wegfahren zu wollen, hatte Luca sie erst verwundert und ein wenig skeptisch angeschaut, ihr dann aber ruhig und verständnisvoll zugehört.

„ Weißt du, Mum, ich finde es richtig gut, wenn ich ehrlich bin. Nicht nur, dass du einfach mal Ruhe brauchst, auch mit Papa und dir stimmt einiges nicht, hab ich Recht?"

Luise zuckte nur mit den Schultern. Darüber wollte sie nicht schon wieder nachdenken.

„ Ich habe ihn seit Tagen nicht gesehen, wo ist er eigentlich?", fragte Luca nach.

„ Ich kann es dir nicht sagen, ich erreiche ihn nicht." Luise ließ den Blick sinken.

„ Auch egal, auf mich kannst du dich auf jeden Fall verlassen. Wenn wir zu Oma gehen, werde ich schon auf den Zwerg aufpassen. Außerdem kocht Oma immer so gut, dass wir dich kaum vermissen werden."

Luise schaute erschrocken in das hübsche Gesicht ihres Sohnes, welches Georgs so sehr glich. Ein schiefes Lächeln breitete sich in Lucas Gesicht aus.

„ War ein Spaß, Mum! Mach dir keine Sorgen. Das wird schon. Aber hey, ich darf schon mit den Jungs um die Häuser ziehen, wenn wir bei Oma und Opa sind, oder?"

Jetzt setzte Luise einen düsteren Blick auf, sodass Lucas Lächeln verschwand.

Luise boxte Luca leicht an den Oberarm und lachte los.

„ Na klar, Schatz, warum solltest du das nicht dürfen?"

Luca nahm seine Mutter in den Arm und ließ sie eine ganze Weile nicht los. Sie redeten miteinander, ohne etwas zu sagen.

Tränen der Freude und Dankbarkeit liefen Luise über die Wangen. Das Glück, solch wunderbare Kinder zu haben, war manchmal gar nicht zu beschreiben.

Luca ließ Luise erst los, als es an der Tür klopfte. Jessy steckte ihren kleinen Lockenkopf zur Tür herein.

„ Mama, ich kann nicht schlafen."

„ Komm schon her, Zwerg. Aber renn nicht so!", lachte Luca, um sie ein wenig aufzuziehen.

Jessy humpelte zum Bett und ließ sich von ihrem Bruder auffangen.

Diese Momente mit den Kindern liebte Luise, es gab einfach nichts Schöneres.

Als Luca später seine Schwester sogar in ihr Bett trug, sie liebevoll zudeckte und ihr einen Kuss auf die Stirn gab, war sich Luise ganz sicher, sich nicht sorgen zu müssen, wenn sie weg war.

Luca würde sich um Jessy kümmern und zwar, weil er es gern machte.

„ Danke!", rief sie ihm leise hinterher, als er wieder in sein Zimmer verschwand.

Die nächsten Tage war Luise damit beschäftigt, alles zu planen, ein Zimmer zu finden, ihre Ersparnisse umzubuchen, die Firma zu verständigen und ihre Eltern zu instruieren.

Georg war zwischenzeitlich wieder zu Hause aufgetaucht, wenn auch nur kurz.

Zu kurz leider, um mit ihm über ihr Vorhaben zu reden. Aber er hatte sich in der letzten Zeit ein wenig um Jessy gekümmert und das hatte der Kleinen sehr gefallen. Es war schön zu sehen, wie er mit ihr auf dem Sofa kuschelte und sie von ihrem verletzten Fuß abzulenken versuchte.

Als Luise aber den Versuch startete, mit ihm zu reden, sagte Georg, er müsse gleich wieder los zu einer Sitzung und hatte das Gespräch auf später verschoben.

Tja, später wäre zu spät. Luise würde ihn vor vollendete Tatsachen stellen müssen und ihm einen kurzen Brief schreiben.

Es war so weit.

Luises Eltern und Kinder hatten sie zum Bahnhof gebracht und nun stand sie am Fenster des Abteils und winkte ihren Lieben zum Abschied auf unbestimmte Zeit. Jessy weinte, doch Luca drückte sie fest an sich, sodass sie sich an ihren großen Bruder schmiegen konnte. Luise war stark, sie war sicher, das Richtige zu tun.

Auch noch, als der Zug den Bahnhof längst verlassen hatte und sie schluchzend in ihrem Sitz saß…

10

Völlig in Gedanken, stellte Luise ihre Tasse auf dem kleinen Balkontisch ab und hörte dem Rauschen der Wellen zu. Sie zog sich ihre Jacke über und lief die Treppe hinunter zum Strand, der direkt vor ihrer kleinen Ferienwohnung lag.

Es war angenehm warm und Luise zog ihre Schuhe aus, um den Sand unter den nackten Fußsohlen zu spüren. Es war einfach herrlich und um diese Zeit war der Strand noch menschenleer. Sie war ganz allein hier und genoss jede Minute. Ruhe, keine quälenden Gedanken, die ihr im Kopf herumschwirrten.

Kurz kam ihr Georg in den Sinn. Er hatte sich in den letzten beiden Wochen nur ein einziges Mal gemeldet und sie am Telefon wütend gefragt, was denn in sie gefahren sei, einfach abzuhauen. Luise hatte nicht geantwortet, sie hatte aufgelegt. Jetzt lächelte sie bei dem Gedanken daran.

Sie legte ihre Jacke in den Sand und setzte sich darauf. Ihr Blick schweifte über das Meer und den unendlich weit weg scheinenden Horizont.

Plötzlich stand sie auf und rannte ins Wasser.

Es war eiskalt und wundervoll zugleich. Am liebsten hätte sich Luise ganz ins Wasser fallen lassen. Sie warf ausgelassen die Arme hoch und tanzte wie ein Kind.

Sie war angekommen.

Bei sich. Es ging ihr so gut, wie seit langem nicht mehr und seitdem sie hier war, hatte sie auch nichts mehr von ihrer Krankheit gespürt. Es war ein so schönes Gefühl, sich endlich körperlich und seelisch wohl zu fühlen.

Als sie zu ihrer Jacke zurückkam, war sie beinahe komplett durchnässt.

Wenn sie nicht krank werden wollte, sollte sie lieber schnell zurückgehen und sich umziehen.

Lachend warf sie die Jacke über ihre Schulter und machte sich auf den Heimweg.

Ein ganzes Stück vor ihr lief jemand. Ob Mann oder Frau konnte Luise nicht sagen.

Hoffentlich hat mich grad niemand beobachtet, dachte sie lächelnd, aber im Grunde war es ihr egal.

Im Zimmer angekommen, zog sich Luise schnell trockene Sachen an. Sie wollte noch einmal ins Dorf, um ein paar Lebensmittel einzukaufen. Sie hatte vor, am Abend ein schönes Bad zu nehmen, sich etwas Leckeres zu kochen und dann mit den Kindern zu telefonieren, die inzwischen Ferien hatten.

Der kleine Laden im Dorf war erstaunlich gut ausgestattet. Man konnte dort fast täglich frisches Obst und Gemüse kaufen und auch einen kleinen Bäckerstand gab es im Laden.

Luise nahm sich gerade ein paar Tomaten aus dem Regal, als sie von hinten angerempelt wurde. Ihr fielen die Tomaten aus der Hand und als sie sich umdrehte, verließ, der Statur nach ein Mann, hektisch den Laden.

„ Der hatte es aber plötzlich eilig.", hörte Luise die Verkäuferin sagen.

Kopfschüttelnd hob sie die Sachen auf und ging zur Kasse.

„ Haben Sie den jungen Mann so erschreckt?", fragte die Verkäuferin Luise.

„ Ich hoffe doch nicht.", lachte Luise.

„ Es war auf jeden Fall nicht meine Absicht."

Als Luise zu Hause ankam, hatte sie den Vorfall schon wieder vergessen.

Sie telefonierte gerade mit Jessy, als sie ins Bad ging, um sich Wasser einzulassen.

Jessy erzählte Luise, wie sie trotz Gipsverband rennen konnte und Opa ständig davonlief.

Luise musste lachen, als sie sich die Situation vorstellte. Nachdem sie noch kurz mit ihrer Mutter gesprochen hatte und ihr versichert hatte, dass alles in Ordnung sei, nahm Luise im Vorbeigehen noch ihre Jacke mit, die sie nach ihrem Strandgang über dem Stuhl hatte hängen lassen.

Dabei fiel ein Zettel aus der Tasche, was ihr zunächst gar nicht aufgefallen war. Als sie zurückkam, hob sie ihn auf und faltete ihn skeptisch auseinander.

Nach den ersten Worten musste sich Luise setzen…

„ Sie sind mir schon vor einiger Zeit aufgefallen. Ich würde Sie sehr gerne kennen lernen. Machen Sie sich keine Sorgen, ich habe keine bösen Absichten. Ich finde Sie einfach nur sehr interessant und würde mich freuen, wenn Sie sich melden würden. "

Der Zettel war unterzeichnet mit „ U. " und eine Email-Adresse und Handynummer standen auch darauf.

Luise war plötzlich schlecht. Ans Kochen war nicht mehr zu denken. Sie hatte zu zittern begonnen und bekam es nicht unter Kontrolle.

Was sollte das denn? Wie kam der Zettel in ihre Küche?

War er in ihrer Jacke gewesen? Denn bevor sie die Jacke mit hinausgenommen hatte, war ihr der Zettel nicht aufgefallen.

Ob sie es zugeben wollte oder nicht, sie hatte Angst.

Okay, sie musste logisch überlegen. Hatte sie jemanden getroffen, der ihr den Zettel vielleicht zugesteckt haben könnte?

Aber bisher hatte Luise nur mit wenigen Leuten aus dem kleinen Dorf auf der Insel Kontakt, das konnte also nicht möglich sein.

Aber Moment, vorhin am Strand…sie hatte ihre Jacke liegen lassen und beim Gehen war ihr diese Person aufgefallen, von der sie hoffte, von ihr im

Wasser nicht beobachtet worden zu sein.

Sollte ER sie doch beobachtet haben? Denn sie ging jetzt stark davon aus, dass es sich um einen Mann gehandelt haben musste.

Das Klingeln ihres Handys erschreckte sie so sehr, dass sie den Zettel fallen ließ.

Vorsichtig griff sie nach dem Handy und beruhigte sich sofort, als sie Georgs Nummer sah.

Sollte sie ihm davon erzählen? Nein, besser nicht.

„ Ja?", meldete sich Luise.

„ Ich bin es. Ich wollte nur fragen, wie es dir geht", sagte Georg mit ruhiger Stimme.

„ Gut. Es geht mir gut, danke." Luises Stimme zitterte noch immer und sie hoffte, er würde es nicht hören.

„ Bist du sicher? Du klingst etwas außer Atem?", hakte Georg nach.

„ Nein, alles okay. Und bei dir?", versuchte Luise abzulenken.

„ Ja, ist auch alles okay."

Eine Weile schwiegen sie, bis Luise sagte: „ Na dann, bis bald."

„ Ja", antwortete Georg und legte auf.

Na toll! Das hatte Luise gerade noch gefehlt! So ein blödes Telefonat mit ihrem Mann, das man auch gut hätte sein lassen können.

Was sollte das denn?

Vielleicht sollte sie nochmal mit ihren Eltern telefonieren und ihnen von diesem Briefchen erzählen. Aber dann würden sie sich Sorgen machen und sie sofort nach Hause zurückholen. Das wollte Luise nicht. Sie entschied sich dagegen und auch als Luise später mit Luca per SMS schrieb, erwähnte sie das Vorgefallene nicht. Sie hatte sich wieder ein wenig beruhigt und versuchte die Angelegenheit einfach zu vergessen. Was jedoch nicht so einfach war wie gedacht, es wurde eine unruhige Nacht und an Schlaf war kaum zu denken. Obwohl ihr die Zeilen in dem kleinen Brief dieses Unbekannten eigentlich ganz freundlich erschienen, konnte sich dahinter vielleicht doch etwas anderes verbergen. Luise blieb verunsichert, schließlich war sie hier allein und konnte sich niemandem anvertrauen.

11

Der nächste Morgen begann, wie die Nacht geendet hatte. Luise war müde, hatte einfach zu wenig Schlaf abbekommen und sie war aufgewühlter, als es ihr lieb war.

Nach einem starken Kaffee beschloss sie, mit Isa zu telefonieren.

Isa war sofort am Telefon und plapperte die ganze Zeit darüber, was in der Firma alles so los war. Offensichtlich hatte sie nicht viel zu tun, denn als sie nach zehn Minuten noch immer davon berichtete, wer mit wem und warum und überhaupt, meldete sich Luise zu Wort.

„ Süße, das ist ja alles schön zu hören, aber ich möchte das gar nicht wissen", sagte Luise, in der Hoffnung, dass Isa sie nicht falsch verstand.

„ Ach, entschuldige, aber du kennst mich doch. Und wenn du nicht da bist, kann ich hier auch mit niemandem so reden wie mit dir. Jetzt erzähl du, wie geht es dir? Hast du nicht langsam genug von deiner Ruhepause?"

Luise musste lachen.

„ Noch nicht ganz, aber es geht mir ganz gut. Sag, hast du Georg denn in letzter Zeit gesehen?", fragte Luise nach. Warum, wusste sie selbst nicht.

„ Ja, er rennt durch die Firma, wie immer, aber er ist auch oft unterwegs, habe ich gehört. Geschäftsreisen. Er soll einen ziemlich großen Kunden an der Angel haben. Du kennst ihn doch", antwortete Isa.

Ja, so kannte sie ihren Mann, das stimmte wohl.

„ Das freut mich für ihn. Wir haben kurz telefoniert gestern. Er war ziemlich kurz angebunden, aber das ist er ja immer."

Nach einer kurzen Pause sagte Luise:

„ Isa, warum ich eigentlich angerufen habe…"

Isa fuhr sofort dazwischen.

„ Was ist los? Ist etwas passiert? Erzähl!"

„ Würde ich ja, wenn du mich zu Wort kommen lässt", antwortete Luise und konnte ein Lächeln nicht unterdrücken.

„ Also, mir ist da gestern tatsächlich etwas Seltsames passiert."

Luise erzählte ihrer Freundin von dem Zettel, den sie gefunden hatte, las ihn ihr sogar vor und erklärte ihr auch, dass sie nicht wusste, wie der Brief in ihre Wohnung gekommen war.

„ Ich kann es mir einfach nicht erklären und es kommt mir ein bisschen unheimlich vor. Was meinst du?"

Es dauerte eine Weile, bis Isa antwortete.

„ Oh", sagte sie kurz.

„ Oh? Ist das alles, was dir dazu einfällt?", fragte Luise ungläubig nach.

„ Na ja, ich muss erst darüber nachdenken. Es ist schon ein bisschen gruselig. Wenn ich mir vorstelle, dass da ein fremder Mann…"

„ Isa! Das hilft mir nicht weiter!"

„ Sorry, ich wollte dich nicht noch mehr beunruhigen. Aber weißt du was? Tu es einfach!"

„ Was soll ich tun?", fragte Luise.

„ Na, melde dich bei ihm."

„ Was??? Bist du verrückt? Ich weiß doch gar nicht, wer das ist, das kann doch ein totaler Psychopath sein."

„ Oder ein gutaussehender, netter junger Mann, der dich auf ein Abenteuer mitnehmen möchte, Kleines."

Jetzt hatte es Luise die Sprache verschlagen. Wie kam Isa nur auf solche absurden Ideen?

„ Luise, ich weiß, es klingt verrückt, aber ich halte es tatsächlich für eine gute Idee. Du hast doch gar nichts zu verlieren. Denk einfach darüber nach und melde dich nochmal, ja?"

„ Okay, das tue ich. Bis dann! Hab dich lieb!", verabschiedete sich Luise von ihrer Freundin.

Damit hatte sie ja nun gar nicht gerechnet. Aber der Vorschlag von Isa ging ihr nicht mehr aus dem Kopf.

Nach einem langen Spaziergang war sie deutlich entspannter, wenn auch nicht unbedingt in der Entscheidungsfindung weiter. Es vergingen ein paar Tage, in denen es sich Luise wieder gut gehen ließ, das Wetter und die Insel genoss und sich kaum noch Gedanken über diesen Unbekannten machte.

Heute hatte sie vor, bei einer kleinen Schiffstour mitzufahren. Sicher würde es lustig werden und Luise konnte so die Insel noch ein bisschen besser kennen lernen.

Die Tour sollte ungefähr zwei Stunden dauern, Zeit genug also, um gemütlich ihr Buch zu beenden, welches sie begonnen hatte und die frische Meeresluft dabei zu genießen.

Das Schiff war bei weitem nicht ausgebucht und Luise saß fast allein an Deck bei einer Tasse Kaffee.

Sie ließ ihren Blick schweifen und entdeckte ein paar Tische weiter einen Mann. Er musste ungefähr ihr Alter haben, etwas älter vielleicht, dunkelblonde, kurze Haare und auf eine Weise attraktiv, die Luise regelrecht beeindruckte. Er schien, wie sie, allein an Bord zu sein und genoss ebenfalls den wunderbaren Blick über das Meer.

Scheinbar hatte Luise diesen Mann zu lange gemustert, denn sein Blick traf so plötzlich den ihren, dass sie unvermittelt und etwas beschämt wegschauen musste.

Wie peinlich, dachte sie noch, als sie ihr Buch in die Tasche steckte und aufstand.

Was hatte sie denn nur geritten, diesen Mann so anzustarren?

Als sie sich zum Gehen umdrehte, fing sie seinen Blick noch einmal auf. Ein liebevolles Lächeln umspielte seine Lippen. Es war umwerfend und es passte zu ihm.

Unter anderen Umständen hätte Luise vielleicht gewunken oder wäre auf ihn zugegangen, aber der Typ Frau war sie nun wirklich nicht. Andererseits lernte man aber nur so andere

Menschen kennen, oder?

Luise ging hinunter. Das Schiff würde gleich anlegen und irgendwie war sie froh darüber. Unter Deck hatten sich offensichtlich sämtliche Passagiere gesammelt, um Andenken zu kaufen, bevor sie von Bord gingen. Es war ein heilloses Durcheinander. Luise hatte Mühe, zum Ausgang zu kommen und wurde mehr oder weniger durchgeschoben. Als sie es endlich geschafft hatte, von Bord zu kommen, war sie doch froh darüber. So schön die Fahrt auch gewesen war, die kurze Begegnung mit diesem Mann hatte sie durcheinander gebracht.

Konnte es sein, dass er dieser Mann war?

Der Unbekannte?

Ach, Luise, jetzt spinnst du aber, dachte sie, das konnte nun aber wirklich nicht sein.

Um sich zu vergewissern, ob sie Recht hatte, drehte sie sich noch einmal zum Schiff um.

Er stand an Deck, schaute zu Luise hinunter und winkte ihr zu.

Erschrocken blieb sie stehen, starrte ihn an und hob automatisch die Hand. Es fühlte sich an, als hätte sie eine Ewigkeit so dagestanden und als sich Luise dessen bewusst wurde, wandt sie sich schnell um und ging.

Gott! Was passierte hier! War es Zufall oder doch der Unbekannte?

Zu Hause angekommen, nahm sie ihr Buch aus der Tasche. Beim Herausnehmen fiel ihr wieder ein Zettel auf, der noch in der Tasche lag.

Das durfte doch nicht wahr sein. Luise war sich sicher, dass sie außer ihrem Geldbeutel, ihren Schlüsseln und dem Buch nichts weiter in der Tasche hatte.

Beim Auseinanderfalten des Zettels stockte ihr der Atem. Er war von IHM!

Wie war das möglich? War der Mann an Deck doch der Unbekannte? Wie hatte er es aber geschafft, ihr den Zettel zukommen lassen?

„ Ich möchte Ihnen keine Angst machen. Bitte denken Sie nicht, ich wäre verrückt. Oder doch, verrückt nach Ihnen, vielleicht. Sie faszinieren mich. Geben Sie mir eine Chance, Sie kennenzulernen. Bitte!

U."

Langsam zerrte diese Situation an Luises Nerven. Sie wurde richtiggehend wütend. Was war nur mit diesem Kerl nicht in Ordnung?

Was trieb er für ein Spiel?

Ihr Gefühl sagte ihr dennoch, dass sie nichts zu befürchten hatte, und der Mann hatte ihr wirklich gefallen. Warum sollte sie es nicht wagen? Isa hatte Recht. Sie hatte nichts zu verlieren.

Georg vielleicht. Aber den Georg, den sie einst liebte, hatte sie bereits vor langer Zeit verloren. Entschlossen setzte sie sich an ihren Laptop, den es gab nur eine Möglichkeit, Licht ins Dunkle zu bringen.

12

Luise richtete sich eine neuen Email - Adresse ein. Die gemeinsame Adresse von ihr und Georg wäre für ihr Vorhaben wohl auch denkbar ungünstig gewesen. Außerdem wollte Luise unbedingt vermeiden, dass dieser Unbekannte ihre wahre Identität herausfand.

Nachdem sie damit fertig war, holte sie den ersten Brief des Unbekannten aus ihrer Tasche. Ihm schien es nicht anders zu gehen, zumindest, was seine Identität anging. Seine Email - Adresse bestand aus einer Buchstaben- und Zahlenkombination, die nicht das Geringste über diesen Mann verriet.

Entschlossen und gegen jede Regel der Vernunft gab sie seine Adresse ein und schrieb:

„ Sie machen mir keine Angst, Sie verwirren mich!"

Wie sollte sie unterschreiben?

Nach einiger Überlegung entschied sich Luise

ebenfalls für „ U"- als unbekannt.

So war es vielleicht doch am Einfachsten und er würde nicht herausfinden, wer sie wirklich war.

Plötzlich schoss ihr in den Kopf, dass der Typ bereits wissen könnte, wo sie wohnte?

Aber wenn er aufdringlich oder gar ein Stolker war, wäre er dann nicht längst bei ihr gewesen? Das war er doch bisher nicht, oder?

Genau konnte es Luise nicht sagen, und sie bekam Panik.

Bevor sie die Email abschickte, rief sie Isa noch einmal an.

Isa hatte Luise aufmerksam zugehört.

Auch ihr waren ein paar Bedenken gekommen und sie machte sich ein wenig Sorgen um ihre Freundin.

Selbst wenn Luise diesem Kerl nicht antworten würde, würde er wahrscheinlich weiter versuchen, mit ihr Kontakt aufzunehmen. Vielleicht sollte sie sich einfach nach einer anderen Wohnung umschauen und die ganze Sache hinter sich lassen. Andererseits…

„ Isa? Ich tue es jetzt einfach. Wir werden sehen, was passiert. Wenn es tatsächlich der Mann vom Schiff ist, was ich ganz stark annehme…Isa, er sah wirklich toll aus…!"

Isa konnte sich am anderen Ende der Leitung ein lautes Lachen nicht verkneifen.

„ Meine kleine Luise, die treue Seele, stürzt sich endlich in ein Abenteuer! Ich bin stolz auf dich! Es ist auf jeden Fall eine Erfahrung wert Süße!"

Ohne zu zögern, drückte Luise nach Beendigung des Gespräches auf „ Senden" und die Email war auf dem Weg.

Es war immer wieder schön, in diesem kleinen Dorf an der Küste. Alles an dem Ort faszinierte Luise auf eine Weise, die ihr so gut tat. Wenn sie jetzt darüber nachdachte, wie es ihr noch vor ein paar Monaten gegangen war, körperlich wie seelisch, war sie einfach von Herzen dankbar, hier zu sein.

Ihre Krankheit war kaum spürbar, es ging ihr wirklich gut. Vor allem war auch die Angst, vielleicht allein nicht klarzukommen, wenn es ihr schlecht ging, wie weggeblasen.

Die düsteren Gedanken, die Unsicherheit, die sie oft beschlichen hatten und dieses tiefe schwarze Loch, in welches sie in der Vergangenheit oft zu versinken drohte, waren einfach nicht mehr da. Luise spürte neuen Lebensmut, eine Art von Freiheit und Unabhängigkeit, die ihr einfach gefehlt hatte.

Sie war glücklich, obwohl sie ihre Kinder vermisste, dass es manchmal weh tat. Und doch wusste sie, dass ihre Entscheidung, sich eine Auszeit zu nehmen, richtig gewesen war. Wenn sie so darüber nachdachte, gab es noch eine positive Wendung in ihrem Leben.

Nicht nur sie selbst war dabei, ihrem eigentlichen Seelenweg zu folgen, sie wurde auch endlich wieder von anderen wahrgenommen. Nicht nur als Mensch, der in jeglicher Form funktionierte und jederzeit bereit war, anderen zu helfen, sondern als Frau.

Und das hatte dieser unbekannte Mann geschafft.

Egal, wie die Sache ausgehen würde, er hatte Luise bereits jetzt das Gefühl gegeben, gesehen zu werden, und allein dieser Umstand zauberte ihr ein Lächeln ins Gesicht.

Vergnügt schlenderte sie durch den Ort, bestaunte die niedlichen, kleinen Häuser, die so urgemütlich aussahen, machte noch ein paar Besorgungen und ging dann langsam wieder nach Hause.

Noch immer in Gedanken überhörte sie beinahe das Klingeln ihres Handys.

Schnell kramte sie es aus ihrer Tasche und nahm ab. Es war Luca.

„ Hey, Mum? Alles in Ordnung bei dir?", fragte er.

„ Ja natürlich, mein Großer, es geht mir wirklich gut, ich komme gerade von einem Spaziergang. Wie geht es euch? Und warum rufst du eigentlich an? Sonst schreibst du mir doch nur Nachrichten?", antwortete Luise.

„ Ja, stimmt. Aber ich musste anrufen, Mum. Oma geht es nicht so gut. Sie wurde ins Krankenhaus gebracht. Opa ist jetzt mit uns allein und Jessy heult immerzu nur rum."

Luise ließ die Einkaufstasche zu Boden fallen.

„ Was? Nein! Was hat sie? Wie geht es ihr? Wo ist euer Vater?"

Luise überschlug sich fast mit ihren Fragen.

„ Mum, jetzt beruhige dich wieder, Oma wird schon wieder. Es ist nichts Schlimmes. So´ne Frauensache, sagt Opa. Aber Jessy nervt. Ich wollte dich nur vorwarnen.“

Mein Gott! Das hatte gerade noch gefehlt. Ihre Mutter im Krankenhaus und ihr Vater mit den Kindern allein.

„ Schatz, wo ist Papa?“, fragte Luise noch einmal nach.

„ Auf Dienstreise“, antwortete Luca knapp.

„ Wann ist er zurück?“

„ Mum, keine Ahnung, kommt ganz darauf an“, bekam Luise als Antwort.

Kommt ganz darauf an? Was sollte das jetzt? Aber egal, mit Georg war also nicht zu rechnen, wie so oft. Warum, war Luise momentan auch vollkommen gleichgültig.

„ Ich komme sofort nach Hause! Kann ich Oma erreichen?“

„ Opa hat ihr ein Handy ins Krankenhaus gebracht. Ich schicke dir die Nummer. Und, nein, Mum! Bleib, wo du bist, wir schaffen das schon. Wirklich!“

Dessen war sich Luise eigentlich sicher. Sie konnte sich einhundertprozentig auf ihre Familie verlassen.

„ Okay. Bitte schick mir Omas Nummer, sofort.

Ich melde mich dann wieder, ja?"

Nachdem sie aufgelegt hatten, kam sofort eine SMS mit der Handynummer ihrer Mutter.

Sie wählte die Nummer und kurz darauf hörte Luise Marias dünne Stimme.

„ Mama, was ist passiert?"

Luise versuchte, sich ihre Sorge nicht zu sehr anmerken zu lassen und wie sich herausstellte, war die Angst um ihre Mutter auch fast unbegründet.

Maria erzählte ihr, dass es sich tatsächlich nur um eine kleine OP gehandelt habe, die sie gut überstanden hatte. Maria war nur wegen der Narkose noch ein bisschen benommen.

„ Es ist alles gut", sagte Maria, um Luise zu beruhigen.

„ Mach dir keine Sorgen. Außerdem schaffen es unsere Männer auch ein paar Tage ohne uns, da bin ich mir sicher."

Luise wusste, dass Maria damit Recht hatte. Auf ihren Sohn und ihren Vater war Verlass.

„ Und unterstehe dich, jetzt schon nach Hause zu kommen! Du brauchst die Zeit für dich, bitte nutze sie, mein Mädchen" fügte Maria noch hinzu. Der energische Unterton war selbst jetzt nicht zu überhören.

„ Ja natürlich, ich weiß, Mama. Aber bitte, sagt mir Bescheid, wenn etwas nicht in Ordnung ist. Ich hab dich lieb!"

„ Ich dich auch, mein Schatz. Lass mich jetzt noch ein bisschen schlafen. Bis später!"

Als sie aufgelegt hatte, war Luise schon etwas beruhigter. Manchmal wünschte sie sich wirklich, die Coolness ihres Sohnes zu besitzen. Er blieb immer die Ruhe selbst, wie Georg.

Gedankenverloren setzte sich Luise an ihren Laptop. Irgendwie musste sie sich jetzt ablenken, um den kleinen Schock zu verdauen. Sie hatte wackelige Knie, aber nachdem sie gesehen hatte, dass sie eine neue Email hatte, konnte sie nicht mehr sagen, woran das lag.

ER hatte geantwortet. Und nachdem sie die Email geöffnet hatte, sah sie, dass er ihr schon vor Stunden geantwortet hatte.

Saß er etwa die ganze Zeit vor dem Rechner und wartete auf eine Nachricht von ihr?

Luise lächelte bei dem Gedanken daran. Ein bisschen kam sie sich vor wie ein Teenager.

„ Es ist sehr schön, dass Sie sich gemeldet haben. Ich freue mich sehr darüber, Sie näher kennen zu lernen, wenn Sie dazu bereit sind natürlich. Ich möchte Sie weder verwirren noch bedrängen. Aber ich beobachte Sie schon so lange, und ich bin jedes Mal wieder fasziniert von Ihnen. Sie interessieren mich sehr.
Vielleicht können wir einfach öfter schreiben und uns eventuell irgendwann einmal treffen? Das wäre wunderbar.

Alles Liebe! U."

Oh, das klingt gar nicht so schlecht, dachte Luise beim Lesen der Nachricht. Scheinbar war er wirklich nicht der Typ, der Frauen bedrängte, sondern einer, der auf eher geheimnisvolle Weise an Frauen herantrat. Aber er beobachtete sie, das war unangenehm und beängstigend.

„ Das erklärt mir noch nicht, warum Sie mich beobachten müssen und mir Zettel zustecken. Warum sprechen Sie mich nicht an?"

Luise schickte die Nachricht ab und musste nicht lange auf eine Antwort warten.

„ Es tut mir Leid, ich bin nicht der Typ, der Frauen einfach anspricht. Das liegt mir einfach nicht. Ich würde keinen Ton herausbringen und bei Ihnen wäre mir das mehr als unangenehm. Ich möchte ja einen guten Eindruck bei Ihnen hinterlassen. Aber mir ist auch klar, dass Sie die Situation momentan auch etwas verwirrend finden. Lassen Sie es uns versuchen, ja? Darf ich fragen, wie Sie heißen? Ich bin Uli. "

Nein, das darfst du nicht. Oder Luise musste sich schnell einen anderen Namen einfallen lassen. Uli hieß er also. Das „ U" stand also nicht für

Unbekannt.

Luise überlegte eine Weile. Eigentlich gefiel es ihr, dass sich jemand für sie interessierte und diese geheimnisvolle Art, wie Uli versuchte, sie kennen zu lernen, gefiel ihr auch.

Sie sollte nur aufpassen, sich auf nichts einzulassen, was sie nicht wollte.

Bisher war es immer so gewesen, dass sie sich auch leicht zu Dingen hatte überreden lassen, die sie im Grunde ablehnte.

Das beginnende Abenteuer mit Uli, wenn man es so nennen wollte, gehörte auch dazu. Schließlich war sie verheiratet, hatte Kinder und war hier, um sich zu entspannen und herauszufinden, was sie in ihrem Leben wirklich wollte.

Sollte da eine Affäre dazugehören?

War das ein Weg, mit den Problemen in ihrer Ehe umzugehen?

Ach, Georg, wenn sie nur wüsste, was schief gegangen war…

13

Wenn Luise so zurückdachte, hatten die Probleme mit Georg bereits wieder begonnen, als Luca damals geboren wurde. Schon damals war Georg oft unterwegs gewesen und Luise mit dem Kleinen viel allein. Luca war als Kind sehr häufig krank, es war eine schwierige Zeit für Luise als junge Mutter.

Wenn Georg dann zu Hause war, zog er sich auch immer öfter zurück, wirkte abgespannt und reagierte teilweise gereizt, wenn Luise ihn auf seine Laune ansprach. Im Laufe der Jahre wurde diese Situation mehr oder weniger zum Alltag. Es gab Zeiten, da kämpfte Luise mit allen Mitteln dagegen an. Sie schrie, schimpfte, redete ruhig mit Georg und erklärte ihm auch, dass dieser Zustand sie auf Dauer krank machen würde. Doch Georg redete kaum mit ihr. Er fühlte sich angegriffen, sagte nur ab und an, er könne ihr nichts recht machen.

Luise hatte manchmal das Gefühl, als würde Georg überhaupt nicht verstehen, was sie meinte.

War es denn zu viel verlangt, wenn Luise den Georg zurückbekommen wollte, in den sie sich verliebt hatte?

Wenn man ein Kind und später zwei hatte, gab es in einer Familie einfach andere Prioritäten, das war ganz normal.

Sich aber aus jeder Verantwortung zu stehlen,

nichts mit der Familie zu unternehmen, sondern sich primär nur auf die Arbeit zu konzentrieren, konnte und wollte Luise einfach nicht verstehen.

Luise hatte noch heute ein schlechtes Gewissen, dass sie nach ungefähr acht Jahre nach Lucas Geburt noch ein Kind mit Georg wollte. Sie hatte ihn mehr oder weniger überredet. Georg hatte sich zwar auch nicht ausdrücklich dagegen entschieden, aber Luise wurde das Gefühl nicht los, Georg mit ihren Vorstellungen von ihrem gemeinsamen Leben überrumpelt zu haben. Vielleicht hatte sie ihn doch unbewusst dazu gedrängt, etwas zu tun, was er eigentlich nicht wollte.

Nach der Geburt von Jessy wurde es immer schwieriger. Es gab immer mehr Reibungspunkte und es verging kaum eine Woche, in der es keinen Streit gab. So oft fühlte sich Luise allein gelassen. Sie traf sämtliche Entscheidungen bezüglich der Kinder meist allein, ging arbeiten, wie Georg auch, kam nach Hause und arbeitete dort weiter. Ganz zu schweigen davon, dass sie als Paar nicht mehr funktionierten.

Wenn Luise einen Versuch machte, sich Georg zu nähern, wurde sie meist abgewiesen. Es gab nur sehr wenige Augenblicke, in denen Georg ihr das Gefühl gab, von ihm wirklich geliebt zu werden.

Schon oft schoss Luise der Gedanke durch den Kopf, etwas unternehmen zu müssen, weil sie einfach nicht glücklich war.

Damals hatten auch diese Träume begonnen, in

denen Georg immer wieder mit anderen Frauen zusammen war und regelrecht wollte, dass Luise es erfuhr.

Es war einfach so demütigend, doch bisher war sie sich trotz allem sicher, dass diese Träume nichts mit der Realität zu tun hatten. Sie traute es Georg nicht zu. Dafür war er einfach nicht der Typ...hoffte sie zumindest.

Es gab eine Begebenheit, die Luise ziemlich aus der Bahn warf. Es musste jetzt schon einige Jahre her sein.

Luise hatte, wie jedes Jahr, ein Wochenende für sich und Georg in einem schönen Hotel gebucht, damit sie einfach nur Zeit miteinander verbringen konnten. Das Hotel lag idyllisch in einem wunderschönen Waldstück, umrahmt von einem kleinen Bach, der munter dahinplätscherte.

Nachdem Georg und Luise das Zimmer bezogen hatten, machten sie einen langen Spaziergang im Wald.

Es war einfach wunderschön, die Ruhe, die Zweisamkeit, sie konnten einfach abschalten und den Alltag ausschließen. Und Luise spürte, dass es auch Georg gut tat. Er genoss es, ob es allerdings an Luise lag, oder an der Tatsache, dass er die Welt kurz aussperren konnte, wusste sie nicht. Aber es genügte ihr, Georg glücklich zu sehen.

Als die beiden am Nachmittag gemütlich einen Kaffee tranken, bemerkte Luise am Nachbartisch zwei Frauen, die immer wieder zu ihnen rüber schauten. Anschließend steckten sie die Köpfe zusammen und feixten. Ein Mädelswochenende, dachte Luise bei sich, sie werden wohl zusammen ihren Spaß haben.

Dass Luise allerdings in diesen Spaß involviert war, ahnte sie zu diesem Zeitpunkt noch nicht. Auch nicht, dass dieses Wochenende ganz anders verlaufen würde, als sie es sich vorgestellt hatte.

Da das Hotel einen traumhaften Wellnessbereich hatte, entschlossen sich Luise und Georg, sich ein bisschen verwöhnen zu lassen und anschließend ein Candlelightdinner zu genießen.

Nachdem Luise eine angenehme Massage bekommen hatte, ging sie zusammen mit Georg in den Whirlpool...ach es war einfach himmlisch.

„ Schatz, hast du etwas dagegen, wenn ich noch in die Sauna gehe?"

Luise schüttelte entspannt den Kopf.

„ Geh nur, ich bleibe noch ein bisschen hier."

Georg wusste, dass Luise nicht mit in die Sauna gehen würde, sie hielt es da einfach nicht aus.

„ Treffen wir uns später wieder hier, ja? Oder auf dem Zimmer. Je nachdem", antwortete Georg und gab Luise einen Kuss auf die Stirn.

„ Bis gleich, Schatz!"

Luise schaute Georg hinterher, doch sie war nicht die Einzige. Die beiden Frauen, die ihr bereits am Nachmittag aufgefallen waren, saßen ebenfalls im Pool und hefteten die Blicke auf Luises Mann.

Na prima, dachte Luise, Georg verdreht hier schon wieder allen den Kopf und lächelte stolz.

Mittlerweile war mehr als eine Stunde vergangen, und da Luise nicht unbedingt in der Sauna nachschauen wollte, ob Georg noch dort war, entschied sie sich für ein „ Cleopatrabad", bei dem sie mit Creme und ätherischen Ölen verwöhnt würde. Luise lächelte spitzbübisch, als sie daran dachte, Georg dann nach dem Genuss dieser Anwendung zu verführen, vor dem Essen vielleicht schon...

Als sie aber an der Saunalandschaft vorbeikam, wurden Luises schöne Gedanken an Georg schockartig ausgelöscht.

Georg kam gerade aus der Kabine und lief zur Dusche. Auf dem Weg dorthin nahm er sein Handtuch von den Hüften. Er war nackt. Dieser Anblick faszinierte Luise jedoch nicht lange, denn als sich die Kabinentür erneut öffnete, kamen die beiden Damen aus dem Pool ebenfalls heraus. Nackt.

Ohne Saunatuch.

Verschwitzt, errötet, lächelnd. Sie sahen gut aus, jung, zumindest jünger als Luise, unverbraucht. Luises Blick haftete an ihren Körpern. Sie waren wirklich schön...und sie gesellten sich sofort zu Georg unter die Dusche.

Luise blieb nicht mehr stehen. Sie lief weiter, durch den gesamten Wellnessbereich hinauf ins Zimmer. Das Ölbad war vergessen, genauso, wie die aufregenden Gedanken an Georg noch vor wenigen Minuten.

Luise fühlte sich plötzlich, als wäre sie krank. Ihr

Körper schmerzte, alles tat weh. Sie war tief verletzt und als sie endlich im Zimmer angekommen war, ließ sie ihren Tränen freien Lauf.

Stoisch ging Luise unter die Dusche, ließ das heiße Wasser über ihren Körper fließen und hoffte, so die schmerzenden Gefühle loszuwerden, die gerade in ihr tobten.

Was sollte sie jetzt tun? Sollte sie Georg darauf ansprechen? Machte sie sich damit lächerlich? Eigentlich konnte sie sich nicht vorstellen, dass in der Sauna irgendetwas passiert war, was sie besser nicht wusste. Es war irgendwie zu offensichtlich. Andererseits...

Wie lange Luise unter der Dusche gestanden hatte, wusste sie nicht, aber als sie sich endlich entschieden hatte, ins Zimmer zu gehen, fand sie Georg schlafend auf dem Bett.

Im ersten Moment war sie regelrecht erschrocken, weil sie ihn nicht hatte kommen hören. Jetzt wusste sie nicht, wie sie reagieren sollte.

Sie entschied, sich für das Essen umzuziehen und einfach abzuwarten, bis Georg aufwachte und wie er sich benahm.

Aber auch als Luise bereits fertig war, schlief er noch immer tief und fest. Sie setzte sich neben ihn aufs Bett und versuchte, ihn sanft zu wecken.

Doch als Georg mehrmals nur ein Knurren und ein kurzes „ Lass mich!" von sich gab, ließ Luise es sein und ging allein zum Candellightdinner.

Sie hatte sich wirklich schick angezogen und fühlte sich wohl. Zumindest, was ihre Kleidung anging.

Für das Wochenende hatte sie sich ein paar neue Teile gekauft, die ihr auch wirklich sehr gut standen. Sogar hohe Schuhe hatte sie gekauft, in der Hoffnung, auch darin laufen zu können.

Ihr immer wieder aufflackerndes Gefühlschaos, was Georg und diese Frauen betraf, schob sie beiseite. Sie musste und wollte diesen Abend irgendwie genießen und für sich zum Guten wenden, denn die Alternative wäre eine weitere zermürbende Diskussion mit Georg. Das Wochenende wäre dann mit Sicherheit vorbei und sie würden nach Hause fahren.

Im Restaurant angekommen, wurde Luise gleich an ihren Tisch geführt.

„ Ihr Gatte kommt nach?", fragte der Kellner.

„ Ich hoffe", antwortete Luise und setzte sich an den liebevoll gedeckten Tisch. Sie bestellte sich zunächst ein Glas Rotwein und ein Wasser.

Mit dem Essen wollte sie noch warten, bis Georg eventuell nachkam.

Nach etwa einer dreiviertel Stunde war er jedoch noch immer nicht da. Der Kellner hatte inzwischen bereits mehrfach nachgefragt, ob sie bestellen wolle.

Gerade als sich Luise dazu entschlossen hatte zu bestellen, bevor sie von dem Wein noch betrunken wurde, kam ein Mann auf ihren Tisch zu.

„ Entschuldigen Sie, darf ich mich zu Ihnen

setzen? Ich habe dort hinten meinen Tisch und habe bemerkt, dass auch Sie allein hier sind."

Luise sah diesem Mann direkt in die Augen. Sie waren tiefblau und sahen freundlich und zuversichtlich auf sie herunter. Es musste wohl ein mitleidiger Anblick gewesen sein, wie Luise hier so allein saß.

„ Gerne, nehmen Sie Platz", sagte sie kurz entschlossen.

„ Danke schön. Ich heiße Gunnar und wie ist Ihr Name?"

„ Luise, ich heiße Luise." Etwas verunsichert war sie doch, wie sie gerade bemerkte. Dass sie jetzt hier mit einem völlig Fremden am Tisch sitzen würde, hätte sie nicht gedacht. Andererseits kam sie sich nicht mehr allzu albern vor und Gunnar schien ein netter junger Mann zu sein. Er war sehr attraktiv und die Art, wie er mit Luise umging, zeigte, dass er wohl nicht zum ersten Mal eine Frau angesprochen hatte.

Beide kamen schnell ins Gespräch und die nächsten Stunden gestalteten sich für Luise sehr angenehm. Gunnar schaffte es, sie zum Lachen zu bringen und ließ sie Georg und den Nachmittag vollkommen vergessen. Soviel wie mit Gunnar hatte Luise schon lange nicht gelacht und der Wein tat sein Übriges.

Gunnar legte seine Hand auf Luises und im ersten Moment zuckte sie zurück.

„ Was ist los?", fragte Gunnar nach.

„ Nichts, es ist schon in Ordnung. Tut mir Leid,

aber der Tag heute war nicht so gut und eigentlich hatte ich gehofft, mit meinem Mann hier zu sitzen. Aber offenbar hatte er kein Interesse mehr", antwortete Luise leicht verstört.

Wieder nahm Gunnar ihre Hand.

„ Mir tut es Leid, dass dein Mann wahrscheinlich keine Augen im Kopf hat und seine wunderschöne Frau allein lässt."

Gunnar strich mit seiner Hand leicht über Luises Finger und sie ließ es geschehen. Nein, sie genoss es sogar.

„ Ich lasse also meine Frau allein, ja?"

Georg baute sich vor dem Tisch auf. Er hatte sich einigermaßen in Schale geworfen und nach seiner Stimme zu urteilen, auch schon einiges getrunken.

„ Georg!" Luise war schockiert.

„ Was machst du hier?"

„ Was ich hier mache? Ich hatte eigentlich vor, mit meiner Frau zu essen, aber stattdessen finde ich dich hier mit diesem Kerl! Ich beobachte euch zwei Turteltauben schon eine Weile!"

Georg schrie schon fast und sein Auftritt wurde langsam peinlich.

„ Ich glaube nicht, dass wir das hier besprechen sollten, Georg!" Luise stand auf und versuchte, ihren Mann zum Gehen zu bewegen. Doch er blieb stehen und sah Gunnar wütend an.

Luises Blick ging panisch zwischen den beiden Männern hin und her.

131

Urplötzlich griff Georg Gunnar an. Er zerrte ihn aus dem Stuhl, nahm ihn am Kragen hoch und fixierte ihn mit einem Blick, den Luise zuvor noch nie bei ihrem Mann gesehen hatte. Ihr wurde himmelangst und noch bevor sie einschreiten konnte, verpasste Georg seinem vermeintlichen Nebenbuhler mit der freien Hand einen deftigen Schlag in den Magen.

Gunnar sackte auf dem Stuhl zusammen und hob schützend beide Hände über den Kopf.

Zwei Kellner waren inzwischen am Tisch und nahmen Georg mit nach draußen.

Luise sah entschuldigend auf Gunnar herunter.

„ Es tut mir so Leid, ich kenne ihn so gar nicht", versuchte sie sich zu rechtfertigen.

„ Luise, das muss es nicht. Ich hätte an seiner Stelle nicht anders reagiert, glaube mir. Ich danke dir für den wundervollen Abend, er war es absolut wert."

Luise schüttelte nur den Kopf. Gunnar war gar nicht sauer, auch damit hatte sie nicht gerechnet. Stattdessen bedankte er sich noch bei ihr.

Sie deutete auf den Ausgang, und Gunnar nickte verständnisvoll, als sie hinausging.

Luise fand Georg im Park auf einer Bank, den Kopf tief in beiden Händen vergraben.

Vorsichtig setzte sie sich zu ihm.

„ Was sollte das eben?", fragte sie ihren Mann bestimmt.

Georg schaute auf und sah sie lange an. Seine Augen waren glasig, es sah so aus, als hätte er geweint.

„ Ich habe immer gewusst, dass das einmal passier. ", sagte er leise.

„ Was? Was meinst du? " Luise starrte ihn an.

„ Dass du einfach jemanden schlägst? ", fragte sie weiter.

„ Nein. Dass ein anderer kommt und dich mir wegnimm. ", sagte Georg.

Luise wusste nicht, was sie antworten sollte. Sie war total durcheinander.

„ Spinnst du? Wie kommst du denn darauf? Du warst doch nicht dazu zu bewegen, mit mir zum Essen zu gehen, du hast geschlafen. Ganz zu schweigen von dem, was vorher gewesen ist", antwortete Luise und eine leichte Wut stieg in ihr hoch.

Wie konnte er ihr Vorwürfe machen, nach der Aktion in der Sauna.

Ungläubig schaute Georg auf.

„ Ich wollte doch mit dir kommen und was meinst du mit vorher? "

„ Sauna. Ich habe dich mit den beiden Frauen gesehen!", antwortete Luise ernst. Es tat schon wieder weh, es auszusprechen noch viel mehr.

Georg schaute seine Frau an, sagte aber nichts. Diese Situation machte es Luise noch schwerer, gelassen zu bleiben.

„ Läuft etwas zwischen dir und diesem Idioten an unserem Tisch? ", fragte Georg unvermittelt.

„ Georg! Gunnar hat sich nur aus Mitleid zu mir gesetzt, weil du nicht da warst. "

133

„ So hat es nicht ausgesehen. Aber egal, komm her zu mir!"

Plötzlich schnappte Georg Luise und hob sie auf seinen Schoss.

Langsam begann er sie zu küssen. Vorsichtig verschloss er Luises Mund, sodass sie keine Möglichkeit mehr hatte zu antworten. Im Moment genoss Luise einfach seine Nähe und versuchte, die Gedanken an den Nachmittag zu verdrängen. Auch, dass er ihr nicht wirklich geantwortet hatte und Georg offensichtlich etwas zu viel getrunken hatte, war ihr momentan gleichgültig. Sie verlor sich in seiner Zärtlichkeit, die sie so vermisst hatte, wurde in die Zeit zu Beginn ihrer Beziehung zurückversetzt und ließ sich fallen.

Georg musste sie zwischenzeitlich hochgehoben haben, denn als Luise sich von ihm löste und die Augen öffnete, trug er sie gerade wieder ins Hotel.

„ Lass uns endlich aufs Zimmer gehen", flüsterte er heißer.

„ Ja", antwortete Luise.

Behutsam legte Georg sie aufs Bett.

„ Weißt du eigentlich, wie schön du bist?", sagte er, als er ihr Shirt nach oben schob.

„ Und du bist meine Frau, die Mutter meiner Kinder."

Luise hatte nicht die Chance, etwas zu erwidern. Georgs Mund fuhr vorsichtig an ihrem Hals entlang zu ihrem Ohr. Seine Lippen nahmen sich, was sie wollten, Georgs Hände waren überall.

Und Luise genoss es. Vergessen war mit einem Mal alles, was an diesem Tag geschehen war.

Für diesen Moment hatte Luise das Gefühl, ihren Mann wiederzuhaben. Vorsichtig versuchte sie, seine Liebkosungen zu erwidern, doch er schob sie sanft zurück und erforschte stattdessen weiter ihren Körper, als hätte er ihn noch nie gesehen und gespürt. Es fühlte sich an, als ob Georg ihr zeigen wollte, dass sie nur ihm gehörte und sich nahm, was er wollte. Dieses Gefühl war einfach unbeschreiblich.

Luise konnte und wollte nicht aufhören, Georgs Berührungen förmlich aufzusaugen, sie zog ihn immer wieder zu sich herunter, wollte ihn nah wie bei sich spüren. Sie vergaß alles um sich herum und geriet in einen Taumel der Lust und Zufriedenheit, der ihr förmlich den Atem raubte. Sie konnte nicht sagen, wo sie war, was Georg gerade tat und wurde so plötzlich dem Höhepunkt entgegengeschleudert, dass ihr die Sinne schwanden.

„ Du gehörst nur mir, Kleine!", hörte sie Georgs Stimme leise, bevor er sie erneut auf eine atemberaubende Welle der Lust mitnahm.

14

Luise lächelte bei dem Gedanken an dieses Wochenende vor einigen Jahren. Sie waren damals auch am zweiten Tag nicht aus dem Zimmer gekommen, hatten sich Essen bringen lassen und sich ununterbrochen geliebt.

Sie saß an ihrem kleinen Esstisch und schaute hinaus. Sie konnte das Meer sehen, den wunderschönen Strand und wünschte sich in diesem Moment nichts sehnlicher, als dass alles gut wäre, sie gesund wäre, sie ihr Leben genießen könnte, und… dass Georg hier wäre. Luise vermisste ihn schrecklich. Den Mann, der er manchmal sein konnte, den sie kennen und lieben gelernt hatte. Aber ein plötzlicher Gedanke durchschoss ihre Erinnerungen. Er war nicht mehr der Mann, den sie lieben gelernt hatte, er hatte sich verändert, sie hatte es getan und die innige Liebe, die sie einst verbunden hatte, war nicht mehr spürbar. Es schmerzte. Es tat weh wie die Gewissheit, jemanden für immer verloren zu haben. Wie damals an diesem Wochenende, als sie Georg mit diesen Frauen gesehen hatte. Nie wieder hatten die beiden über diese Situation geredet. Er hatte nie versucht, sich zu erklären und Luise hatte nicht nachgefragt.

Sie nahm sich ihre Jacke und ging hinaus auf den kleinen Balkon. Sie musste endlich neu anfangen und wenn es sein musste ohne Georg. Sie durfte sich nicht mehr von den Erinnerungen an eine schöne, gemeinsame Zeit ablenken lassen. Luise musste nach vorne schauen, in ihre Zukunft, auf ihren Weg.

Sie saß lange Zeit da und ließ viele Gedanken kommen und gehen. Schaute den Wellen zu und genoss den Anblick des auf den Strand zukommenden Wassers und seinen Fluss zurück. Sie konzentrierte sich auf den Augenblick im Hier und Jetzt, beobachtete genau, was sie sah und nahm jedes Gefühl auf, welches ihr begegnete. Langsam fühlte sie eine Art Zufriedenheit, die sie so noch nie wahrgenommen hatte. Es war unglaublich beruhigend, die negativen Dinge der Vergangenheit zu vergessen und die möglichen Dinge in der Zukunft nicht auszuloten. Das Jetzt war wichtig, nur darauf hatte man einen Einfluss, das konnte man wahrnehmen, genießen oder auch vorübergehen lassen.

Luise fühlte sich in diesem Moment der Erkenntnis seltsam leicht, fast schwebend und doch war sie versucht, in sich hineinzuhorchen.

Was alles in Ordnung?

Ging es ihr körperlich gut?

Ja! Tatsächlich verspürte sie nichts, was ihr Angst machte, Luise ging es richtig gut.

Nachdem sie sich etwas zu essen gemacht hatte, nahm sie ihr Telefon und rief bei den Kindern an.

Jessy war sofort am Apparat und erzählte ohne Punkt und Komma, was sie alles mit ihren

Freundinnen unternommen hatte. Im Hintergrund konnte sie ihren Vater hören, der lauthals lachte. Jessy berichtete, dass sie im Schwimmbad gewesen waren und sie Opa die meiste Zeit hin- und hergescheucht hatten. Natürlich hatte das den Mädchen Spaß gemacht und ihrem Vater offensichtlich auch.

„ Ach, meine Kleine, das hört sich ja toll an!", sagte Luise.

„ Darf ich Opa denn auch einmal sprechen?"

„ Klar! Und, Mama, Oma kommt morgen wieder heim, da müssen wir nicht mehr diese komischen Sachen essen, die Opa immer kocht. Weißt du, Mama, das kann er nämlich nicht so gut", antwortete Jessy.

Luise musste lachen und wurde an ihren Vater weitergereicht.

„ Mach dir keine Sorgen Kleines. Und dass deine Mutter morgen wiederkommt, hast du ja auch gehört. Also musst du auch keine Angst haben, dass wir weiter am Verhungern sind", lachte ihr Vater.

Sie unterhielten sich noch eine Weile, bis sie sich voneinander verabschiedeten.

Es war ein gutes Gespräch gewesen und Luise dachte, dass sie sich vorher nie so lange und intensiv mit ihrem Vater unterhalten hatte wie seit ihrer Abreise. Er verstand sie und er verstand auch, dass sie den Abstand dringend brauchte.

Erst jetzt fiel Luise auf, dass sie gar nicht über Georg geredet hatten. Es schien fast, als wäre er schon aus ihrem Leben verschwunden.

Luca hatte ihr ja gesagt, dass Georg auf Geschäftsreise war, obwohl er eigentlich die Kinder hatte übernehmen wollen.

Ihr Handy klingelte und im Display stand groß `Isa´. Luise nahm sofort ab und begrüßte ihre Freundin überschwänglich.

„ Und?", fragte Isa.

„ Was und?", entgegnete Luise.

„ Na, was ist denn jetzt mit deinem unbekannten Verehrer?", wollte Isa wissen.

Ach herrje, den hatte Luise in den letzten Stunden völlig verdrängt.

„ Oh, na ja, ich weiß nicht. Ich habe ihm geschrieben."

„ Wow! Und jetzt?", hakte Isa nach.

„ Nichts, ich habe gefragt, warum er mich nicht anspricht und mir stattdessen Zettel zusteckt. Er meinte, er wäre eher schüchtern und könnte Frauen nicht ansprechen. Er heißt Uli", antwortete Luise wahrheitsgemäß.

„ Ja, aber das ist doch schon mal was. Wie geht es jetzt weiter? Hast du ihm von dir erzählt? Was will er? Eine heiße Affäre?", fragte Isa weiter.

„ Isa!"

„ Ja, was? Lass dich doch darauf ein. Was hast du denn zu verlieren? Hab doch endlich mal Spaß!"

Mein Gott! Ja, Spaß wäre toll, doch schließlich war dieser Uli ein wildfremder Mann.

„ Süße, du kennst mich doch. So schnell lasse ich mich nun auch wieder nicht auf so ein windiges Abenteuer ein. Mal schauen, vielleicht schreibe ich ihm noch mal. Aber mal etwas anderes. Hast du schon Urlaub oder bist du noch in der Firma?"

Isa schnaubte hörbar am anderen Ende der Leitung.

„ Beim Themenwechsel bist du einfach unschlagbar, Luise", antwortete Isa.

„ Ich muss noch eine Woche, dann hab ich endlich auch Urlaub. Warum fragst du? Soll ich dich besuchen kommen?"

Luise lachte auf.

„ Das wäre schön. Aber du bist ja schon fest verplant mit deinem Schatz, oder? Nein, ich wollte fragen, ob du weißt, wie lange Georg noch auf Geschäftsreise ist."

„ Geschäftsreise?", platze es aus Isa heraus.

„ Wie kommst du denn darauf? Georg hat seit fast zwei Wochen Urlaub und ich hab ihn seither auch nicht in der Firma gesehen. Aber ich dachte, du wüsstest das. Ich hab erst letzte Woche die Abrechnung zu den Geschäftsreisen der Firma in diesem Monat gemacht. Georg ist nicht dabei, das kann ich dir versichern", antwortete Isa.

Am anderen Ende wurde Luise still. Es traf sie wie ein Schlag. Da war sie wieder! Diese alles überdeckende Unsicherheit, was Georg betraf. Seine Unehrlichkeit oder wie er es immer auszudrücken pflegte: Ich lüge dich nicht an, ich sage dir nur nicht immer die ganze Wahrheit.

Er hatte Urlaub, behauptete aber ihren Eltern und seinen Kindern gegenüber, geschäftlich weg zu müssen? Wo war er?

„ Luise, alles in Ordnung?", fragte Isa nach.

„ Äh, ja. Eigentlich schon", antwortete Luise.

„ Er ist nicht zu Hause bei den Kindern? Er ist weg?", mutmaßte Isa.

„ Ja, es sieht so aus.", antwortete Luise.

„ Aber weißt du was? Es ist jetzt nicht wichtig. Ich werde darüber nicht nachdenken. Schließlich bin ich hier, um an mich zu denken!" Selbst in ihren eigenen Ohren klang das etwas seltsam und ihre Stimmlage verriet auch, dass es Luise nicht gleichgültig war, was Georg tat, aber sie war entschlossen genug, um sich keine Sorgen zu machen.

„ Genau! So gefällst du mir!", sagte Isa aufmunternd.

„ Weißt du auch, was du jetzt tust?"

Luise kam gar nicht dazu, zu antworten.

„ Du setzt dich hin und schreibst deinem Uli ein paar nette Zeilen. Das lenkt dich ab und wer weiß, vielleicht hast du ja doch Spaß daran, auch mal mit einem anderen Mann Kontakt zu haben", setzte Isa noch hinzu.

„ Ja! Du hast Recht! Das werde ich tun. Ich kann doch nur an Erfahrung reicher werden, nicht?", sagte Luise voller Energie.

Und mit genau diesem neu gefassten Mut nahm sie ihren Laptop und begann, an Uli zu schreiben.

Allerdings hätte sie im Nachhinein vielleicht,

oder ganz sicher sogar, sehr gerne auf einige Erfahrungen verzichtet, hätte sie zu diesem Zeitpunkt bereits gewusst, was da auf sie zukam…

15

„ Hallo Uli,
es tut eigentlich nichts zur Sache, wie ich heiße, aber Sie können mich gerne Elli nennen. Ich möchte Ihnen ja nicht zu nahe treten, aber ich finde Ihre Art, beunruhigend.
Sie sollten wissen, dass ich keine alleinstehende Frau bin, ich bin verheiratet und habe Kinder.

E. "

So, das sollte meinen Standpunkt jetzt eindeutig erklären, dachte Luise. Ich muss schon selbstbewusst auftreten, nicht dass dieser Uli noch denkt, ich bin leichte Beute. Ganz sicher nicht. Aber als Luise den Text noch einmal überflog, klang er eher eingeschüchtert und beinhaltete den Versuch, sich zu schützen. Hm, klang also nicht gerade wie die Email einer Frau, die sich auf ein Abenteuer einlassen würde. Und das wollte sie doch, oder nicht?
Dennoch schickte Luise die Nachricht ab. Was

sollte es, klare Verhältnisse mussten schon sein und wenn er sich jetzt nicht mehr meldete, auch gut. Dann hatte es nicht sollen sein, wie man so schön sagt.

Luise kribbelte es in den Fingern zu erfahren, ob er der Mann auf dem Schiff war. Falls er noch einmal antworten würde, musste sie unbedingt nachfragen.

Der Benachrichtigungston ihres Laptops ertönte. Erschrocken blickte Luise auf den Bildschirm.

„ Meine liebe Elli, schöner Name übrigens, ich bin davon ausgegangen, dass eine Frau wie Sie verheiratet ist und Kinder hat. Alles andere wäre mir suspekt gewesen.
Ich melde mich wieder.
Bis bald!

U."

Oh, das ging aber schnell. Langsam fing dieses neue Spiel an, Luise Spaß zu machen.

Jetzt nur nicht übermütig werden und gleich wieder antworten. Sie sollte abwarten.

Also nutzte sie die Gelegenheit, noch einmal hinauszugehen.

Es wurde langsam Abend in dem kleinen Dorf und als Luise so durch die Straßen lief, fiel ihr eine kleine, beschauliche Kneipe auf, die sie vorher noch gar nicht bemerkt hatte. Es gab hier jeden Tag etwas Neues zu entdecken und Luise entschloss sich, heute hier zu Abend zu essen. Die Tür ließ sich schwer öffnen und quietschte erbärmlich. Aber dahinter breitete sich ein kleiner, gemütlicher Raum aus, der zum Bleiben einlud. Alles in diesem kleinen Gastraum war liebevoll im Stil des Küstenörtchens eingerichtet. Holz, wohin man schaute, Schiffe, Anker, Taue in allen Größen und Farben und es fehlte auch nicht an einem kleinen Fischerboot, welches zur Sitzgelegenheit umfunktioniert war.

Als Luise sich so umschaute, bemerkte sie, dass außer ihr niemand hier war, oder doch? Da hinten in einer dunklen Ecke saß doch jemand.

„ Hallo?", rief Luise zögerlich, als schon eine ältere Frau aus der Ecke ins Licht trat.

„ Kommen Sie nur, nehmen Sie Platz", bat die Dame Luise.

Als sie sich gesetzt hatte, wurde ihr die Speisekarte gebracht. Noch immer schaute sich Luise staunend um und der Frau schien das nicht zu entgehen.

„ Gefällt Ihnen unser kleines Lokal?", fragte die sie.

„ Ja, sehr sogar, es ist so gemütlich, man fühlt sich sofort wohl hier, aber sagen Sie…", wollte Luise fortfahren.

„ Warum wir keine Gäste haben, wollen Sie sicher wissen?", ergänzte die ältere Dame den Satz.

144

„ Ja, das wollte ich fragen", antwortete Luise.

„ Tja, es ist so, noch in der letzten Saison wurde unser Lokal von meinem Neffen geleitet und jeden Abend waren so viele Gäste hier, dass es kaum zu schaffen war. Jetzt ist er auf und davon und mit ihm blieben auch die Gäste weg.

Er war sehr beliebt im Dorf, aber es hatte sich herausgestellt, dass er seine Beliebtheit wohl auch sehr ausgenutzt hat und einige der Dorfbewohner finanziell übers Ohr gehauen hat.

Wir haben den Laden dann übernommen, aber er läuft nicht mehr. Irgendwann werden wir verkaufen müssen."

Sie hatte sich inzwischen zu Luise an den Tisch gesetzt.

„ So, meine liebe Frau, jetzt hast du mit deiner Geschichte auch unseren einzigen Gast in dieser Woche vergrault!", brummte eine männliche Stimme in der dunklen Ecke.

Luise konnte sich ein Lächeln nicht verkneifen, als sie die ältere Dame ansah, die nur die Augen verdrehte.

„ Aber jetzt sagen Sie mir doch, wonach steht Ihnen denn der Sinn, Kindchen? Könnte ich Ihnen etwas Schönes zum Essen zaubern?"

Luise lächelte sanft. Sie fühlte sich unglaublich wohl hier, sodass sie ohne nachzudenken antwortete:

„ Gerne. Überraschen Sie mich!"

Auf dem Gesicht der Frau breitete sich ein Lächeln aus.

„ Sehr gerne! Das gefällt mir. Ich bin gleich wieder bei Ihnen und solange Sie warten, bringe ich Ihnen ein Glas unseres selbstgemachten Weines."

Luise konnte es gar nicht beschreiben. Sie fühlte sich willkommen und fast ein bisschen wie zu Hause. Sie hatte den Eindruck, nicht das erste Mal hier zu sein oder irgendwie nach diesem Ort gesucht zu haben. Sie konnte sich an dem Raum nicht satt sehen, der zu allen möglichen Dingen einlud. Nicht einfach nur, um hier zu essen oder zu trinken, sondern man konnte sich hier ewig aufhalten, verweilen, lesen, sich unterhalten. Wenn man aus dem Fenster sah, hatte man einen wunderbaren Blick auf das herrliche Meer, das Spiel der Wellen und den Horizont, der einem so viel Verborgenes versprechen konnte. Ein Ort zum Träumen und zum Leben. Es war unglaublich!

Das Essen war fast vergessen, der Tag, die Vergangenheit, warum Luise eigentlich hier war. Sie stand wie hypnotisiert auf und schaute sich im Raum um. Es steckte so viel Liebe darin, dass es spürbar war. Sie bemerkte zwar, dass sie beobachtet wurde, ließ sich aber davon nicht ablenken. Vielmehr steuerte sie auf die Sitzecke zu, in der offensichtlich der Herr des Hauses saß.

„ Hallo, ich bin Luise. Darf ich mich zu Ihnen setzen?"

„ Hm…!", bekam sie zur Antwort und Luise

146

setzte sich lachend zu dem Mann an den Tisch.

Er hieß Klaus und war mit Dora, der älteren Dame, seit über 40 Jahren verheiratet. Die beiden hatten keine eigenen Kinder und fühlten sich verpflichtet, die Misere, die ihr Neffe angerichtet hatte, mit der Übernahme der Kneipe irgendwie wieder gutzumachen. Aber die Bewohner des Dorfes waren wohl sehr nachtragend und so saßen die beiden Herrschaften auf den Schulden, die ihnen hinterlassen worden waren.

„ Aber wissen Sie, es wird schon irgendwie weitergehen, wir tun in jedem Fall unser Bestes", endete Klaus.

Ein köstlicher Duft erfüllte plötzlich den Raum und Dora kam mit einer dampfenden Schüssel herein.

Erstaunt blieb sie stehen, als sie ihren Mann und Luise am Tisch sitzen sah.

„ Sagen Sie bloß, Sie haben den alten Brummbär zum Reden gebracht? Unglaublich! Sie müssen etwas Besonderes sein, Kindchen, das habe ich sofort bemerkt", sagte Dora verblüfft.

„ Komm, du Dickkopf, rutsch ein Stück zur Seite und wir essen hier alle zusammen. Es sieht eh nicht danach aus, als ob noch jemand kommen würde. Sie haben doch nichts dagegen?", fragte Dora an Luise gewandt.

„ Nein, ganz und gar nicht", antwortete Luise.

„ Ich heiße übrigens Luise", lächelte sie.

„ Ich bin Dora und meinen kleinen Brummbär Klaus hast du ja schon kennen gelernt. Komm mit,

147

ich kann ein bisschen Hilfe gebrauchen.

Wie selbstverständlich nahm Dora Luise an der Hand und zog sie hinter sich her in die Küche.

Auch dort blieb Luise zunächst fasziniert stehen.

Alles an dieser Küche erinnerte an den Stil der 30er Jahre. Es war ein Juwel. Die Küchengeräte, die Utensilien, die gesamte Einrichtung luden förmlich dazu ein, sich eine Schürze umzubinden und mit dem Kochen oder dem Backen loszulegen.

„ Sie ist toll, nicht?", fragte Dora in die Stille hinein.

„ Ja! Alles hier ist wunderschön. Ich kann verstehen, warum ihr so an dem Lokal hängt", antwortete Luise.

„ Das tun wir. Aber jetzt lass uns erst einmal essen. Mein Klaus wird sonst noch brummiger", zwinkerte Dora Luise zu.

Es war spät geworden an diesem Abend und Luise hatte gar nicht bemerkt, wie die Zeit verflogen war. Das Essen war einfach gigantisch gewesen, so gut hatte sie lange nicht gegessen und nachdem sie mit Dora zusammen die Sachen wieder aufgeräumt hatte, saßen sie noch zusammen und erzählten sich gegenseitig ihre Geschichte. Es schien so, als würde Luise das Ehepaar schon ewig kennen und es fiel ihr überhaupt nicht schwer, von sich zu erzählen.

Dora und Klaus hörten ihr aufmerksam zu und schüttelten nur ab und an ungläubig den Kopf.

„ Ach, Luise, es tut uns sehr Leid zu hören, dass es dir nicht gut geht. Aber ich glaube, du bist hier bei uns genau richtig. Du wirst deinen Weg gehen, da bin ich mir sicher", sagte Dora.

„ Und gesund wirst du auch", setzte Klaus hinzu.

„ Dafür werden wir schon sorgen, nicht wahr, Schatz?" Klaus strich seiner Frau über den Arm, die zustimmend nickte.

Zum Abschied nahm Luise die beiden in den Arm.

„ Danke für den wunderschönen Abend. Er hat mir sehr gut getan."

Voller Energie und Zuversicht ging Luise nach Hause. Sie waren so süß miteinander. So hätte sich Luise ihre Ehe auch gewünscht. Man konnte die tiefe Liebe zwischen ihnen förmlich sehen. Sie kannten die Ecken und Kanten des jeweils andern und liebten sich dadurch umso mehr. Auch die Verschuldung mit dem Lokal konnte iher Liebe nichts anhaben. Selbst das würden sie überstehen.

Aber vielleicht fiel Luise ja etwas ein, um ihnen zu helfen.

16

Eigentlich hatte Luise vor, gleich ins Bett zu gehen. Sie bemerkte aber, dass sie ihren Laptop noch nicht ausgeschaltet hatte.

´Uli´, ging es Luise durch den Kopf. Hatte er schon wieder geantwortet?

Neugierig öffnete sie ihren neuen Account und tatsächlich, sie hatte eine neue Nachricht.

„ Meine liebe Elli,
ich hoffe, Sie hatten einen schönen Tag.
Ich kann Ihnen gar nicht sagen, wie dankbar ich bin, Ihnen schreiben zu dürfen. Es ist wirklich sehr schön und vielleicht besteht ja auch irgendwann die Möglichkeit, Sie zu treffen. Ganz unverbindlich und nur, wenn Sie es wollen. Bis dahin hoffe ich auf weitere Emails von Ihnen.
PS: Ich bin im Übrigen auch verheiratet und habe Kinder, aber ich denke dennoch, dass man deshalb nicht die Chance vergeben sollte, einen netten Menschen in sein Leben zu lassen.
Sind Sie nicht auch der Meinung?
Herzliche Grüße und einen schönen Abend!
Uli"

Ein Lächeln huschte über Luises Gesicht. Dieser Uli verstand es offensichtlich, eine Frau zu beeindrucken. Es würde sie brennend interessieren, wer er war und obwohl es auch wirklich schon sehr spät war, schrieb Luise eine kurze Nachricht.

„ Sind wir uns schon einmal begegnet? E."

Nur wenige Sekunden später kam seine Antwort:

„ Ja."

Also war Uli doch der Mann, dem sie vor einigen Tagen auf dem Schiff begegnet war, der ihr zugezwinkert und am Schluss sogar gewunken hatte.
Ihre Gedanken gingen zurück und ließen die kurze Begegnung noch einmal Revue passieren.
Uli war tatsächlich ein faszinierender Mann. Er sah nicht nur sehr gut aus, er hatte, soweit sie sich erinnerte, auch eine beeindruckende Ausstrahlung. Vielleicht wäre es wirklich keine so schlechte Idee, den Kontakt mit ihm zu halten. Man weiß ja nie, dachte sie, es wäre doch möglich, dass sich eine ganz besondere Verbindung zwischen ihnen

entwickeln würde…

Luise fühlte sich geschmeichelt, von einem solchen Mann beachtet und angesprochen zu werden, wobei angesprochen im eigentlichen Sinne ein wenig übertrieben war. Es tat ihrem angeknacksten Selbstbewusstsein gut und das war wunderbar. Überhaupt noch als Frau wahrgenommen zu werden, war zwar für Luise nicht ganz fremd, aber zugegebenermaßen viel zu lange her.

Nach dem Abend bei Dora und Klaus in dieser wunderschönen kleinen Kneipe und den Emails von Uli fühlte sich Luise unglaublich gut.

Es hatte den Anschein, als würde ihr Leben in eine neue Richtung gehen und das in einer völlig anderen und unerwarteten Art und Weise. Luise hatte jedoch nicht vor, darauf Einfluss zu nehmen. Sie würde sich treiben lassen, spüren, was ihr gut tat und nur danach handeln.

Die kurze Zeit hier allein, ohne den teilweise zermürbenden Alltag, ohne den Stress in der Firma und die alles überschattende Krankheit, die noch immer wie ein Damoklesschwert über ihr hing, hatte ihr bereits mehr Lebensqualität zurückgegeben, als sie es je für möglich gehalten hätte.

Luise hatte erkannt, dass es sehr wohl viele Möglichkeiten gab, aus einem sogenannten Teufelskreis herauszukommen, wenn man es nur zuließe und sich neuen Dingen öffnete.

Zufrieden und erschöpft ließ sie sich schließlich in ihr Bett fallen und schlief augenblicklich ein.

17

` Luise stand hinter dem wunderbaren Herd in Doras Küche. Gerade war sie dabei, den Kuchenteig zu rühren, als die hübsche kleine Emilia an ihrer Schürze zerrte.

„Tante Luise, darf ich jetzt die Erdbeeren schneiden und auf die Torte legen?"

Luise strich Emilia zärtlich über den Kopf und nickte. Sie stellte ihre Schüssel ab und ging mit der Kleinen hinüber an den Tisch. Dort tummelten sich noch einige andere Kinder, die unbedingt die Torten verzieren wollten.

Luise hörte Dora an dem anderen Tisch laut lachen und jetzt sah sie auch den Grund dafür.

Klaus ließ sich gerade von einem kleinen Jungen die Nase mit Schlagsahne verzieren. Er sah so glücklich aus und auch Dora blühte förmlich auf bei dem Gewusel in der Küche.

Draußen im Gastraum saßen viele Erwachsene beim Kaffee und unterhielten sich angeregt. So viele Leute waren seit langem nicht mehr hier gewesen. Die ganze Atmosphäre war so heimelig und entspannt.

Als Luise mit den Kindern fertig war, begannen

sie, die Torten vorsichtig hinauszutragen.

Die Eltern und Erzieher der Kinder freuten sich über die selbst gebackenen Torten und Kuchen und den Kindern war der Stolz darauf anzusehen.

Jetzt wurde gemeinsam gegessen und Luise stellte sich zufrieden hinter den Tresen und schaute den Kindern und Erwachsenen zu.

„ Es ist einfach wunderschön, unser kleines Restaurant wieder so gut besucht zu sehen. Ich bin dir so dankbar, Luise. „

Dora umarmte sie und auch Klaus gesellte sich zu den beiden Frauen.

Am Ende des Gastraumes, in der dunklen Ecke, in der sich Klaus sonst so gerne versteckte, saß ein Mann. Er beobachtete Luise, das spürte sie, doch sein Gesicht konnte sie nicht erkennen.

„ Bekomme ich auch ein Stück Kuchen?“, fragte Klaus.

Dora und Luise schauten sich an und lachten.

Sie nahmen ihre Finger und verteilten ein wenig Schlagsahne auf Klaus´ Nase und in seinem Gesicht.

„ Du hast doch schon genug“, schmunzelte Dora und gab Klaus einen Kuss…`

Langsam öffnete Luise die Augen. Die Sonne schien zum Fenster herein und der fröhliche Gesang der Vögel war zu hören.

Es musste schon ziemlich spät sein. Wie lange hatte sie geschlafen?

Ein Blick auf die Uhr verriet ihr, dass es bereits weit nach zehn Uhr war. So ausgeruht war sie lange nicht mehr gewesen und der Traum, den sie gehabt hatte, ließ sie noch immer nicht ganz los.

Er fühlte sich noch immer real an, wirklich und echt.

Nachdem Luise voll neuer Energie aufgestanden war und sich angezogen hatte, nahm sie ihren Becher Kaffee und setzte sich auf ihre kleine Terrasse.

Während sie, wie jeden Tag, die Wellen bei ihrem Spiel beobachtete, formte sich langsam eine Idee in ihrem Kopf. Ihr Traum in der letzten Nacht war daran wohl nicht ganz unschuldig.

Sie nahm sich vor, nach einem langen Spaziergang bei Dora und Klaus vorbeizuschauen und ihnen von ihrer Idee zu erzählen. Vielleicht wäre es tatsächlich möglich, aus dieser hübschen Kneipe wieder einen Ort zu machen, an den die Leute gerne kamen.

Bevor Luise aufbrach, schaute sie noch einmal in den Computer.

Langsam wurde es fast zur Gewohnheit, nach Emails von Uli zu schauen. Hoffentlich steigerte sie sich nicht zu sehr in diese Sache hinein, dachte sie.

Diesmal war keine Nachricht im Postfach zu finden.

Auch gut, dachte Luise bei sich und ging beschwingt los zum Strand.

Tief einatmend lief sie durch den Sand, sog die frische Luft förmlich ein und genoss die Klänge des Wassers.

Es wehte ein leichter Wind, der ihr die ohnehin wilden Locken durcheinanderwirbelte.

Hier könnte sie es Luise ewig aushalten, einfach nur durch den Sand gehen, aufs Meer starren und die Gedanken kommen und gehen lassen. Entspannen. Ruhe finden.

War das eventuell auch ein Ort, an dem sie sich vorstellen konnte, zu leben?

Wären ihre Kinder einverstanden, mit ihr hier zu bleiben?

Und Georg?

Ach Georg, schon wieder machte sie sich darüber Gedanken, was er tun würde!

Das musste doch irgendwann aufhören.

Sie selbst war wichtig, egal, ob es Dinge gab, die Georg vielleicht nicht akzeptieren würde.

Mittlerweile war es Mittag und Luise beschloss, ihre Familie anzurufen.

Die Kinder hatten bereits seit ein paar Tagen Ferien und sie wollte ihre Eltern fragen, ob sie nicht für ein paar Tage zu ihr kommen würden.

Luise vermisste ihre Kinder einfach zu sehr, auch wenn sie die Zeit allein brauchte und genoss.

Schon beim ersten Klingeln ging ihre Mutter ans Telefon.

„ Mama, geht es dir wieder gut? Ist alles in Ordnung?", fragte Luise sofort.

„ Natürlich, mein Schatz, alles wieder in Ordnung. Und bei dir? Wie fühlst du dich?", antwortete Maria.

„ Ich vermisse euch, Mama, ich möchte euch sehen. Würdet ihr mich besuchen kommen? Es sind doch Ferien und ich würde euch so gerne die Insel zeigen und wie wunderschön es hier ist."

„ Oh, das tut mir Leid, Schatz. Wir haben bereits einen kurzen Urlaub mit den Kindern gebucht. Ich wollte dich heute Abend anrufen und es dir erzählen. Sogar Luca kommt gerne mit. Das ist doch in Ordnung oder?", sagte Maria.

„ Ja, das ist natürlich in Ordnung", antwortete Luise enttäuscht.

„ Wo wollt ihr denn hin?"

„ Ach, dein Vater hat irgendetwas im Bayerischen Wald herausgesucht. Ist ja auch nur für ein paar Tage. Wir fahren übermorgen. Möchtest du die Kinder sprechen? Sie liegen gerade beide selig auf dem Sofa und spielen ein Videospiel", meinte Maria.

Luise war etwas überfahren. Sie hatte so gehofft, ihre Lieben sehen zu können. Aber sie war natürlich damit einverstanden, wenn ihre Eltern mit den Kindern wegfahren wollten.

Sie war ihnen mehr als dankbar, dass sie die Betreuung übernommen hatten, zumal sie

157

eigentlich gehofft hatte, Georg würde so vielleicht in seiner Vaterrolle aufblühen.

Wo er war, wusste sie noch immer nicht. Sie nahm sich vor, ihn später auf dem Handy anzurufen. Ohne ihm Vorwürfe zu machen, nur um zu fragen, wo er war.

„ Ich möchte sie gerne sprechen, ja. Mama, hast du etwas von Georg gehört?", fragte Luise nach.

„ Nein, bisher nicht. Er wollte sich melden, wenn er von der Geschäftsreise zurück ist. Soweit ich weiß, dauert die aber noch und bis dahin sind wir auch aus dem Urlaub zurück. Ich gebe dir jetzt erst einmal die Kinder, ja? Jessy ist schon ganz aufgeregt."

Und schon war die kleine Maus am Telefon und erzählte Luise, dass sie mit ihren Freundinnen Rad fahren war und natürlich erzählte sie von dem bevorstehenden Urlaub.

„ Opa hat gesagt, wir können dort auch Rad fahren und schwimmen und wandern. Und es gibt ganz viele Sachen für Kinder, hat er gesagt", schwärmte Jessy.

„ Aber, Mama, wann kommst du wieder heim?", seufzte Jessy.

„ Bald, Schatz, bestimmt. Weißt du, es ist schön hier und ich fühle mich sehr wohl. Ich habe nette Leute kennen gelernt. Vielleicht kann ich sie dir irgendwann vorstellen", antwortete Luise.

„ Und bist du jetzt wieder ganz gesund, Mama?", fragte die Kleine.

„ Mir geht es gut, Maus, mach dir keine Sorgen.

Ich brauche nur noch ein bisschen Ruhe."

„ Aber, Mama, ich verspreche dir, ich bin ganz lieb und ärgere dich nicht und Luca bestimmt auch nicht. Er ist eigentlich ganz Ok, so als großer Bruder. Dann hast du Ruhe und du kannst wieder heimkommen!", antwortete Jessy euphorisch.

Jetzt musste Luise lächeln.

„ Das ist lieb von euch. Wir schaffen das ganz bald, versprochen. Jetzt fahrt erst einmal in den Urlaub und dann sehen wir weiter, okay? Ich liebe dich mein kleiner Engel!", sagte Luise.

Nachdem sie auch mit Luca gesprochen hatte, war sie schon ein bisschen beruhigter.

Sie würde es schon noch ein paar Tage ohne die Kinder aushalten. Sie musste.

Inzwischen war Luise bei Dora angekommen.

„ Zur Einkehr" stand es groß auf dem Schild über der Eingangstür.

Der Name kam Luise ein wenig einfach und nichtssagend vor.

Im Gastraum brannte Licht, also mussten die beiden da sein. Geöffnet wurde in einer halben Stunde, aber wenn es heute so zuging wie gestern, würden wohl nicht viele Leute kommen.

Die Tür war offen und Luise trat ein. Wieder wurde sie von der beeindruckenden, urigen und gemütlichen Einrichtung gefangen genommen und schaute sich staunend um.

„ Dora? Klaus? Seid ihr da?", rief Luise, weil sie niemanden sehen konnte.

„ In der Küche. Bist du es Luise?", antwortete Dora aus der Küche.

„ Ja, ich bin es."

Sie kam in die Küche und sah Dora am alten Herd stehen und in einem Topf rühren.

Ähnlich, wie in ihrem Traum, dachte Luise lächelnd.

„ Ist das schön, dass du da bist. Ich koche gerade Klaus´ Lieblingsessen. Fischragout. Hast du Lust, mit uns zu essen?", fragte Dora.

„ Sehr gerne. Ich würde sowieso gerne etwas mit euch bereden.", antwortete Luise.

Als sie später am Tisch zusammensaßen, erzählte Luise von ihrem Traum. Sie schwärmte förmlich davon, einige Themennachmittage oder Abende zu machen um die Einheimischen und die Touristen, die bald auf die Insel kommen würden, wieder für die kleine Gaststätte zu begeistern.

Luise blühte förmlich dabei auf, als sie davon erzählte, einen Koch-und Backnachmittag mit den Kindern und Eltern des ortsansässigen Kindergartens zu machen, oder vielleicht am Abend eine Ausstellung eines Künstlers, der auf der Insel lebt, zu veranstalten. Oder eine Buchlesung mit Interessierten aus dem Dorf…

Die Ideen schienen Luise gar nicht auszugehen und sie vergaß dabei sogar das Essen.

„ Iss erst einmal, dein Fisch wird kalt.", sagte

Klaus mürrisch und mit vollem Mund.

„ Oh, ja, entschuldigt bitte. Ich habe euch wohl gerade ein bisschen überfallen. Tut mir Leid."

Luise schaute etwas betreten auf ihren Teller und aß. Hm, einfach lecker, dachte sie. An Doras Küche konnte es mit Sicherheit nicht liegen, dass zu wenige Gäste kamen.

Nachdem die drei gegessen hatten, stand Klaus auf und nahm das Geschirr mit.

Zurück kam er mit einer Flasche Hauswein.

„ Dora und ich wollten auch mit dir reden, Luise. Wir kennen uns zwar kaum, aber der gestrige Abend hat meiner lieben Frau und mir vollkommen ausgereicht, um zu erkennen, was für ein wunderbarer und lieber Mensch du bist. Wir wollten dir einen Vorschlag machen…"

„ Ja, bitte komm zu uns und hilf uns hier ein bisschen. Du kannst aushelfen, wann du möchtest und dich ausruhen, wenn du es für richtig hältst und wohnen kannst du auch bei uns. Wir haben so viel Platz", rief Dora überschwänglich dazwischen.

„ Dora! Überfordere sie doch nicht! Du vergraulst sie ja gleich wieder!", sagte Klaus.

Luise sank in ihren Stuhl und ihr verwirrter Blick ging zwischen Klaus und Dora hin und her, während Klaus Wein in die Gläser goss.

„ Weißt du, das, was du uns gerade noch an neuen Ideen unterbreitet hast, bestärkt uns in unserer Entscheidung, dich bei uns haben zu wollen", lächelte Dora.

Sie stand auf und nahm Luise einfach in den Arm. Tausend Gedanken schossen Luise plötzlich durch den Kopf. Ihr Leben schien gerade eine andere Richtung zu nehmen. Sie bekam die Möglichkeit, etwas zu tun, was sie wirklich mochte.

Luise versuchte, etwas zu sagen, doch es gelang ihr nicht. Sie wusste nicht, wie lange sie noch hier sein würde, wie alles weitergehen würde, ob ihre Gesundheit mitspielen würde…

„ Also…ich weiß nicht, was ich sagen soll. Ich möchte euch natürlich gerne helfen, es wäre einfach toll."

„ Jaaa! Ich habe gewusst, wir können auf dich zählen!", rief Dora.

„ Mit dir und deinen Ideen machen wir aus der ´Einkehr´ wieder ein schönes, kleines Restaurant", meinte Klaus.

„ Aber wie lange ich noch hier bin, weiß ich nicht. Ich kann euch nichts versprechen. Momentan vermisse ich meine Kinder so sehr, dass ich am liebsten sofort wieder nach Hause gehen würde."

Als sie es ausgesprochen hatte, konnte sie ihre Tränen kaum mehr zurückhalten.

Luise war noch keine drei Wochen hier, doch ohne ihre Kinder würde sie es auch nicht mehr wirklich lange aushalten. Es tat ihr zwar gut, von allem Abstand zu haben und an sich zu denken, nur zu tun, wozu sie tatsächlich Lust hatte, aber sie fühlte sich einfach ohne ihre Familie unvollständig. Bei dem Gedanken daran, bald wieder nach Hause zu fahren, wurde ihr dennoch mulmig zumute.

Sie spürte, dass es nicht der richtige Weg war, einfach in den Alltag, in diese Stadt und all den Umständen, die sie dort erwarteten, zurückzukehren. Es musste sich eine andere Lösung finden lassen, wie auch immer.

Dora hatte Luise lange im Arm gehalten und als sie sich langsam beruhigte, sprach Dora ganz ruhig mit ihr.

„ Luise, mach dir nicht allzu viele Sorgen, es wird eine Lösung geben. Du wirst deinen Weg finden und er wird gut sein."

Luise nickte.

„ Ich weiß, es ist nur sehr schwierig, ohne meine Lieben hier zu sein. Ich brauche sie, sie fehlen mir so sehr."

„ So!", sagte Luise dann aber plötzlich.

„ Jetzt lasst uns erst einmal über die schönen Dinge reden. Was habt ihr vor und wie kann ich euch helfen?", fragte sie und lächelte dabei entschlossen.

Es vergingen mehrere Stunden, in denen die drei Pläne schmiedeten, sie wieder verwarfen und umplanten. Es war, als würden sie sich schon eine Ewigkeit kennen, sie hatten sich gesucht und gefunden. Mehrmals dachte Luise lächeln darüber nach, dass man die beiden einfach gern haben musste. Sie waren nicht mit Kindern gesegnet und dennoch oder gerade deshalb konnte man förmlich sehen, wie ihnen das Herz aufging, wenn sie über Kinder sprachen.

Als erstes nahm die Idee Formen an, den Kindergarten der Insel zu einem Koch -und Backnachmittag einzuladen.

Klaus war sofort begeistert, dafür auch den kleinen Spielplatz im Hof hinter der Gaststätte wieder herzurichten. Dora suchte sofort alle Rezepte zusammen und wählte mit Luise ein paar einfache Dinge aus.

Luise nahm sich vor, gleich am nächsten Tag ein paar Flyer im Kindergarten zu verteilen und mit den Erziehern zu reden.

Alles in allem war es ein erfolgversprechender Nachmittag und Luise verabschiedete sich gegen Abend herzlich von Dora und Klaus.

Die Sache mit der Wohnung wollten sie in den nächsten Tagen in Angriff nehmen.

Als Luise endlich zu Hause war, nahm sie ihr Handy, um noch einmal mit ihren Eltern zu telefonieren. Georg hatte sie ein paar Mal angerufen.

Ihn hatte sie ganz vergessen. Da es recht ungewöhnlich war, dass er sie anrief, wählte sie zuerst seine Nummer.

Bereits nach dem zweiten Klingeln ging Georg ran.

„ Na endlich! Ich habe dich schon einige Male angerufen. Wo warst du denn?", fragte Georg sofort, aber betont ruhig.

Luise wusste im ersten Moment nicht, was sie sagen sollte. Was sollte denn diese Frage? Wenn sie ihn sonst anrief, ging er meist gar nicht ran, geschweige denn, dass sie wusste, wo er war. Und vor allem, wo er jetzt im Moment war? Denn zu Hause bei den Kindern, wie abgesprochen, war er nicht. Und auch diese angebliche Dienstreise gab es nicht.

„ Ich war spazieren", antwortete Luise.

„ Was möchtest du? Warum hast du angerufen?", setzte sie noch hinzu, bemüht, ihre Wut zu unterdrücken.

„ Ah, okay. Ich wollte nur einmal hören, wie es dir geht", antwortete Georg.

„ Ach ja? Warum möchtest du das wissen?", platze es aus Luise heraus. Das Gespräch verlief gerade in eine Richtung, die nicht gut war.

„ Interessiert es dich wirklich? Interessieren dich vielleicht auch deine Kinder, bei denen du jetzt sein solltest? Wo bist DU denn?", fragte Luise zurück.

Georg schwieg am anderen Ende der Leitung.

„ Die Kinder sind bei deinen Eltern und ich musste geschäftlich weg. Deine Eltern fahren mit den beiden ein paar Tage weg und so lange werde ich wohl auch noch unterwegs sein", antwortete Georg schließlich.

„ Das weiß ich. Allerdings weiß ich auch, dass du nicht auf Geschäftsreise sein kannst, da du in der Firma Urlaub eingereicht hast."

„ Ich musste im Urlaub einen wichtigen Auftrag übernehmen", antwortete Georg sofort, aber Luise hielt sich nicht zurück. Die Zeiten waren vorbei, in denen sie Georg alles abnahm und ihm vertraute.

„ Isa macht die Abrechnungen, das solltest du wissen und sie hat mir gesagt, dass du nicht auf Geschäftsreise bist. Aber weißt du was, es ist mir mittlerweile auch egal. Wenn du also nichts Wichtiges zu besprechen hast, möchte ich das Gespräch beenden. Ich habe noch zu tun", machte sich Luise Luft.

Als Georg nicht antwortete, sagte Luise:

„ Ich werde mich nicht mit dir streiten, aber ich lass mich auch nicht mehr verletzen. Also bis dann!" Luise legte einfach auf.

Puuh, das hatte gut getan. Obwohl sie merkte, wie ihre Hand und überhaupt ihr ganzer Körper zitterte, war Luise ein klein wenig stolz darauf, ihren Standpunkt dargelegt zu haben.

Sie machte ihren Laptop an, um die Flyer für den Kindergarten zu gestalten. Ein wenig Ablenkung brauchte sie jetzt.

Ihr Handy piepte und sie sah, dass Georg noch eine Nachricht geschickt hatte.

`Es tut mir Leid Schatz!`, stand da.

Ungläubig starrte Luise auf ihr Telefon. Diese Nachricht fühlte sich mit einem Mal so schmerzhaft an. Luise spürte, dass endgültig etwas in ihr zerbrochen war.

Was tat ihm Leid?

Dass er sie belog?

Dass er nicht für die Kinder da war?

Dass er nicht für sie da war?

Es fühlte sich an, als gäbe es die einst so übergroße Liebe zwischen ihr und Georg nicht mehr.

Ein piepsendes Geräusch, welches Luise zuerst nicht einordnen konnte, riss sie aus ihren Gedanken. Verwundert schaute sie sich im Raum um, bis ihr auffiel, dass es das Nachrichtensignal ihres Computers war.

Eine Email von Uli.

Genau im richtigen Moment, dachte Luise. Zumindest würde sie das von dem gerade geführten Gespräch mit Georg ablenken. Vielleicht war es aber auch mehr…

„ Meine liebe Elli,
wie geht es dir? Ich hoffe, du hast nichts dagegen, dass ich dich duze. Es ist so viel einfacher für mich, dir zu schreiben. Ich fühle mich dann sicherer und es fühlt sich vertrauter an.
Wie war dein Tag? Hast du das wunderbare Wetter genießen können?"

Meine liebe Elli…Fast jedes Mal begannen seine Nachrichten so.

167

Langsam fühlten sich die kurzen Emails von Uli richtig gut an. Er tat interessiert, erkundigte sich nach ihr und schrieb auch sonst so herrlich erfrischend und dennoch liebevoll, dass es Luise einfach gut tat.

Jetzt konnte sie wieder lächeln und für einen kleinen Moment ihre Sorgen vergessen.

Schön wäre es, wenn es immer so sein könnte, aber bis dahin war es noch ein weiter Weg.

Luise antwortete Uli sofort.

Sie erzählte von ihrem Tag, ohne zu sehr ins Detail zu gehen. Zu viel wollte sie dem Unbekannten gegenüber noch immer nicht preisgeben.

Die Emails gingen hin und her und Luise blühte regelrecht auf. Mittlerweile fühlte es sich an, als würden sich beide schon ewig kennen.

Nachdem sie einen Entwurf für die Flyer fertig hatte, machte sich Luise noch eine Kleinigkeit zu essen und beschloss, bald ins Bett zu gehen.

18

` Langsam legte sie ihren Kopf zurück und genoss den leichten Wind, der ihr über das Gesicht strich. Der Duft des Meeres kroch vorsichtig in jede Pore ihres Körpers.

Vorsichtig griff eine Hand in ihr Haar, eine andere begann, sanft ihren Nacken zu massieren.

Luise sog jede Berührung auf, jede ihrer oder seiner Bewegungen sensibilisierte jede Faser in ihr. Sie ließ sich einfach fallen und wurde in einem Wirbel voller wunderbarer Empfindungen gefangen, den sie ungern je wieder verlassen wollte.

Andererseits spürte sie eine unendliche Freiheit, so frei zu sein, um alles tun zu können, was sie wollte, was sie glücklich machte und gleichzeitig geborgen, aufgefangen zu werden, wenn sie fallen würde.

Die Sehnsucht nach bedingungsloser Liebe wurde immer stärker, die Sehnsucht danach, die körperliche Liebe in allen Fassetten zu spüren, sich hinzugeben, um alles zu erleben, was möglich war.

Und Luise wurde nicht enttäuscht.

Seine magischen Hände wanderten behutsam an ihrem Hals entlang… langsam hinunter zu ihrer Brust, die sich ihnen wie von selbst entgegenstreckte. Sie nahm seine Lippen wahr, die zärtlich ihr Ohr und ihren Hals erkundeten, bis sie schließlich ihre Lippen fanden.

Ganz vorsichtig erst und dann immer fordernder eroberte er ihre Lippen, während seine Hände nicht still auf ihr lagen.

Immer intensiver wurden seine Berührungen, immer energischer wurde auch sein Verlangen nach ihr.

Luise sank in den noch immer herrlich warmen Sand. Obwohl ihre Augen geschlossen waren, konnte sie das Meer sehen, den Strand… und den beeindruckenden Körper dieses Mannes über sich.

Luise streckte ihm die Arme entgegen, um ihn noch näher bei sich zu haben. Jede noch so kleine Distanz tat ihr fast weh, sie wollte und brauchte ihn …

Eine kleine Explosion durchfuhr ihren Körper, gefolgt von einem heißen Schauer, als er langsam auf sie hinunterglitt. Aber es war erst der Anfang. Er war plötzlich überall, seine Hände, sein Mund…sein gesamter Körper nahm sich von ihr, was er wollte. Luise war unfähig zu denken, die neuen Empfindungen einzuordnen. Ihre Gedanken und Gefühle wurden durcheinandergewirbelt, fanden weder Anfang noch Ende und der sich plötzlich aufbauende Sturm in ihrem Körper erreichte in einer ungeahnten Geschwindigkeit seinen Höhepunkt, dass es Luise die Luft nahm.

Sie hatte keine Chance, sich zu erholen, ihrem Körper die Zeit zu lassen, das Erlebte zu verarbeiten.

Sie fühlte erneut eine Welle der Lust über sich hereinbrechen, als er sie mit einer für sie ungewohnten Heftigkeit nahm.

Sein lauter Aufschrei durchfuhr die knisternde Stille. Unablässig fuhr dabei seine Zunge über ihre empfindlichen Knospen, ihren Hals und immer wieder suchten seine Lippen die ihren. In einem Gefühl ohne Raum und Zeit erlebten beide die Erfüllung all ihrer Träume. `

19

Luise schreckte hoch. Es wurde langsam hell und sie brauchte eine kurze Weile, um zu realisieren, wo sie war. Ihr Körper war schweißgebadet und ihr Herz schlug noch immer viel zu schnell.

Es war ein Traum gewesen!

Es war nur ein Traum, es war alles wieder vorbei. Doch es fiel Luise schwer, ihre Gefühle in den Griff zu bekommen. Wieder und wieder gingen ihre Gedanken zurück an den Strand, zurück zu diesem Mann, der ihr so viel geschenkt hatte.

Sie erinnerte sich, alles gesehen zu haben, das Meer, den Strand, seinen Körper, doch...nicht sein Gesicht!

Wer war er?

Von wem hatte sie geträumt?

Wer war der Mann, der in diesem Traum alles für sie war?

Ihr Unterbewusstsein hatte ihr mal wieder ein Schnippchen geschlagen. Das wusste Luise. Es hatte ihr suggeriert, wonach sie sich sehnte, was sie zu ihrem Glück brauchte: Freiheit, Gesundheit für ihre Seele und ihren Körper, Geborgenheit und bedingungslose Liebe.

Luise stand auf, zog sich an und ging in die kleine Küche, um sich Kaffee zu machen. Nach dieser Nacht brauchte sie eine Stärkung. Aber statt den Kaffee aus dem Schrank zu holen, ging sie an den Tisch und schaltete den Laptop an.

Als wäre es der Beweis, dass sie nicht geträumt hatte und es ja doch einen Mann in ihrem Leben gab, erschienen jede Menge Nachrichten, die nur von Uli sein konnten. Niemand anders hatte diese fingierte Emailadresse, außer ihm. Dass sie nicht wirklich Elli war, war mittlerweile auch nicht mehr wichtig. Der Kontakt mit Uli blieb so etwas Geheimnisvolles, etwas, das nur sie beide hatten, was auch immer es zu bedeuten hatte oder daraus werden würde.

Glücklich lächelnd las sie Ulis Nachrichten.

Er baute sie mit seinen lieben Worten regelrecht auf, erzählte ein wenig von sich, wobei es Luise immer so vorkam, als würde er einige Dinge zurückhalten. Zum Beispiel redete er nie davon, was er beruflich tat, warum er begonnen hatte, mit ihr zu schreiben, obwohl er Familie hatte. Stattdessen schrieb er ihr, wie wunderbar er es fand, sie gefunden zu haben, dass er viel spazieren ging und das Wetter genoss und sich in das Meer verliebt hatte.

Wenn es Luise bedachte, wollte sie diese Beziehung aber in keinster Weise bewerten. Sie wollte nicht hinterfragen, ob er sich nicht lieber um Frau und Kinder kümmern wollte, statt ihr zu schreiben.

Sie war es ein wenig leid, sich anderer Leute Gedanken zu machen. Sie nahm es einfach dankbar an, in Uli einen Menschen gefunden zu haben, mit dem sie sich austauschen konnte und sich wohlfühlte. Wobei ihr manchmal die Parallelen zu Georg nicht entgingen. Auch er hatte Familie, um die er sich kümmern sollte und es leider nicht tat.

Aber vielleicht würde sie Uli mit einer solchen Frage, nach dem privaten Umfeld, auch zu nahe treten und möglicherweise Unrecht tun.

Beschwingt machte sich Luise auf, den herrlichen Tag zu begrüßen. Sie nahm sich vor, die Flyer, die sie vorbereitet hatte, gleich im Copyshop auf der Insel ausdrucken zu lassen. Vielleicht konnte sie sie auch gleich heute noch verteilen. Da sie den ersten Kinder - Back - und Kochnachmittag bereits für die nächste Woche angesetzt hatten, mussten sie sich mit der Vorbereitung ein wenig ranhalten.

Als Luise bei der „ Einkehr" ankam, hörte sie Dora und Klaus im Garten. Sie lief um das Gebäude und war völlig erstaunt.

173

Klaus hatte begonnen, den verwaisten Kinderspielplatz wieder auf Vordermann zu bringen. Er hatte schon die Schaukel repariert und Dora war gerade dabei, den Sandkasten neu zu füllen.

„ Hey, ihr beiden!", begrüßte Luise das Ehepaar.

„ Luise! Hallo! Du kommst genau richtig. Schau mal, wie weit wir schon sind."

Stolz präsentierte Dora ihr Tagwerk.

„ Es sieht toll aus! Ihr seid ja richtig schnell! Dann kann es ja jetzt wirklich losgehen!", sagte Luise.

Nachdem Luise den beiden noch ein wenig geholfen hatte, schauten sie sich den Entwurf des Flyers auf dem Stick an, den Luise mitgebracht hatte und anschließend ging sie in den Copyshop. Es war gerade früher Nachmittag, als Luise loszog und die Aushänge verteilte.

Sie freute sich riesig darauf und war gespannt, wie der Nachmittag bei den Kindern ankommen würde. Hoffentlich würden auch einige kommen.

Um das sicherzustellen, beschloss sie kurzerhand, ihr Projekt in der Kindertagesstätte vorzustellen. Als sie dort vorbeikam, hörte sie die Kinder schon auf dem Außengelände des Kindergartens toben.

Eine der Erzieherinnen ließ Luise herein und so hatte sie die Möglichkeit, kurz mit der Leiterin zu sprechen. Sie war begeistert von der Idee und versprach ihr, sich noch einmal telefonisch bei ihr zu melden.

Beim Hinausgehen sah sich Luise noch einmal auf dem Spielplatz um. Das Gewusel der Kinder war so wunderbar anzuschauen, sie spielten und lachten miteinander, andere versuchten, verschiedene Spielsachen für sich allein zu behalten und setzten das auch vehement durch.

Sie sind doch alle ähnlich, dachte Luise bei sich und dachte an die Zeit zurück, als ihre Kinder noch im Kindergarten gewesen waren.

Luca war ein kleiner Wildfang und nicht selten musste Luise dafür geradestehen, was ihr Luca wieder mal angestellt hatte. Ein Junge eben, durch und durch, und dabei so ein lieber Schatz, dachte Luise.

Auf dem Rückweg zu ihrer Ferienwohnung klingelte ihr Handy.

Die Vermieterin war dran und erklärte, dass sie in zwei Tagen eine Familie in der Wohnung unterbringen wolle und fragte, ob Luise zu diesem Zeitpunkt noch da sein würde. Wenn Luise bleiben wolle, müsste sie die Miete erhöhen, da es sich jetzt um den Ferienzeitraum handelte.

Luise seufzte und bat darum, am Abend noch einmal zurückrufen zu können.

Sie lief auf dem Heimweg am Meer entlang und dachte darüber nach, wie sich die Situation am besten lösen ließe.

Einerseits wollte Luise gerne noch etwas bleiben, zumal sich gerade die Möglichkeit bot, mit Dora und Klaus etwas Neues zu beginnen. Sie hatte schon vorgehabt, zumindest noch einige Wochen zu bleiben und die beiden zu unterstützen, auch in ihrem eigenen Sinne. Sie wusste, es würde ihr gut tun, etwas zu machen, was ihr lag und an dem sie Spaß hatte. Andererseits sehnte sie sich sehr nach ihrer Familie. Die Kinder fehlten ihr, auch wenn sie wusste, dass sie ihren Weg vorerst allein finden sollte.

Luise saß einige Zeit im warmen Sand und schaute auf das Meer. Ihre Gedanken gingen zurück in ihr altes Leben, blieben an den letzten Wochen hier auf der Insel hängen und dann traf sie kurzerhand eine Entscheidung.

Sie rief Dora an, um zu fragen, ob das Angebot mit der Wohnung in der „ Einkehr" noch stand. Dora freute sich und sagte natürlich sofort zu.

Etwas entspannter wählte Luise anschließend die Telefonnummer ihrer Eltern, um Bescheid zu geben, dass sie umzog. Doch sie waren nicht erreichbar und so hinterließ Luise eine Nachricht mit der neuen Adresse und schickte Luca auch zusätzlich eine Nachricht auf sein Handy.

In der Ferienwohnung angekommen, sah sie zuerst nach ihren Emails. Irgendwie war ihr das mittlerweile zur Gewohnheit geworden.

Natürlich hatte Uli geschrieben und gefragt, wie es ihr gehe.

„ Lieber Uli,
danke, dass du nachfragst. Es geht mir ganz gut im Moment. Ich habe mich entschieden, noch ein wenig länger hier zu bleiben und ich werde mich beruflich neu orientieren. Mal abwarten, was daraus wird, aber ich freue mich darauf. Wie geht es dir? Wie war dein Tag?
E. "

Es dauerte nur eine Minute, bis die Antwort von Uli kam.

„ Beruflich neu orientieren??? "

Erstaunt sah sich Luise die drei Worte an. Was war daran jetzt so ungewöhnlich?

„ Ja, das möchte ich. Ich möchte mich allgemein neu orientieren. Warum fragst du? Ist das so schlimm?
E. "

Wieder dauerte es nicht lange, bis Uli antwortete.

" Nein, nein. Es ist natürlich nicht schlimm. Ich weiß noch viel zu wenig von dir, als dass ich mir ein Urteil erlauben könnte. Was möchtest du denn machen? Beruflich, meine ich?"

Luise überlegte kurz, ihm von der „ Einkehr" zu erzählen, fand es aber dann doch zu vorschnell. Sie kannten sich eigentlich nicht wirklich und ihm dann zu erzählen, wo sie täglich war, wäre doch zu viel im Moment. Sie beschloss, ihm nur zu schreiben, dass sie eventuell im Gastgewerbe oder vielleicht mit Kindern arbeiten wolle, es aber noch nicht sicher war. Das sollte reichen, dachte Luise.

Luise machte sich einen Tee und setzte sich auf den kleinen Balkon, um die Vermieterin zurückzurufen.
Sie hatte noch zwei Tage Zeit zum Auszug, bis die neuen Gäste kommen sollten.
Kein Problem, das würde sie schaffen. So viele Sachen hatte Luise von zu Hause nicht mitgenommen und die Ferienwohnung würde sie auch schnell in Ordnung bringen.
Wehmütig schaute sie auf das Meer hinaus. Der Ausblick würde ihr schon fehlen, aber eine Veränderung brachte eben manchmal auch Dinge mit sich, die nicht immer so angenehm waren.

20

Die kommenden Tage vergingen wie im Flug. Luise hatte die Ferienwohnung auf Vordermann gebracht, ihre Sachen gepackt und war bei Dora und Klaus eingezogen.

Die kleine Wohnung lag über dem Gastraum, direkt neben den beiden. Sie war mit allem ausgestattet, was man brauchte, und bot dazu noch genug Platz, um auch einmal Gäste zu empfangen. Eigentlich konnte man auch bequem zu dritt hier leben. Von ihrem Schlafzimmerfenster, das hinter in den Hof hinausging, konnte sie sogar das Meer sehen. Sogar ihr Meerblick war ihr erhalten geblieben, schmunzelte Luise. Sie fühlte sich wohl hier, es war urgemütlich und irgendwie hatte sie jetzt das Gefühl, sicher zu sein.

Dora und Klaus waren gleich nebenan, wenn sie Hilfe brauchte. Die Unsicherheit der letzten Wochen, die Luise in Bezug auf ihren körperlichen Zustand immer wieder gehabt hatte, war weg.

Die Vorbereitungen für das Kinderfest in der „ Einkehr" hatten schon im Voraus für viel Wirbel gesorgt. Die Leiterin des Kindergartens hatte sich zurückgemeldet und gefragt, ob es denn auch möglich wäre, die Kinder gruppenweise an verschiedenen Tagen der Woche zu schicken. Das war natürlich eine Herausforderung.

Dora und Luise waren vollauf mit Einkäufen und der Organisation beschäftigt.

Seltsamerweise war die Wirtschaft seit ein paar Tagen jeden Abend relativ gut besucht. Und es wurden immer mehr. Viele kamen schon zum zweiten oder dritten Mal, weil Doras Kochkunst einfach unschlagbar war. Luise half beim Servieren, während Klaus die Theke übernahm.

Es machte einfach Spaß und die drei arbeiteten wunderbar zusammen.

An diesem Abend war fast der gesamte Gastraum besetzt. Luise bemerkte am letzten Tisch einen Mann, dessen Bestellung sie noch nicht aufgenommen hatte. Sie winkte kurz, als Zeichen, gleich bei ihm zu sein, doch als sie vom Tresen zurück kam, war der Tisch leer.

Verwundert schaute sich Luise um.

Vielleicht benutzte er nur kurz die Toilette, dachte sie. Doch als er auch eine halbe Stunde später nicht wieder da war, musste sie wohl akzeptieren, dass der Mann gegangen war.

Komisch, aber gut.

Erschöpft fiel Luise am späten Abend ins Bett. Morgen würden die Kinder zum Backen kommen. Sie freute sich schon so sehr darauf und war gespannt, was die Kinder und die Eltern dazu sagen würden.

Dora hatte ein paar wundervolle Rezepte herausgesucht, die Kuchen waren einfach zu backen und die Kinder konnten sie dann nach

Belieben verzieren.

Kurz schoss ihr noch einmal der Gedanke an den Mann durch den Kopf, der das Lokal wieder verlassen hatte, ohne etwas zu bestellen.

Vielleicht war es Uli gewesen? Sie hatte den Mann nicht richtig erkennen können.

Ob sie ihn einfach fragen sollte?

Heute war es so weit. In ein paar Stunden würden die Kinder da sein und Luise schmückte mit Dora zusammen den Gastraum und sie ließen auch die Küche nicht aus. Zufrieden betrachteten die Frauen anschließend das Ergebnis.

Als Klaus in die Küche kam, brachte er nur ein bewunderndes Staunen über die Lippen.

„ Wow!", sagte er. „ Es sieht toll aus, wie in einer Küche eines Gutshauses zur Jahrhundertwende."

Ja, Luise und Dora hatten sich bemüht, das nostalgische Ambiente der Küche mit Blumen, Kräutern und Körben mit den nötigen Zutaten noch zu unterstreichen.

Entgegen aller Befürchtungen von Klaus, dass nach dem Event am Nachmittag ein Entrümpelungstrupp in der „ Einkehr" nötig sein würde, weil die Kinder alles durcheinander gebracht hatten, verlief der Nachmittag herrlich entspannt.

Alle und vor allem Dora und Luise hatten ihren Spaß. Die kleinen Wirbelwinde buken mit einer Begeisterung, dass es eine Freude war, ihnen zuzusehen und zu helfen. Die Eltern waren begeistert, als die Kleinen ihre kleinen Torten präsentierten und im Anschluss schneller wegaßen, als man schauen konnte. Sie wollten ja unbedingt noch hinaus auf den Spielplatz, wo Klaus schon auf sie wartete. Ein voller Erfolg!

Nachdem alle gegangen waren, schloss Dora die Tür ab, um bis zum Abendgeschäft noch genug Zeit zum Aufräumen zu haben.

Luise stand in der Küche, mit dem Rücken zur Tür, und wusch die Sachen ab. Sie hörte Dora sprechen und wollte schon antworten, als sie bemerkte, dass sie nicht gemeint war.

Luise hielt gerade die große Schüssel mit der restlichen Schokolade in der Hand, als sie plötzlich jemand an der Schürze zerrte.

Luise drehte sich kurz um, und sagte:

„ Erwischt! Ich wollte gerade die restliche Schokolade naschen…!", als sie erschrocken bemerkte, dass es weder Klaus noch Dora waren, die hinter ihr standen.

Luise ließ die Schüssel fallen.

„ Jessy! Mein Gott! Was machst du denn hier?"

Sie nahm ihre Tochter in den Arm, drückte ihren Kopf in die kleine Halsbeuge und ließ sie nicht mehr los.

„ Überraschung, Mama!", sagte Jessy ganz leise und sprang Luise weinend in die Arme.

„ Dein Gips ist ja schon ab, mein Engel.", sagte Luise ebenso leise und ließ Jessy langsam wieder herunter.

Überwältigt von ihren Glücksgefühlen drückte Luise auch ihre Eltern und Luca fest an sich.

Sie würde sie am liebsten gar nicht mehr loslassen.

„ Wolltet ihr nicht in den Bayerischen Wald fahren?", fragt Luise unter Tränen ihren Vater, der seine Tochter sanft hin und her wiegte.

„ Tja…", antwortete Luca stattdessen.

„ Ein kleines Ablenkungsmanöver!", und grinste schelmisch.

„ Aber wo seid ihr denn auf der Insel untergekommen? Es sind auch hier jetzt Ferien, da ist es nicht so einfach, eine Unterkunft zu finden?", fragte Luise.

Maria meinte, es wäre auch nicht leicht gewesen. Sie hätten wohl erst vor zwei Tagen die Zusage einer Vermieterin für eine Ferienwohnung bekommen.

„ Und wir waren schon dort, sie liegt direkt am Strand, Mama, du musst sie unbedingt sehen!", rief Jessy dazwischen.

Luise begann zu lachen.

„ Ich glaube, ich weiß, wo das ist. Wenn mich nicht alles täuscht, bin ich dort vor zwei Tagen ausgezogen, weil sich für die Ferien eine Familie angekündigt hatte. Meine Familie."

Luise war überglücklich. Es war ein so wundervoller Tag gewesen und jetzt hatte sie auch noch ihre Lieben um sich…einfach himmlisch.

Kurzerhand entschied Dora, die Gaststätte

geschlossen zu lassen. Sie schlug vor, mit Luises Familie die Beschäftigung des Nachmittages fortzusetzen und gemeinsam zu kochen und den Abend zusammen zu genießen.

Es wurde ein toller Abend.

Maria war genauso begeistert von dem Lokal und der nostalgischen Küche wie Luise.

Dora und Maria hatten sich gesucht und gefunden.

Sie kochten zusammen und waren so vertieft in ihre Gespräche, dass sie beinahe nicht bemerkt hätten, wie Jessy und Luca, die beiden Schlingel, den Braten heimlich aus dem Ofen holten, um zu naschen.

Luise und die Kinder waren für den Nachtisch verantwortlich und da dieser zum Großteil aus Schokolade bestehen musste, sahen Jessy und Luise auch dementsprechend aus.

Als Luca auch noch begann, seine Schwester mit Schlagsahne zu verschmieren, konnte sich vor Lachen kaum mehr jemand halten.

Die beiden Männer kamen in die Küche, um nachzuschauen, was denn los war.

Jessy ging schnurstracks auf ihren Opa zu und steckte ihm einen Löffel Schokolade in den Mund.

„ Lecker, stimmt´s?“, meinte Jessy grinsend.

Luises Vater konnte vor lauter Schokolade im Mund kaum antworten und musste sich das Lachen verkneifen.

Es war einfach herrlich und am Ende des Abends

entschieden sich die Kinder sogar, bei Luise zu bleiben. Genug Platz gab es ja in ihrer Wohnung. Sie kuschelte sich mit Jessy auf das große Sofa, überließ ihrem Großen das Bett und schlief in dieser Nacht besser denn je.

21

Der Morgen danach war umso schwieriger für Luise. Zum ersten Mal seit langem spürte sie wieder die beängstigenden Schmerzen in den Beinen und Armen.
Sie versuchte, es zu überspielen, als sich Jessy beim Aufwachen liebevoll an sie schmiegte.
Vielleicht war es nur das nicht ganz so komfortable Sofa, auf dem sie geschlafen hatte, vielleicht würden die Schmerzen schnell nachlassen, wenn sie erst aufgestanden war.
Vielleicht war es aber auch so, dass sie durch die Anwesenheit ihrer Familie erst wieder zuließ, dass sie nicht ganz gesund war. Zuließ, dass sie nicht mehr ganz allein klar kommen musste und sich bei ihnen sicher fühlte, eben auch wieder Unvermögen zuzulassen, was ihren Körper anbelangte.
Ihre Seele hatte schon manchmal so ihren eigenen Sinn, dachte Luise, vermied er aber, ihrer Angst Raum zu geben.
Es wird gut, sie sind alle bei mir, es kann nichts

passieren, betete Luise sich leise vor.

„ Mama? Geht es dir gut?", fragte Jessy, als sie sich zu ihrer Mutter umdrehte.

Dieser kleine Engel, schon seit Beginn ihrer mysteriösen Krankheit war es immer Jessy gewesen, die sofort bemerkte, wenn etwas nicht stimmte.

„ Ja, Schatz, es geht mir gut. Mach dir keine Sorgen, mein Engel", antwortete Luise gerührt.

„ Du musst dir auch keine Sorgen machen, Mama. Wir sind ja jetzt bei dir", sagte Jessy leise und nahm Luise fest in ihre kleinen Arme.

Ja, dachte Luise, jetzt ist alles gut.

Nach einem ausgiebigen Frühstück zusammen mit Dora und Klaus gingen Luise und die Kinder an den Strand. Es war zwar erst zehn Uhr am Vormittag, aber es war schon so warm, dass man baden konnte.

Jessy wollte natürlich gleich ins Wasser, aber Luise hielt sie zurück.

„ Lass uns erst zu Oma und Opa gehen, um eure Schwimmsachen zu holen, ja?", neckte Luise ihre Tochter, weil sie genau wusste, dass sie mit ihren sieben Jahren mit Sicherheit nicht mehr nackt baden ging. Dafür war sie dann doch schon zu groß.

„ Ja, okay. Gleich, Mama, ja?", antwortete Jessy und begann, im Sand nach Muscheln und Steinen zu suchen.

Luca setzte sich neben seine Mutter in den Sand und legte den Kopf auf ihre Schulter.

Gemeinsam und ohne ein Wort zu sagen, schauten sie Jessy zu und ließen sich dabei den frischen Meereswind um die Nase wehen.

Jetzt dachte Luise zum ersten Mal wieder an Uli. Sie hatte die ganze Zeit über nicht nachgeschaut, ob er ihr geschrieben hatte.
Wollte sie ihn nicht eigentlich auch fragen, ob er an diesem Abend in der „ Einkehr" gewesen war?
All diese Gedanken an die letzten Wochen auf der Insel gingen Luise durch den Kopf. Sie waren gut gewesen, gut für sie, aber erst jetzt fühlte sie sich wieder vollständig.

Auf dem Weg zur Ferienwohnung ihrer Eltern sah sie ihre Mutter schon von weitem auf dem kleinen Balkon stehen. Sie winkte ihr zu und musste lächeln.
„ Mum, warum lachst du?", fragte Luca.
„ Na ja, Oma steht auf dem kleinen Balkon da oben, siehst du? Vor ein paar Tagen stand oder saß ich noch dort. Ihr habt mich tatsächlich aus meiner Wohnung geworfen", lachte Luise.
„ Cool!", meinte Luca nur und ging ein Stück schneller voraus. Dabei schnappte er sich seine Schwester, die sich mit Händen und Füßen wehrte, weil sie nicht ins Wasser geworfen werden wollte. Luca lachte lauthals, er ärgerte sie für sein Leben gern.
Luise bemerkte, dass ihre Kraft ein wenig nachließ und lief langsamer hinter ihren

lärmenden Kindern her. Keine Angst, es wird bald wieder besser, sagte sie sich immer wieder. Bisher hatte ihr diese Strategie ganz gut geholfen. In ihrer Unsicherheit zu versinken, war ganz sicher auch nicht das Richtige.

Nach einem wunderschönen Tag am Strand trafen sich alle am Abend wieder in der gemütlichen Gaststätte. Luise ging kurz in die Wohnung, um sich umzuziehen und schaute dabei schnell ihre Emails durch. Etwas aufgeregt, musste sie zugeben, war sie schon. Sonst jeden Tag von Uli zu hören und jetzt seit einiger Zeit nichts, war für Luise fast ungewohnt. Sie wartete förmlich auf Nachricht von ihm.
Und tatsächlich, er hatte geschrieben. Und nicht nur einmal. Sage und schreibe zehn Emails waren in ihrem Postfach.
Da Luise nicht die Zeit hatte, alle Nachrichten zu beantworten, schrieb sie Uli kurz, dass sie sich später melden würde, weil ihre Familie bei ihr sei.

Wie als trügerisches Zeichen ihres Gewissens klingelte auf dem Weg in den Gastraum Luises Handy.
Georg!
Na toll! Das passte ihr jetzt gar nicht, zumal sie bei ihrem letzten Telefonat ordentlich Dampf abgelassen hatte und ihm ihre Meinung gesagt hatte.
Dennoch ging sie ran.

„ Wie geht es dir?", war seine erste Frage.

„ Danke, es geht mir gut. Die Kinder sind bei mir", antwortete Luise knapp.

„ Ich weiß. Schön, dass sie dich besuchen", gab Georg zur Antwort.

„ Du weißt es? Hast du mit meinen Eltern telefoniert? Sie haben gar nichts erzählt?", fragte Luise verblüfft nach.

„ Nein, aber kann ich bitte mal mit den Kindern sprechen?", fragte Georg.

Da Luise gerade an den Tisch kam, an dem Jessy saß und malte, gab sie ihr das Handy.

„ Papa ist dran, Schatz."

„ Papa!", rief die Kleine und war schon mit dem Handy auf und davon.

„ Luca, hast du mit Papa gesprochen und ihm erzählt, dass ihr hier seid?", fragte Luise ihren Sohn.

Luca schaute sie erst verständnislos an, nickte dann aber übertrieben mit dem Kopf.

„ Ja, ja. Habe ihm eine kurze Nachricht geschrieben, Mum."

Ah, okay. Dann hatte Georg wohl ausnahmsweise auch mal in sein Handy geschaut.

Wenn sie ihn früher erreichen wollte, kamen ihre Anrufe oder SMS meist nicht an.

„ Du, Mum? Hier gibt es eine Surfschule. Darf ich mich dort anmelden? Wenigstens für die Tage, die wir noch hier sind?", fragte Luca.

„ Sicher, Großer, wenn du magst. Lass uns

morgen zusammen hingehen, ja?", sagte Luise und Luca war einverstanden.

Am Abend, als Jessy bereits eingeschlafen war, nahm sich Luise die Zeit, Ulis Emails zu lesen.

Er hatte sich bereits Sorgen gemacht, weil sie nicht geantwortet hatte und in seiner letzten Email fragte er nach einem ersten Treffen.

Luise war etwas überrumpelt. Sie war sich absolut nicht sicher, ob das eine so gute Idee war.

Sie antwortete ihm, dass sie es sich überlegen würde und vorerst die Zeit mit ihren Kindern verbringen wolle. In zwei Wochen spätestens, würden sie wieder nach Hause fahren, weil Maria noch einmal einen Untersuchungstermin bezüglich ihrer OP hatte.

Ob Luise schon bereit war, wieder mitzukommen, wusste sie noch nicht. Diese Entscheidung würde sie gerne noch ein wenig aufschieben.

„ Na, Mum, was machst du da? Schreibst du einem heimlichen Verehrer?"

Erschrocken und ertappt drehte sich Luise zu ihrem Sohn um.

„ Nein. Wie kommst du darauf?", stotterte Luise.

Luca stemmte beide Hände in die Hüften, legte seinen Kopf schief und versuchte, böse zu schauen. Es gelang ihm aber nicht. Grinsend meinte er:

„ Komm schon, mir kannst du es doch sagen, ist doch nicht so schlimm", frotzelte Luca.

Gespielt wütend schlug ihm Luise auf den Hintern und machte den Laptop aus.

Das fehlte ihr gerade noch! Dass ihr Sohn sie beim Chatten mit fremden Männern erwischte.

Luca verlor kein Wort mehr darüber, er grinste nur jedes Mal, wenn Luise den Laptop anschaltete. In den folgenden Tagen wurde die Konversation mit Uli auch ein wenig seltener, Luise verbrachte stattdessen jede freie Minute mit ihren Kindern und Eltern. Es war die beste Zeit seit langem für sie und sie schaffte es auch, jeden Tag ihre immer wieder aufkommenden Schmerzen zu ignorieren, sodass es kaum jemand bemerkte.

Der letzte Abend mit den Kindern kam. Am folgenden Tag mussten ihre Eltern wieder zurückfahren. Luise wollte gerne, dass die Kinder noch bei ihr blieben, aber ihre Mutter bestand darauf, sie wieder mitzunehmen. Außerdem hatte Luca noch einiges mit seinen Kumpels vor, obwohl er ernsthaft überlegt hatte, den Surfkurs noch zu beenden. Er hatte großen Gefallen daran gefunden und Luise auch gesagt, dass er es auf der Insel einfach fantastisch fand.

Jessy wollte unbedingt wieder zu Hause mit ihren Freundinnen spielen und so entschied Luise schweren Herzens, die Kinder wieder fahren zu lassen und selbst noch bis zum Ende der Ferien zu bleiben.

„ Genieße deine Zeit hier noch ein bisschen mein Schatz. Du fühlst dich hier wirklich wohl und bei Dora und Klaus bist du in guten Händen", sagte Maria zu ihrer Tochter.

Sie hatte ja Recht, dachte Luise, sie fühlte sich hier wirklich richtig wohl, besser, viel besser als seit langem zu Hause.

Der Abschied am nächsten Morgen fiel allen schwer. Jessy weinte und wollte unbedingt, dass Luise mitkam. Erst als Luises Vater die Kleine beruhigte, stieg sie in den Wagen. Auch Luca war es nicht einerlei, ohne seine Mutter nach Hause zu fahren, aber seine Art, mit schwierigen Situationen umzugehen, war für Luise immer wieder faszinierend. Er nahm seine Mutter lange in den Arm, ohne ein Wort zu sagen. Seine Geste benötigte auch keine Worte. Er gab ihr einen Kuss auf die Wange, die tränennass war, und sagte nur:
„ Pass auf dich auf, Mum, und lass´ es dir gut gehen!"
Weinend winkte Luise ihrer Familie hinterher, die sie nun für ein paar Wochen nicht sehen würde.

Als Dora sie beruhigend in den Arm nahm, überkam Luise plötzlich ein unangenehmes Gefühl. Eine Art Vorahnung. Bilder der Kinder und ihrer Eltern schossen ihr durch den Kopf, Gedanken an die schönen Tage mit ihnen auf der Insel….
Luise schob diese teilweise beunruhigenden Gedanken beiseite, tat sie als Abschiedsschmerz ab und versuchte sich stattdessen ins Tagesgeschäft des Lokals zu stürzen. Sie musste

sich ablenken, mit allen Mitteln.

Als sie nach dem erfolgreichen Mittagsgeschäft das Lokal schloss, ging in einiger Entfernung ein Mann am Restaurant vorüber. Er schaute immer wieder zu Luise herüber, als er Richtung Strand lief, aber Luise erkannte ihn nicht.
Und da diese Situation schon merkwürdig war, kam Luise eine Idee.
Sie ging hinauf in die Wohnung, öffnete das Postfach ihres Computers und schrieb Uli eine Email.

„ Lieber Uli,
da du schon so oft gefragt hast, ob wir uns einmal treffen können, würde ich jetzt gerne auf deinen Vorschlag eingehen.
Wie wäre es heute Abend?
Du findest mich in einem Lokal. Es befindet sich in unmittelbarer Strandnähe und heißt:
„ Zur Einkehr".
Was meinst du? Gegen 21.00 Uhr?
Alles Liebe!
E. "

Na, mal schauen, dachte Luise. Wenn das vor dem Lokal gerade Uli war, musste es bestimmt eine Weile dauern, bis er antwortete.
Doch als ungefähr zehn Minuten später der

193

Nachrichtenton ihres Laptops ertönte, wunderte sich Luise schon ein bisschen.

Natürlich war es Uli.

„ Elli! Sehr gerne! Ich werde da sein! Ich freue mich sehr darauf.
Bis heute Abend!"

Okay, das ging schnell.

War das vorhin doch nicht Uli gewesen? Oder hatte er vielleicht von seinem Handy aus geantwortet? Das wäre eine Möglichkeit.

Aber diese Fragen konnte sie ja heute Abend klären.

Luise ein Date! Ein bisschen mulmig war ihr dabei schon zumute, aber irgendwie war sie auch ziemlich aufgeregt. Schließlich hatte sie kein Date mehr gehabt seit…circa 20 Jahren?

Herrje, sie musste einfach abwarten, was da auf sie zukam…

22

Auf der Autobahn 9 in Richtung Nürnberg kam es kurz vor der Ausfahrt Fürth zu einem schweren Verkehrsunfall.

Ein LKW fuhr mit überhöhter Geschwindigkeit auf einen PKW auf, der im Begriff war, die Ausfahrt zu nehmen.

Nach ersten Erkenntnissen war der Fahrer des LKW abgelenkt und hatte den vorausfahrenden PKW nicht bemerkt.

Die Insassen des Wagens, zwei Erwachsene und zwei Kinder im Alter von 7 und 15 Jahren, wurden zum Teil schwer verletzt. Sie konnten aus dem Fahrzeug geborgen und ins Klinikum Erlangen verbracht werden.

Die Ausfahrt Fürth ist seit mehreren Stunden, wegen Räumungsarbeiten, an der Unfallstelle gesperrt.

23

Mittlerweile war es früher Abend und Luise hatte noch nichts von ihren Eltern gehört.

Sie hatte bereits versucht, sie zu Hause anzurufen, sie aber leider nicht erreicht. Auch Luca ging nicht an sein Handy.

Sie steckten vermutlich mal wieder im Stau fest, das war ja üblich zur Ferienzeit und Luca hatte vor Langeweile sein Handy leer gespielt.

Luise versuchte, sich keine Sorgen zu machen. Es war sicher alles gut.

Sie bereitete sich auf ihre kurze Abendschicht vor. Sie hatte heute den Service, Dora kümmerte sich um die Küche und Klaus übernahm die Theke.

Es war mittlerweile ein wunderbares Arbeiten geworden. Das Lokal lief wirklich gut, nicht zuletzt durch die außergewöhnlichen Kindernachmittage und Abendveranstaltungen.

Morgen Abend sollte die erste Ausstellung eines Künstlers der Insel stattfinden und in der kommenden Woche fand eine Buchlesung in der „ Einkehr" statt. Alles in allem konnten die drei sehr zufrieden sein. In dieser Saison würde sich das Lokal gut über Wasser halten können.

Es kamen immer mehr Gäste und Luise und Dora hatten zeitweise wirklich Mühe, alle zeitgerecht zu bedienen. Als Luise wieder in die Küche kam, meinte Dora:

„ Wenn das so weitergeht, müssen wir bald noch jemanden einstellen. Das gibt es ja nicht! Aber es ist schön! Und du hast einen großen Anteil daran, meine Süße!"

Schnell gab sie Luise noch einen Kuss auf die Wange und scheuchte sie mit vollen Tellern wieder aus der Küche.

Wieder saß ein neuer Gast im Lokal. Als Luise auf ihn zuging, erkannte sie ihn.

Uli! Der Mann auf dem Schiff! Und er lächelte sie vielsagend an.

Oh, Gott! Was sollte sie jetzt sagen? Sie wurde nervös und nahm sich vor, zunächst ganz lapidar seine Bestellung aufzunehmen.

Himmel! Diese Augen! Sie hatte ihn nicht mehr so verdammt gut aussehend in Erinnerung.

Als er die Bestellung aufgegeben hatte, fragte er:

„ Haben wir uns nicht schon einmal gesehen? Kennen wir uns?"

Luise schaute ihn verblüfft an.

„ Ja, ich denke schon", antwortete sie mit einem Lächeln und ging zurück.

Was war das denn für eine Frage?!

Naja, vielleicht gehörte das zu seiner Taktik. Schließlich kannten sie sich ja nicht wirklich, sondern hatten sich nur Emails geschrieben.

Und ja, einmal hatten sie sich bisher nur gesehen.

Als Uli fast der letzte Gast im Lokal war und auch die anderen bereits gezahlt hatten, fasste sich Luise ein Herz und ging auf ihn zu.

„ Ich habe jetzt Feierabend, wenn du möchtest, können wir gerne einen Strandspaziergang machen", sagte Luise mit einem kleinen Zittern in der Stimme.

Uli sah zu ihr auf.

„ Oh, aber gerne, schöne Frau", antwortete er ihr.

Er trank sein Bier aus, legte Geld auf den Tisch und bot ihr dann seinen Arm an, um sie hinauszubegleiten.

Ungewöhnlich, aber Gentleman like, dachte Luise. Sie verabschiedete sich kurz von Klaus und Dora und ging mit Uli hinaus.

Wortlos gingen die beiden nebeneinander her zum noch beleuchteten Strand. Erst als sie dort waren, bemerkte Luise, dass sie ihr Handy vergessen hatte. Dann würde sie eben später bei ihren Eltern zurückrufen, die sich sicher schon gemeldet hatten.

Es war ein wirklich wundervoller Abend. Uli lenkte Luise zu einem Strandabschnitt, der etwas abgelegen und fast dunkel war.

Sie hatte so viele Fragen an ihn, wusste aber nicht, wie sie beginnen sollte.

Die Situation war völlig neu für sie und so ließ sie sich erst einmal mit Uli im Sand nieder und hörte dem Meer bei seinem Spiel zu. Vielleicht würde Uli ja anfangen, mit ihr zu reden, aber stattdessen begann er, Luise langsam über den Rücken zu streichen.

Im ersten Moment fühlte sie sich etwas überrumpelt, aber sie musste zugeben, dass es gut tat, von einem Mann berührt zu werden.

Als er immer weitermachte und auch begann, ihren Nacken zu streicheln, drehte sich Luise zu ihm um.

Sie sah in seine wunderschönen Augen, die ihr alles versprechen konnten. Uli kam auf sie zu, um sie zu küssen. Luises Gewissen schlug Alarm und sie wich zurück.

„ Uli! Geht das nicht ein bisschen schnell?", fragte sie vorsichtig, bedacht darauf, die Situation nicht zu zerstören.

Uli schaute sie fragend an.

„ Uli? Ach wie auch immer, du kannst mich nennen, wie du willst. Komm´ schon und hab dich nicht so."

Er zerrte Luise an sich und begann, sie wild und herausfordernd zu küssen.

Luise war vollkommen geschockt. Was passierte hier? Diese Situation hatte nichts mit ihrem Traum wenige Tage zuvor zu tun!

Sie stieß ihn von sich und versuchte aufzustehen.

Doch er war schneller! Er riss sie in den Sand zurück, warf sich auf sie und riss ihr mit einer geschickten Bewegung das T-Shirt auseinander.

Mit ungewöhnlicher Kraft drückte er Luise zu Boden, dass es ihr unmöglich war, sich zu wehren. Sie versuchte, nach ihm zu treten und die Angst stieg ins Unermessliche!

Plötzlich ließ er kurz von ihr ab.

„ Was wehrst du dich so, du Schlampe? Du wolltest es doch so! Du hast mich doch angesprochen!"

Luise zitterte vor Angst und vor Wut, auf diesen miesen Kerl reingefallen zu sein.

Er kam wieder auf sie zu!

Er hielt sie noch immer fest nach unten gedrückt, sein Atem stank nach Bier und Luise hatte Mühe, sich nicht übergeben zu müssen. Das vorher so hübsche Gesicht dieses Mannes verwandelte sich in das eines Monsters!

Wieder versuchte sie, sich aus seinem Griff zu befreien, doch es wollte nicht gelingen. Er war einfach zu stark und Luise schwanden die Kräfte.

Als er jedoch an seiner Hose nestelte und dabei sein Gewicht verlagerte, ergriff sie die Chance, und stieß ihm ihr Knie in die Weichteile.

Er schrie auf.

Sie sah seine zur Faust gekrümmte Hand nicht.

Lichtblitze tauchten plötzlich auf und mit einem Mal war alles um sie herum dunkel…

24

Ganz vorsichtig öffnete Luise die Augen. Hatte sie geschlafen? Sie wusste in diesem Augenblick nicht, wo sie war.

Erst als sie Sand in ihren Händen spürte und sie langsam das Bewusstsein wiedererlangte, durchfuhr sie die schmerzvolle Erinnerung!

Sie versuchte, sich aufzusetzen, schaute sich ängstlich um und und stellte fest, dass sie allein war.

Gott sei Dank! Dieses Schwein war weg!

Was war passiert? Sie konnte sich noch daran erinnern, mit Uli gekämpft, sich gegen ihn zur Wehr gesetzt zu haben, aber dann verblasste ihre Erinnerung.

Sie tastete ihren Körper ab. Sehen konnte sie nicht viel, es war mittlerweile stockdunkel. Nur das Meer rauschte friedlich vor sich hin, als wäre alles wie immer.

Doch das war es nicht. Luises T-Shirt war zerrissen, ihr BH ebenso und ihre Jeans hing halb heruntergezogen an ihren zittrigen Beinen.

Oh, mein Gott! Schlagartig wurde ihr übel und sie musste sich übergeben. Als sie sich ein wenig erholt hatte, schoss ihr der bittere Gedanke erneut durch den Kopf: Bin ich vergewaltigt worden?

Nein! Das konnte und durfte einfach nicht wahr sein!

Luise versuchte, sich wieder anzuziehen.

Als sie den Kopf nach unten beugte, durchzuckten starke Schmerzen ihren Kopf. Automatisch griff sie nach oben und bemerkte, dass sie am Auge blutete.

Sie musste unbedingt so schnell wie möglich zurück zu Dora und Klaus. Luise konnte nicht sagen, wie spät es war, sie hatte vollkommen das Zeitgefühl verloren.

Luise kroch und stolperte mehr, als sie ging. Die Straßenlampen an der Strandpromenade waren noch an. Es konnte also nicht nach zwei Uhr morgens sein.

Nach einer gefühlten Ewigkeit konnte sie endlich die „ Einkehr" sehen.

Es war noch Licht.

Luise war im Moment nicht in der Lage, darüber nachzudenken, ob es gut war, jetzt auf Dora und Klaus zu treffen. Was sie den beiden sagen sollte, wie sie sich verhalten sollte…

Sie wollte nur unter die Dusche, sich den Schmutz der letzten Stunden abwaschen und sich ins Bett legen… ja, das wäre jetzt das Beste.

Luise hatte die Eingangstür der Gaststätte noch nicht erreicht, als sie bereits aufgerissen wurde.

„ Luise, um Himmels Willen, wo warst du…?"

Klaus Stimme erstarb sofort, als er sah, wie Luise aussah.

Er griff ihr unter die Armen und führte sie hinein. Vorsichtig setzte er Luise auf einen Stuhl. Dora war sofort da und erblasste bei dem schrecklichen Anblick.

Luises Auge war blutunterlaufen. Die Wange war angeschwollen und überall war eingetrocknetes Blut.

Dora und Klaus bombardierten Luise mit Fragen, doch sie schwieg. Was sollte sie auch sagen? Sie wusste selbst nicht, was tatsächlich passiert war.

„ Bitte. Ich möchte duschen. Ich möchte schlafen", sagte Luise dann mit gebrochener Stimme und schaute Klaus dabei flehend an.

„ Aber Luise, wir müssen dir dringend etwas sagen, es ist sehr wichtig…", versuchte Klaus etwas zu erklären, wurde aber jäh von seiner Frau unterbrochen.

„ Klaus! Nein! Jetzt nicht! Lass sie, ich bringe sie hinauf. Ruf du den Rettungsdienst bitte!"

Rettungsdienst? Luise blickte erschrocken auf.

„ Nein. Bitte nicht, ich möchte nur allein sein. Bitte!"

„ Aber Kind! Du musst behandelt werden. Ich bestehe darauf!", antwortete Dora barsch und Luise wusste, dass es unmöglich war, ihr jetzt zu widersprechen.

Es war auch nicht nötig, Klaus hatte bereits telefoniert.

Dora ging vorsichtig mit Luise die Treppe zur Wohnung hinauf.

Klaus stand unten am Absatz und schaute hilflos hinter den Frauen her.

„ Aber Dora, wir müssen mit ihr reden", versuchte es Klaus erneut, aber Dora warf ihm einen vernichtenden Blick zu, der absolut keinen Widerspruch duldete.

„ Später, nicht jetzt auch noch, Klaus!", war ihre simple und für Klaus auch nachvollziehbare Antwort.

Es dauerte nicht lange und die Rettungskräfte waren da.

Luise ließ es über sich ergehen, auch die Untersuchung des Frauenarztes, der dabei war.

„ Soweit ich das beurteilen kann, gibt es vorerst keine Hinweise, dass Frau Winter vergewaltigt wurde", sagte der Arzt, an Dora gewandt.

Luise hatte das gehört. Sofort beruhigte sich ihr noch immer schneller Herzschlag.

Gut, dachte sie, das ist gut.

„ Doch sie sollte zu einer genauen Untersuchung ins Krankenhaus kommen", setzte der Arzt noch hinzu.

Nachdem alle weg waren, setzte sich Dora an Luises Bett.

„ Möchtest du reden, Kleines?", fragte Dora leise.

Luise nahm ihre Hand und schüttelte nur den Kopf.

„ Dann schlaf jetzt erst einmal ein bisschen. Wir reden morgen", sagte Dora und gab Luise einen Kuss auf die Stirn.

Das Beruhigungsmittel, welches Luise gespritzt bekommen hatte, begann zu wirken und sie schlief ein. Unruhig, nervös, von Erinnerungsfetzen an den grausamen Abend geplagt, aber sie schlief.

25

Lange hatte Luise nicht geschlafen. Es war noch dunkel, als sie aufwachte.
Die Schmerzmittel hatten nachgelassen und sie spürte die Verletzungen in ihrem Gesicht.
Es fühlte sich an, als wäre ihr Kopf aufgeblasen, wie ein Ballon.
Mühsam kletterte sie aus dem Bett. Auf dem Weg in das kleine, angrenzende Badezimmer bemerkte sie, dass ihr Laptop noch immer angeschaltet war.
Der Akku musste wohl bald leer sein und so steckte sie schnell das Ladekabel an.
Jede noch so kleine Ablenkung, und sei es ein leerer Akku, war Luise in diesem Moment mehr als Recht.
Der Bildschirm wurde hell und das Postfach ihres „geheimen" Accounts öffnete sich.

Eine Email von Uli!
Das war doch jetzt ein Scherz! Was nahm sich dieses Schwein heraus, ihr noch eine Email zu schreiben?

Wut stieg in ihr hoch und sie war drauf und dran, die Nachricht einfach zu löschen.

Doch sie überlegte es sich anders.

Vielleicht würde er sich damit irgendwie verraten, und sie hatte so eventuell noch etwas gegen ihn in der Hand.

Vor dem Öffnen konnte Luise sehen, dass die Email um 00:12 Uhr gesendet worden war.

Das konnte doch nicht wahr sein. Zu dem Zeitpunkt musste Luise noch verletzt am Strand gelegen haben.

Mit zitternden Händen klickte sie dennoch auf die Nachricht:

„ Elli, es tut mir Leid, dass ich zu unserem ersten Treffen nicht kommen konnte. Ich wollte dich sicher nicht versetzen, aber mir ist etwas sehr Wichtiges dazwischen gekommen.
Ich melde mich so bald als möglich wieder bei dir. Ich werde es dir erklären. Sei bitte nicht böse!
Uli"

Was???

Wie bitte? Das war doch jetzt ein Witz!

Wollte dieser Mistkerl sie etwa für dumm verkaufen?

Sie konnte ihr momentanes Gefühlschaos nicht

deuten, wusste nicht, was sie denken sollte.

Wie in Trance stand sie auf, ging zur Toilette und sah auf der Ablage ihr Handy liegen.

Erst jetzt fiel ihr wieder ein, dass sie noch keine Nachricht von ihren Eltern hatte, ob sie gestern gut angekommen waren.

Tränen der Scham traten in ihre Augen. Wie hatte sie bei dem ganzen Wahnsinn um diesen Mann ihre Familie vergessen können?

Es war sicher nicht zu früh, um zu Hause anzurufen, doch als sie das Handy anschaltete, sah sie, dass sie über 20 Anrufe in Abwesenheit hatte. Immer wieder die gleiche, unbekannte Nummer. Und einige der Anrufe waren von Georg…

Es klopfte an ihrer Tür. Als Luise nicht antwortete, trat Dora, gefolgt von Klaus, einfach ein.

Als Luise im Bad Doras Stimme hörte, kam sie gespielt sicher heraus.

„ Guten Morgen, ihr beiden. Ich bin gleich bei euch. Ich möchte nur schnell zu Hause anrufen.", sagte Luise, die ihre eigene, sonst so feste Stimme nicht wiedererkannte.

„ Luise, setz dich bitte. Wir müssen dir etwas sagen", sagte Dora leise, nahm sie am Arm und führte sie zur Couch.

Mit angsterfülltem Blick schaute Luise zwischen Dora und Klaus hin und her.

Ihre körperlichen Schmerzen waren urplötzlich

wie weggeblasen. Ihr Körper verriet ihr, dass diese Schmerzen nichts gegen die waren, die sie gleich spüren würde.

Luises Atem stand fast still, als Dora zu sprechen begann. Alles in ihr versuchte sich dagegen zu wehren, Doras Stimme zu hören, doch es war zwecklos.

„ Luise. Liebes. Du kannst deine Eltern im Moment nicht anrufen", begann Dora.

„ Na, dann mach ich es später, kein Problem. Haben sie sich bei euch gemeldet? Ist Mama schon bei ihrem Termin? Ich rufe lieber Luca an, er hat sein Telefon immer bei sich. Wisst ihr, ich hatte gestern mein Handy liegen lassen…"

Luises Stimme überschlug sich.

„ Luise! Bitte beruhige dich!", fiel Klaus ihr ins Wort.

Erschrocken schaute Luise wieder zu Dora, die ihr beruhigend die Hand auf die Schulter legte.

In ihren Augen glitzerten Tränen. Es sah auf eine seltsame Art wunderschön aus, wie ein traumhafter Bergsee…

„ Sie hatten einen Unfall, Luise. Deine Eltern und die Kinder sind im Krankenhaus."

Mehr konnte und wollte Dora im Moment nicht sagen, als sie Luises leeren Blick auffing.

Sie spürte, wie das letzte bisschen Kraft aus Luise entwich.

Sie sackte ohne ein Wort zusammen. Ihre Augen waren weit aufgerissen, die Augäpfel nach hinten gerollt.

Als Dora bemerkte, dass Luise das Bewusstsein zu verlieren drohte, legte sie sie augenblicklich auf das Sofa und versuchte, sie wieder zurückzuholen.

Am Abend zuvor hatte Dora schon mit dem Arzt gesprochen, der ihr noch ein Beruhigungsmittel dagelassen hatte.

Luises Puls war ganz flach. Klaus überprüfte ihre Atmung. Auch die war nur noch ganz schwach zu spüren. Er nickte seiner Frau zu und Dora redete unaufhörlich auf Luise ein, tätschelte ihr immer wieder das Gesicht…

`Wo sie jetzt war, wusste Luise nicht. Aber es war auch ohne jegliche Bedeutung. Es fühlte sich alles so leer, aber gleichzeitig so ungewohnt entspannend und friedlich an. Keinerlei negative Dinge, Gedanken, Ereignisse gab es in der Welt, in der sich Luise gerade befand.*

Um sie herum war alles unglaublich hell und man spürte und fühlte einfach nur unendliche Glückseligkeit.

Dennoch wusste sie instinktiv, dass sie hier nicht bleiben konnte, nicht in dieser Umgebung, die ihr so gut tat. Dieser wunderbare ruhige und gedankenleere Raum, wie eine Luftblase, in der alles andere vollkommen abgeschaltet war.

Ganz langsam spürte Luise ihren Körper wieder.

Er schmerzte und es wurde immer schlimmer. Aber noch mehr und viel bewusster fühlte sie die Schmerzen in ihrer Seele. Etwas Schreckliches war passiert und sie konnte, so sehr sie sich auch dagegen wehrte, nicht verhindern, dass die Realität sie eiskalt einholte.`

26

Mit einem unglaublichen Ruck setzte sich Luise auf. Sie starrte mit noch immer leeren Augen in die ängstlichen Gesichter von Klaus und Dora und versuchte, ihre Gedanken zu ordnen.

Sie spürte Doras Hand auf ihrer und auch Klaus streckte beide Hände nach ihr aus.

Luise musste wissen, was geschehen war, sie wusste, sie konnte es irgendwie schaffen.

„ Wie geht es den Kindern? Was genau ist mit ihnen und meinen Eltern?", brachte Luise mühsam hervor.

„ Schatz, es tut uns so Leid…", begann Dora und hielt ihre Tränen nicht mehr zurück.

„ Bitte, Dora, ich muss es wissen", bat Luise.

Klaus übernahm das Wort:

„ Wir haben gestern Abend einen Anruf erhalten, da du nicht erreichbar warst. Uns wurde gesagt, dass das Auto deiner Eltern von einem LKW auf der Autobahn bei Fürth erfasst wurde. Sie waren fast zu Hause, als es passierte. Alle vier wurden sofort ins Krankenhaus gebracht. Sie sind schwer verletzt und dein Vater schwebt in Lebensgefahr. Wir haben versucht, im Krankenhaus in eurer Heimatstadt Auskunft zu bekommen, da wir aber keine Familienangehörigen sind, haben sie uns nichts weiter gesagt." Klaus wollte weiterreden, aber Luise hob die Hand.

„ Sie leben also? Sie alle leben doch, oder?", fragte Luise noch einmal.

Klaus nickte.

„ Ja. So wie ich deinen Vater kennen gelernt habe, schafft auch er das!"

Luise stand vorsichtig auf. Dora half ihr dabei.

Sie wählte die unbekannte Nummer auf ihrem Handy und erstarrte, als sich sofort jemand meldete.

Es war das Krankenhaus und Luise fragte nach ihrer Familie.

Dora und Klaus beobachteten Luise genau. Sie waren bereit, sie aufzufangen, egal, was passieren würde. Sie war ihnen die Tochter geworden, die sie selbst nie hatten.

Luise nickte nur und bedankte sich nach dem kurzen Telefonat für die Auskunft.

Ihre Kraft und Entschlossenheit war zurückgekehrt. Auch wenn Luise sehr wohl spürte, dass ihr Körper den Dienst lieber versagen würde, als von irgendwoher neue Energie zu schöpfen.

Aber das wäre zu einfach!

Die Ereignisse der letzten Nacht am Strand waren momentan nur noch ein kleiner Punkt in Luises Erinnerung. Sie musste jetzt stark sein und für ihre Familie da sein. Und das würde sie! Was es sie auch kostete!

„ Es geht ihnen allen den Umständen entsprechend gut. Papa ist außer Lebensgefahr, er hat es geschafft, so wie du es gesagt hast, Klaus. Er ist so stark! Darf ich dich um etwas bitten?", fragte Luise ruhig.

Das Ehepaar atmete erleichtert auf und fiel Luise um den Hals.

„ Du darfst mich um alles bitten, Kleines!", antwortete Klaus.

„ Fährst du mich bitte zum Bahnhof?"

27

Es musste jetzt alles ziemlich schnell gehen.

Der Zug fuhr bereits in zwei Stunden.

Neun weitere Stunden später würde sie dann endlich bei ihrer Familie sein. Es gab keine andere Möglichkeit, schneller von der Insel herunterzukommen, und bis in ihre Heimatstadt war es nun mal ein recht weiter Weg.

Möglicherweise hätte sie mit dem Auto schneller sein können, aber selbst sie wusste, dass sie dazu momentan nicht in der Lage war. Zumal es Klaus und Dora nie zugelassen hätten.

Gerade noch rechtzeitig waren Klaus und Luise am Bahnhof.

Der Zug war pünktlich und fuhr gerade ein.

Nachdem sie sich von Klaus verabschiedet hatte, nahm sie ihre Tasche und stieg ein.

Ein schmerzliches Gefühl des Abschiedes überkam Luise, als sie Klaus noch einmal zuwinkte. Der Abschied von Dora war ihr schon so schwer gefallen und jetzt wurde ihr erst so richtig bewusst, dass sie ihr neues Leben wieder verlassen musste. Vielleicht war es ja kein Abschied für immer, doch aber für eine lange Zeit. Sie konnte nur hoffen, diese lange Fahrt nach Hause einigermaßen zu überstehen.

Es zerriss ihr förmlich das Herz, wenn sie an ihre Kinder und ihre Eltern dachte, die sie jetzt mehr denn je brauchten. Sie wollte einfach nur bei ihnen sein, ihnen sagen, dass alles wieder gut werden würde…

„ Luise!", hörte sie leise ihren Namen rufen, als sie das Fenster des Abteils schloss.

Klaus? Hatte er sie noch einmal gerufen?

Als sie das Fenster wieder herunter schob, hörte sie erneut ihren Namen und Klaus schaute in die Richtung, aus der die Stimme kam.

Verwundert sah er zu Luise hoch und hob die Schultern.

Als sie aus dem Fenster hinaussah, stockte ihr für einen kurzen Moment der Atem.

Georg!

Er rannte den Bahnsteig entlang, winkte mit dem Arm und rief sie immer wieder.

Das war doch nicht wahr!

Wie kam er hierher?

„ Luise! Bitte steig aus! Ich muss mit dir reden!", rief er, als er am Zug war.

„ Georg, bitte! Ich muss zu den Kindern!", antwortete Luise mit zitternder Stimme.

„ Ich weiß, ich bin hier, um dich abzuholen. Bitte steig aus", antwortete Georg.

Als sie Klaus´ zustimmendes Nicken sah, nahm Luise ohne Zögern ihren Koffer. Die Tür ging gerade zu, doch sie schaffte es noch, aus dem Zug zu springen.

Georg sah sie an.

„ Schatz! Was um Himmels Willen ist mit dir passiert? Dein Gesicht! Dein Auge!"

Luise antwortete nicht. Was hätte sie auch sagen sollen?

Sofort nahm Georg sie tröstend in seine Arme und ließ sie nicht mehr los. Obwohl keiner der beiden sprach, war es die Stille, die mehr sagte, als es Worte je vermocht hätten.

Luise hatte Georg bisher erst einmal so gesehen, damals, als sie ihn verlassen hatte.

Aus den Augenwinkeln sah Luise, dass ihr Klaus noch eine Kusshand zuwarf und dann zum Wagen zurückging. Sie hätte ihm Georg gerne noch vorgestellt, aber er wusste sicherlich auch so, wer

Georg war.

Als sie sich wieder einigermaßen gefasst hatte, löste sie sich von ihrem Mann. Auch wenn sie spürte, dass es ihm sehr wichtig war, sie einfach bei sich zu haben und im Arm zu halten, war jetzt nicht der richtige Zeitpunkt, um sich mit ihren Problemen auseinander zu setzen.

„ Bitte, lass uns fahren, Georg, ich muss zu den Kindern, ich werde sonst verrückt", sagte Luise leise und Georg nickte.

„ Du hast Recht, wir sollten fahren", antwortete er.

Die Autofahrt verlief sehr ruhig. Beide hingen ihren Gedanken nach und keiner wusste so richtig, was er sagen sollte.

Luise brach das Schweigen.

„ Woher wusstest du von dem Unfall? Hat man dich erreicht? Warst du schon bei ihnen?", fragte Luise in die Stille hinein.

„ Ja, das Krankenhaus hat bei mir angerufen, weil sie dich nicht erreicht haben. Es geht ihnen ganz gut. Luca hat einige Schnittverletzungen und der linke Arm ist gebrochen. Jessy hat einen etwas komplizierteren Bruch am Oberschenkel, aber ansonsten ist sie soweit in Ordnung. Deine Mutter hat eine Kopfverletzung, sie musste operiert werden und dein Vater ist auch über den Berg. Ihm war durch den Aufprall die Lunge zusammengefallen, aber sie haben es im Griff."

Georgs Antwort war nüchtern und sachlich. Es

erinnerte nicht mehr viel an seinen emotionalen Zustand noch wenige Stunden zuvor. Er war hochkonzentriert und ließ seinen Blick nicht von der Straße!

„Danke!", antwortete Luise. „Danke, dass du dir die Zeit genommen hast, mich abzuholen. Woher wusstest du eigentlich, wo ich war?"

Als Georg nicht gleich antwortete, schaute Luise wieder aus dem Fenster. Solche Reaktionen war sie von ihm ja gewöhnt. Aber vielleicht sollten sie einfach später darüber reden.

Georg fuhr von der Autobahn ab auf einen Rasthof.

„Ich hole mir nur schnell einen Kaffee, möchtest du auch etwas?", fragte er und war im Begriff auszusteigen.

„Nein, lass nur. Ich gehe Kaffee für uns holen, bleib du im Wagen", sagte Luise und war schon unterwegs.

Als sie wenig später zurückkam, fand sie Georg schlafend im Auto vor.

Ein kleines Lächeln huschte über Luises Gesicht.

Typisch ihr Mann, dachte sie. So kannte sie ihn ja. Aber sie konnte sich schon vorstellen, dass er sehr müde war. Er musste ja bestimmt schon eine ganze Weile unterwegs gewesen sein.

Sie schaute auf die Uhr und beschloss, selbst weiterzufahren, auch wenn sie sich nicht wirklich dazu in der Lage fühlte.

Vorsichtig weckte sie Georg, der plötzlich hochschoss.

Verwirrt schaute er Luise an.

„ Georg, rutsch auf den Beifahrersitz, ich fahre ein Stück."

Langsam kam er zu sich und schüttelte den Kopf.

„ Nein, ich werde fahren. Aber vielleicht können wir noch kurz etwas ausruhen, bevor es weitergeht? Wir brauchen ja nicht mehr lange."

Luise wollte nicht streiten, nicht jetzt, nicht schon wieder. Das hatte ihr überhaupt nicht gefehlt.

Sie setzte sich wieder neben ihn, gab ihm den Kaffee und schloss die Augen.

„ Okay", sagte sie. Auf eine halbe Stunde kommt es nicht an, dachte sie, und schlief ein.

Diesmal war es Luise, die erschrocken hochfuhr.

Georg schlief noch immer neben ihr und hatte seine Hand auf ihre gelegt.

Vorsichtig nahm Luise seine Hand, betrachtete sie und erinnerte sich wieder daran, wie oft sie sie schon gehalten hatte. So viele Jahre…und gerade deshalb schien ihr alles so vertraut. Ihre Gedanken begannen, wild durcheinander zu rennen, die schönen Zeiten kamen ihr in den Sinn, aber auch die, die weniger schön und sehr verletzend gewesen waren.

„ Luise, es tut mir wirklich alles sehr Leid.", erklang plötzlich Georgs beruhigende Stimme.

Auch eine Erinnerung, seine tiefe, wunderbare Stimme.

„ Ja, Georg. Ist schon gut. Fahren wir, es ist spät", antwortete Luise schnell, um sich nicht noch mehr mit den Gedanken an ihre zerrüttete Beziehung zu beschäftigen. Es tut mir Leid, hatte sie schon viel zu oft gehört.

Sie gab seine Hand frei.

„ Würdest du mir jetzt bitte sagen, was mit deinem Gesicht passiert ist?", fragte Georg noch einmal.

„ Nichts. Ich bin nur gestürzt. Keine Sorge", antwortete Luise trocken.

Es war später Nachmittag, als sie endlich im Krankenhaus ankamen.

Luise rannte mehr, als sie lief, den Gang hinunter, nachdem sie gefragt hatte, in welchen Zimmern ihre Eltern und Kinder waren. Georg blieb ein wenig hinter ihr zurück.

Sie riss die Tür zum Krankenzimmer förmlich auf und sah ihre Kinder zusammen im Bett sitzen und ein Videospiel spielen.

Jessy sah auf und schrie jetzt aus Leibeskräften nach ihrer Mutter, sodass Luca augenblicklich zusammenzuckte.

Endlich, endlich hatte sie ihre Kinder wieder. So viel hätte passieren können und Luise dankte Gott, dass er sie beschützt hatte.

Nachdem Luise ihre Kinder wieder losgelassen hatte, versuchte sie, ihre Tränen unter Kontrolle zu bekommen und musterte die beiden genauer.

Luca hatte eine wirklich tiefe Schnittwunde oberhalb der rechten Wange. Vorsichtig strich Luise darüber.

„ Oh, Großer, es sieht schlimm aus. Hast du große Schmerzen?"

Luca zwinkerte ein wenig und man sah ihm schon an, dass es weh tat.

„ Mum, die Verletzung macht mich doch nur noch interessanter für die Mädels. Ist alles gut, wir hatten ja Glück", sagte er grinsend.

Luise lächelte ihn glücklich an. Gott, war ihr Sohn ein wunderbares Geschenk!

„ Bleibst du jetzt bei uns, Mama? Bitte, geh nicht wieder weg", flehte Jessy.

Luise nahm sie in den Arm.

„ Nein, mein Schatz, ich bleibe bei euch. Ich werde nicht wieder alleine gehen", antwortete Luise. „ Nie mehr."

„ Bist du hingefallen, Mama?", fragte Jessy plötzlich?

Ah, ihr blaues Auge!

„ Ja, du kennst mich doch. Ich stolpere doch öfter mal", antwortete Luise schnell und gab Jessy einen Kuss auf die Nasenspitze.

Luca schaute sie etwas zweifelnd an.

So ganz schien er ihr nicht zu glauben.

Georg stand in der Tür und beobachtete seine Familie.

Als Jessy ihn entdeckte, streckte sie ihm die Arme entgegen. Er kam sofort zu ihr und ließ sich von ihr umarmen.

Luise und Luca standen vom Bett auf.

Mit seinem gesunden Arm wuschelte er seiner

kleinen Schwester in den Haaren herum.

„ Ich gehe mit Mama zu Oma und Opa, okay? Wir sind gleich wieder da."

Jessy nickte nur und ließ ihren Vater dabei nicht los.

Was für ein Glück Georg doch hatte und es nicht wahrnahm, dachte Luise beim Verlassen des Zimmers.

Auf dem Weg in Marias Zimmer wollte Luise von Luca wissen, wie genau der Unfall passiert war.

„ Ich weiß es nicht, Mum. Es ging alles sehr schnell. Ich habe nicht einmal mitbekommen, wie der LKW in uns reingerauscht ist. Es war nur auf einmal alles dunkel. Jessy und Oma haben geschlafen. Ich habe schon mit Jessy gesprochen, sie kann sich an nichts erinnern. Das ist doch gut, oder?", erzählte Luca.

Ja, das ist es, dachte Luise. Ein Trauma wäre gerade für Jessy und Luca eine Katastrophe.

Maria sah furchtbar aus. Luise erschrak, als sie in ihr Zimmer kam. Sie schlief und hatte einen großen Verband um den Kopf. Die Augen waren tief schwarz umrandet, das ganze Gesicht grün und blau.

Luise setze sich an ihr Bett und streichelte ihrer Mutter vorsichtig den Arm.

„ Hey, mein Schatz. Da bist du ja. Ich kann mich im Moment nicht so um die Kinder kümmern, übernimmst du das bitte?", sagte Maria leise und grinste dabei spitzbübisch.

Luise musste laut loslachen. Ihrer Mutter ging es also ganz gut, wenn sie schon wieder Scherze machen konnte.

„ Aber natürlich, Mama. Ich übernehme wieder. Dir ist wohl etwas dazwischengekommen?", konterte Luise.

Jetzt lachte Maria los.

„ Aua, das Lachen tut schon noch weh. Ja, irgendwie ist uns etwas dazwischengekommen. Ein LKW, wie ich gehört habe."

Luise betrachtete ihre Mutter. Trotz dieses hässlichen Verbandes war sie so schön und stark, wie immer. Wieder hatte ihnen das Schicksal übel mitgespielt und wieder war es an ihnen allen, sich voller Energie ins Leben zurückzustürzen. Und das würden sie auch schaffen!

Ihrem Vater sah man überhaupt nicht an, dass er noch wenige Stunden vorher dem Tod von der Schippe gesprungen war.

Er war sehr gut drauf und meinte, er würde morgen auf die normale Station verlegt.

Bei all den Maschinen und Drähten an seinem Körper und um ihn herum war das schwer vorstellbar. Luises Blick ging immer wieder besorgt zwischen ihrem Vater und den Überwachungssystemen hin und her.

„ Kleine, mach dir keine Sorgen. Es wird schon wieder alles", sagte er.

Luise legte, so wie früher, ihren Kopf auf den

Schoß ihres Vaters. Beruhigend strich er ihr über die Haare.

Das hatte er immer so gemacht, wenn etwas in Luises Leben schief gegangen war. Es tat immer gut und es hatte geholfen, es wurde tatsächlich alles gut. Zumindest für einen Moment. Doch Luise war für jeden noch so kleinen Augenblick dankbar.

Luise hatte kurz mit dem Arzt gesprochen. Er konnte sie beruhigen. Es ging allen soweit gut und wenn es klappen würde, würden am folgenden Tag ihre Mutter und Jessy und ihr Vater und Luca zusammen auf ein Zimmer verlegt.

Der Arzt meinte, dass die Verletzungen der Kinder schnell heilen würden und wenn nichts Schwerwiegendes dazukam, könnten sie in der kommenden Woche schon nach Hause.

Als sie zurück in Jessys Zimmer kam, lagen Georg und die Kleine schlafend im Bett.

Jessy hatte ihren Vater im Arm und es sah nicht so aus, als wollte sie ihn je wieder loslassen. Es war ein Bild, das Luise tief berührte.

Sie setzte sich neben die beiden und beobachtete sie im Schlaf. Immer, wenn Georg sich zu bewegen versuchte, drückte ihn Jessy wieder an sich. Er hat keine Chance, sich ihr zu entziehen, dachte Luise. Sie würde ihn immer bei sich behalten, egal, wie es mit ihrer Familie weitergehen sollte.

Luise saß lange da, versunken in ihren Gedanken

an das Meer, Dora und Klaus, das Lokal und auch an Uli, der ihren Aufenthalt auf der Insel getrübt hatte. Ganz hatte er es nicht geschafft, Luise zu vertreiben, aber ihr wurde plötzlich klar, dass sie noch immer nicht ganz genau wusste, was er ihr angetan hatte.

Sie musste unbedingt zum Gynäkologen! So schnell wie möglich.

28

Es war ungewohnt, nach Hause zu kommen.

Alles in ihrem Haus kam ihr so fremd vor, wie aus einem anderen Leben. Und obwohl sie sich in ihrem Haus bewegte, als sei sie nie weg gewesen, fühlte sie sich unwohl.

Das würde sich schon geben, dachte sie.

Aber was ihr noch viel unangenehmer war, war die Tatsache, dass Georg auch hier war. Hier mit ihm allein, ohne die Kinder, um von möglichen Streitereien abzulenken, war ein ungutes Gefühl.

Aber vielleicht würde er ja auch wieder gehen.

Auf seine „ Geschäftsreise", die er sicher unfreiwillig unterbrochen hatte.

Luise bemerkt schon wieder diese altbekannte Wut in sich aufsteigen. Das hatte ihr gerade noch gefehlt. Um Georg aus dem Weg zu gehen, ging sie ins Bad, legte ihre Sachen in den Wäschekorb und ging unter die Dusche.

Ein herrliches Gefühl, unter dem heißen Wasser zu stehen und sich all die furchbaren Ereignisse der letzten Tage herunterzuspülen.

Luise konnte vor lauter Dampf kaum noch etwas sehen. Umso erschrockener war sie, als sie beim Öffnen der Duschkabine Georg vor sich stehen sah. Sofort bedeckte sie sich mit einem Handtuch. Wie albern das eigentlich war, kam ihr gar nicht in den Sinn. Georg lächelte darüber und Luise wurde wütend. Sie wollte einfach nicht, dass er sie nackt sah, egal, ob er das vorher schon tausende Male getan hatte. Jetzt entschied sie und sie hielt es eben für nicht angemessen.

„ Luise, ich muss unbedingt mit dir reden", sagte er. „ Und du musst dich auch vor mir nicht verstecken. Du musst dich überhaupt vor nichts und niemandem verstecken."

Was? Was sollte denn das jetzt?, dachte Luise.
Sie starrte ihn ungläubig an.
„ Sei mir nicht böse, aber mir ist nicht danach, mit dir zu reden. Nicht jetzt. Der Tag war die Hölle und ich muss erst einmal zu mir kommen."
Eigentlich die letzten beiden Tage, dachte sie insgeheim, aber davon musste Georg nun wirklich nichts erfahren.
 Ohne eine Antwort abzuwarten, ging sie in ihr Schlafzimmer.

Fast augenblicklich schlief sie ein, ihr Körper forderte seinen Tribut.

Das erste, was Luise am nächsten Tag tat, war ein Anruf bei ihrem Gynäkologen. Glücklicherweise hatte er noch einen Termin. Sie konnte in einer Stunde bei ihm sein.

Ein Blick in den Spiegel verriet ihr, dass mit ein wenig Make up das blaue Auge vielleicht überdeckt werden konnte.

Auf noch mehr dumme Fragen hatte sie nun wirklich keine Lust, es sei denn, ihr Arzt würde bei der Untersuchung doch feststellen, dass…

Himmel! Bloß nicht darüber nachdenken! Das wäre der absolute Alptraum.

Sie hatte noch ein paar Minuten Zeit. Vor dem Termin ins Krankenhaus zu fahren, lohnte sich nicht, auch wenn es nur circa 20 Minuten Fahrt bis dorthin waren. Also schrieb sie ihrem Sohn, dass sie etwas später vorbeikäme. So hatte sie dann wenigstens genug Zeit für ihre Familie. Georg schlief offensichtlich noch, als sie das Haus verließ.

Seit langem saß Luise wieder in ihrem Auto und versuchte, sich auf dem Weg zu ihrem Arzt die wildesten Gedanken über ihren körperlichen Zustand auszureden.

Sie war in einer Situation, in der sie niemals hatte sein wollen, die sie niemandem wünschte, aber es half nichts, sie musste Klarheit haben.

Die Zeit im Wartezimmer trug nicht gerade dazu bei, dass es besser wurde. Sie musste zugeben, dass sie wirklich Angst hatte.

Als sie endlich ins Untersuchungszimmer gerufen wurde, wurden ihr die Beine schwach und Luise hatte Mühe, nicht umzufallen. Die Schwester maß sofort den Blutdruck, nur um festzustellen, dass der natürlich absolut im Keller war. Ein bisschen beruhigte das Luise, so konnte sie es sich zumindest erklären und musste sich keine Sorgen machen, dass es vielleicht wieder etwas mit ihrer Krankheit zu tun hatte.

Die Untersuchung verlief genau wie immer. Nach ein paar kurzen Worten mit ihrem Arzt und seiner Ermahnung, dass sie seit längerem nicht bei ihm gewesen sei, begann er mit seiner Routine. Luises Herz schlug bis zum Hals.

Er schien das auch zu merken und meinte:

„ Frau Winter, mache ich Sie etwa nervös?"

Ein kurzes Augenzwinkern von dem Arzt verwirrte Luise nur noch mehr. Es war die Hölle!

Es konnte nur noch wenige Augenblicke dauern, bis sie erfuhr, ob ihr großer Fehler am Strand ihrer geliebten Insel schwere Folgen gehabt hatte.

„ So, geschafft, Frau Winter. Wie sehen uns dann spätestens in einem halben Jahr zur nächsten Untersuchung.", sagte der Doktor.

Verdutzt schaute Luise ihn an.

„ Heißt das etwa…?", stotterte Luise.

„ Was meinen Sie? Dachten Sie vielleicht, Sie wären schwanger, Frau Winter?", fragte der Arzt vorsichtig nach.

„ Offen gestanden…ich weiß es nicht. Ich weiß nicht, was ich dachte, bitte entschuldigen Sie", stammelte Luise, bemüht, ihre Gefühle in den Griff zu bekommen.

„ Es tut mir Leid, Sie enttäuschen zu müssen. Aber schwanger sind sie ganz offensichtlich nicht. Und wenn ich mir diese Aussage erlauben darf, wäre das auch ein echtes Wunder. Sie bekommen ihre Regel in den nächsten Tagen und Sie sollten dazu schon auch Geschlechtsverkehr haben, Frau Winter, aber das war wohl schon länger nicht mehr der Fall, oder irre ich mich?"

Jetzt konnte sich der werte Herr Doktor nicht mehr zurückhalten. Er lachte laut auf und auch, wenn es vielleicht unangebracht war, für Luise war es genau das, was sie jetzt brauchte.

Sie lachte lauthals mit und konnte sich ihrerseits nicht verkneifen zu sagen:

„ Sie sind unverbesserlich! Aber Sie haben ja Recht!"

„ Ja, das bin ich schon immer, aber das wissen Sie doch. Passen Sie gut auf sich auf, Frau Winter. Bis bald!", verabschiedete sich der Arzt mit einem breiten Lächeln von Luise.

Ein riesiger Stein fiel ihr vom Herzen!

Sie war also auch nicht vergewaltigt worden, soweit das der Arzt hatte feststellen können. Gut! Wunderbar! Es war nichts passiert, zumindest nichts, was man nicht einfach vergessen konnte.

Erleichtert und wirklich entspannt kam Luise

endlich im Krankenhaus an.

Es hatte wirklich geklappt, wie es die Schwester am Tag zuvor versprochen hatte.

Ihre Mutter lag zusammen mit Jessy im Zimmer und ihr Vater war mit Luca auf einem Zimmer.

Da Maria, Jessy und ihr Vater noch nicht aufstehen durften, ging Luise mit Luca erst einmal zu der Kleinen aufs Zimmer. Ihr Vater schlief sowieso gerade.

Jessy saß bei Maria auf dem Bett und las ihr vor. Maria ging es schon viel besser. Sie sah auch nicht mehr ganz so schlimm aus wie noch am Tag zuvor.

„ Mama, ich bekomme so eine große Schiene ans Bein. Das sieht bestimmt cool aus. Morgen darf ich damit schon laufen üben und wenn ich es gut mache, darf ich nach Hause", erzählte Jessy stolz.

„ Und Luca darf auch mit, stimmts?", fügte sie noch hinzu und sah zu ihrem großen Bruder.

Luca nickte.

„ Ja, Zwerg, wir gehen bald wieder nach Hause, aber die Ferien verbringen wir wohl damit, wieder fit für die Schule zu werden."

Luca verzog das Gesicht.

Luise konnte verstehen, dass sich ihr Sohn die letzten Ferienwochen ein wenig anders vorgestellt hatte.

„ Lasst mal, wir machen es uns dann schon schön ihr beiden. Und Oma und Opa kommen sicher auch bald heim. Dann pflege ich euch alle ganz gesund", sagte Luise lächelnd.

Sie verbrachte den ganzen Nachmittag mit ihrer Familie, sie lachten viel und der Unfall war kaum noch ein Thema. Ab und an fing Jessy noch einmal an, darüber zu reden, aber ihre Familie verstand es schon immer, mit den gegebenen Situationen umzugehen. Sie konnten es ja nicht ändern, also machten sie das Beste daraus.

Als Luise noch einmal zu ihrem Vater ging, um sich zu verabschieden, bat er sie, sich kurz zu ihm zu setzten.

„ Na, Luise. Wie geht es dir?", fragte er.

„ Gut. Es geht mir gut, Papa. Ich bin bei euch. Ihr seid bei mir, warum sollte es mir nicht gut gehen? Wir hatten solches Glück und dafür bin ich so dankbar", antwortete Luise.

„ Ja. Das hatten wir. Aber sag mal, hast du schon einmal mit Georg gesprochen?", fragte er weiter.

Luise setzte sich auf.

„ Nein, Papa, dazu ist mir im Moment auch nicht zumute. Ich weiß, irgendwann sollten wir miteinander reden, aber jetzt habe ich nicht den Kopf frei dafür, verstehst du?", sagte Luise.

„ Das verstehe ich. Aber schieb es nicht zu lange hinaus. Es tut den Kindern nicht gut", meinte ihr Vater ernst.

Luise senkte den Kopf. Sie wusste ja, dass ihr Vater Recht hatte. Es musste eine Entscheidung geben. Sie konnte die Kinder nicht weiter im Ungewissen lassen.

„ Ja. Ich werde mit ihm reden. Versprochen!",

sagte Luise schließlich und verabschiedete sich von ihrem Vater.

„ Bis morgen!" Sie gab ihm noch einen Kuss auf die Stirn. „ Werde schnell gesund!"

Ihr Vater nickte und Luise verließ das Zimmer.

Als sie noch einmal bei Jessy ins Zimmer schaute, saß plötzlich Georg auf dem Bett der Kleinen.

Er war also noch da. Eigentlich wusste sie so gut wie gar nichts mehr von ihrem Mann. Es fiel ihr aber auch sehr schwer, vor den Kindern so zu tun, als wäre alles in Ordnung. Ihre Begrüßung war knapp. Sie freute sich zwar darüber, dass er sich ein wenig um die Kinder kümmerte, aber es war in den letzten Jahren nicht genug gewesen, sodass es ihr jetzt umso schlimmer vorkam. Sie hätten ihn immer gebraucht. Nicht erst jetzt!

„ Bis ganz bald, meine Maus!", hörte Luise Georg sagen. Er löste sich von Jessy und umarmte kurz seinen Sohn, der mittlerweile fast so groß war wie er.

Er winkte Maria kurz zu und verließ das Zimmer.

Verdutzt schaute Luise ihm hinterher.

Nein! Sie würde sich nicht darüber aufregen! Es brachte nichts! Schon gar nicht vor den Kindern!

Stattdessen schmuste sie mit Jessy und nahm auch Luca lange in den Arm.

„ Ich komme gleich morgen früh wieder, ja? Schlaft schön! Ich hab euch so lieb!", sagte Luise und machte sich dann auch auf den Heimweg.

Georg war nicht da, als sie nach Hause kam.

Erst ungefähr eine Stunde später hörte Luise die Haustür aufgehen. Gerade hatte sie ihr Telefonat mit Dora beendet und wollte ins Bett gehen, bevor ihr Georg doch noch über den Weg laufen konnte.

Als sie schnell noch die Wäsche in den Korb warf, sah sie dahinter einen Prospekt, der Georg wohl aus der Tasche gefallen sein musste.

Sie hob ihn auf und wollte ihn auf den Schrank legen, als sie sah, um was für einen Prospekt es sich handelte.

Es war mehr oder weniger eine Werbeschrift einer psychosomatischen Klinik.

Luise starrte auf den Prospekt.

Lange.

Die wirren Gedanken, die sie jetzt überfielen, waren unmöglich zu ordnen.

„Das gehört mir. Es muss wohl aus meiner Jackentasche gefallen sein.", erklang Georgs tiefe Stimme plötzlich hinter ihr.

Erschrocken fuhr Luise herum.

„Es gehört dir?", fragte Luise noch einmal.

„Ja. Können wir vielleicht heute miteinander reden? Ich weiß, es ist spät, aber…", begann Georg.

„Ja.", antwortete Luise kurz, noch immer die Worte ihres Vaters im Ohr.

„Ja? Wunderbar! Ich habe uns noch etwas zu essen besorgt und eine Flasche Wein…", redete Georg weiter, doch Luise konnte diese Art von heile Welt im Moment nicht ertragen. Als ob mit einem Essen und Wein alles gut werden würde.

„ Lass uns einfach nur reden", antwortete sie und ging an ihm vorbei zurück ins Wohnzimmer.

29

In einer Decke eingewickelt, saß Luise auf dem Sofa und beobachtete ihren Mann, der mit zwei Tassen Tee aus der Küche kam.

Sie erwartete nicht viel von dem Gespräch, wobei es ihr sehr wichtig war zu erfahren, was mit ihm los war. Bisher war sie immer diejenige gewesen, die Georg gebeten hatte, mit ihr zu reden. Diesmal war es schon anders, aber das Gefühl der Leere nach solchen Gesprächen mit Georg kannte sie zur Genüge und sie wollte sich nicht zum x-ten Mal enttäuschen lassen. Stundenlange Gespräche, die am Ende zu nichts führten. Das zelebrierten sie schon so viele Jahre.

„ Ich weiß nicht, wie ich anfangen soll. Ich glaube, ich tue es einfach…

Der Prospekt ist von einer Klinik, in der ich gerade bin. Ich bin schon seit geraumer Zeit in psychologischer Betreuung und mein Psychologe hat mir geraten, diese Therapie zu machen.", begann Georg.

Luises Herz blieb fast stehen.

„ Wie bitte?", sagte sie leise. „ Du bist nicht auf einer angeblichen Geschäftsreise oder was auch immer sonst?"

„ Nein, Schatz. Ich war die ganze Zeit dort. Und ich muss auch morgen wieder zurück. Ich denke, ich brauche noch ein bisschen, um wirklich zu begreifen, was alles schief gegangen ist und wie ich es besser machen kann."

Deshalb hat er sich also von Jessy und Luca verabschiedet, dachte Luise, sagte aber nichts.

„ All die Jahre, in denen du mir immer wieder gesagt hast, was dich so verletzt und meine Unfähigkeit, dir zu zeigen, was du mir wirklich bedeutest, haben mich dazu gebracht, den Grund dafür bei mir zu suchen.

Bei dir habe ich ihn nicht gefunden, es gibt nichts, was ich an dir nicht mag, das gab es nie. Du bist für einen Mann so gut wie perfekt, wunderschön, herzensgut, lieb, einfach ein wunderbarer Mensch. Und du machst Männer nicht nur mit deiner Art verrückt, sondern auch mit deinem Körper. Ich weiß, du willst das nicht hören, aber es ist nun mal so.

Ich war dem wohl irgendwie nie ganz gewachsen. Ich habe es zwar gewusst, aber nicht wirklich erkannt, welches Glück ich mit dir und unseren Kindern eigentlich habe. Ich fühlte mich immer fehl am Platz.

Verstehe mich nicht falsch, Schatz, aber für mich bist du schon immer irgendwie zu groß. Ich kann

233

es einfach nicht anders beschreiben."

Luise schüttelte ungläubig den Kopf.

„ Ich weiß, du verstehst das nicht, ich habe es ja auch allein nicht begriffen. Ich habe immer das Gefühl, dir an Persönlichkeit und Menschlichkeit nie das Wasser reichen zu können. Und ich habe das ja auch von allen Seiten gehört oder zu spüren bekommen. Deshalb, sagt mein Psychologe, habe ich unbewusst auch immer gegen dich gekämpft. Manchmal offensichtlich, manchmal auch, indem ich eben überhaupt nichts gemacht habe, um dich und unsere Familie zu unterstützen. Ich habe mich dabei zwar immer schrecklich gefühlt, aber es war wie eine Art Selbstschutz. Erst recht dann, wenn du mich auch noch darauf hingewiesen hast.", sagte Georg und ließ den Kopf in seine Hände sinken.

Luise begriff nicht wirklich, was hier geschah. Sie war nicht in der Lage, darauf zu antworten.

Als Georg wieder aufschaute, bemerkte sie Tränen in seinen Augen.

Er atmete tief durch und sprach weiter.

„ Schatz, ich liebe dich über alles, das habe ich immer getan. Ich bin nur leider nicht in der Lage, es dir so zu zeigen, wie du es verlangst und verdienst. Aber ich bin dabei, es zu lernen."

„ Aber ich verstehe nicht, ich habe dir immer gesagt, wie sehr ich dich liebe", antwortete Luise.

„ Ja, ich weiß das, glaube mir, ich weiß es wirklich. Aber ich bin nicht in der Lage, es anzunehmen. Ich kann es einfach nicht begreifen, wie jemand wie du jemanden wie mich lieben kann. Ich habe noch ein Stück Weg vor mir, um meine Unsicherheit wirklich bekämpfen zu können."

Luise war einfach sprachlos.

„ Entschuldige, aber darf ich dich etwas fragen?"

Georg nickte und trank von seinem Tee.

„ Du wirkst aber überhaupt nicht unsicher. Vor allem nicht in der Firma. Und dein Verhalten zu Hause erinnert auch eher an Arroganz statt an Unsicherheit. Es klingt alles ein bisschen suspekt."

Wieder atmete Georg tief ein und aus.

„ Das ist meine Art, meine Unsicherheit zu überspielen. In der Firma bin ich sicher. Da weiß ich, was ich tue. Zu sicher. Erinnerst du dich daran, dass du mir immer etwas von Prioritäten erzählt hast? Deine oberste Priorität ist unsere Familie. Meine war tatsächlich die Firma, der Ort, an dem ich mich sicher gefühlt habe. Ich wusste immer, dass du Recht hast, konnte es aber nicht zugeben und es fällt mir auch jetzt noch schwer. Ach, ich weiß auch nicht, es ist kompliziert", sagte Georg ganz leise.

Luise legte ihre Hand tröstend auf seine, obwohl sie nicht wusste, ob ihm das half oder ob es falsch war.

Georg sah Luise an.

„ Und dein Verständnis für alles und jeden ist für mich auch nicht nachvollziehbar. Jetzt tut es mir aber gerade gut." Jetzt lächelte Georg sogar ein bisschen.

Auch Luise lächelte. Das Gespräch verlief doch ganz anders, als sie es erwartet hatte. Es fühlte sich sogar richtig an, ehrlich.

„ Georg, ich weiß nicht so recht, was ich davon halten soll. Ich finde es sehr gut, dass du dir Hilfe geholt hast. Es war bestimmt richtig, aber ich muss dich enttäuschen. Ich bin nicht perfekt… "

Es war die Ehrlichkeit in diesem Gespräch, die Luise veranlasste, Georg von dem Vorfall an der Küste zu erzählen. Sie durfte es nicht verschweigen, es wäre nicht fair.

„ Ach Luise…", begann Georg.

„ Nein, Georg, ich meine es ernst. Ich muss dir etwas erzählen. Könntest du vielleicht doch die Flasche Wein öffnen?"

Wortlos stand er auf und ging den Wein holen. Als beide ein Glas in der Hand hielten, begann Luise, ihre Geschichte zu erzählen.

Sie redete von den entspannenden Stunden am Strand und begann die eigentliche Geschichte mit dem Fund des ersten Zettels von Uli in ihrer Jacke. Sie redete einfach weiter, von den aufmunternden und wunderbaren Emails, ohne dabei auf die Reaktion von Georg zu achten, bis ihr auffiel, dass er sie genau beobachtete und lächelte.

„ Findest du das etwa lustig? Oder lächelst du,

weil ich eben doch nicht perfekt bin? Ich habe mich quasi auf einen anderen Mann eingelassen", sagte Luise.

„ Nein, ich finde es nicht lustig, eher süß. Hast du etwa ein schlechtes Gewissen?", fragte Georg noch immer lächelnd.

Wollte er sie etwa ärgern oder gar provozieren?

„ Eigentlich nicht. Zumindest nicht, bis ich mich mit ihm getroffen habe", redete Luise weiter.

„ Mit ihm getroffen?", fragte Georg jetzt verwundert.

„ Ja, wir haben uns verabredet und dann…"

„ Was und dann?", hakte Georg jetzt viel ernster nach als noch wenige Augenblicke zuvor.

„ Na ja, wir hatten uns verabredet und er kam dann in das Lokal, in dem wir uns treffen wollten. Ich erkannte ihn sofort, es war der Mann, den ich auf einer Schifffahrt getroffen hatte, der mir zugewunken hatte, als ich das Schiff verließ.

Da muss er mir auch irgendwie den zweiten Brief zugesteckt haben.

Jedenfalls bin ich dann auf ihn zugegangen und habe ihn gefragt, ob wir ein Stück spazieren gehen würden", sagte Luise.

Sie merkte, dass es ihr nicht so leicht fiel, darüber zu reden, was danach passierte.

„ Luise! Was ist passiert? Hat dein blaues Auge etwa damit zu tun?"

Erschrocken blickte Luise in Georgs Gesicht. Ihm stand die blanke Angst in den Augen.

Luise nahm einen Schluck Wein und stellte das Glas ab.

„ Es war alles etwas komisch. Dieser Mann verhielt sich anders als in seinen Emails. Er redete kaum und als wir uns nebeneinander in den Sand setzten, fing er sofort an, mich überall zu berühren. Es war mir sehr unangenehm und ich bat ihn aufzuhören. Aber er ließ nicht von mir ab, sondern schrie mich stattdessen an, dass ich eine Schlampe wäre und ihn doch gebeten hätte mitzukommen. Ich verstand das alles nicht und wehrte mich gegen ihn, aber er war stärker.

Dann hat er mich geschlagen und ich muss bewusstlos geworden sein."

Luise sah ihren Mann an.

Sie war auf alles gefasst, aber nicht auf das, was jetzt kam.

Mit zitternder Stimme fragte er:

„ Hat er dich…?

„ Nein, hat er nicht. Ich wurde untersucht…"

Weiter kam Luise nicht, denn Georg sprang auf und schrie aus Leibeskräften. Er rammte die Faust gegen die Wand und sofort floss Blut an seinem Arm herunter.

Luise sprang hoch, versuchte ihn zu beruhigen, hielt seine Hand fest und starrte ihn regelrecht an, bis sie ihn so dazu bekam, sich wieder zu setzten.

„ Es ist doch nichts passiert, es ist noch einmal gut gegangen.", versuchte Luise ihren Mann zu beruhigen.

„ Nein, Luise, nichts ist gut. Ich hätte das nicht zulassen dürfen", sagte Georg und stierte auf seine blutende Faust, als wäre er mit seinen Gedanken ganz woanders.

„ Aber Georg, du hättest es doch nicht verhindern können, es war meine Schuld, ich habe mich auf diesen Schwachsinn eingelassen und musste dafür teuer bezahlen", sprach Luise beruhigend auf Georg ein.

„ Nein, du verstehst nicht. Ich hätte es verhindern können und müssen!"

Georg schaute Luise mit leeren Augen an.

Sie verstand ihn einfach nicht.

„ Luise, ich bin Uli."

30

„ Luise? Ist alles in Ordnung? Geht es wieder?"
Ganz leise hörte Luise Georgs Stimme. Sie war
kreidebleich geworden. Ihr war schlecht und ihr
ganzer Körper zitterte.

„ Bitte, lass es mich erklären. Ich wollte das doch
alles nicht", redete Georg weiter und Luise war
gar nicht in der Lage, ihn zu unterbrechen.
„ Ich habe dir diese Zettel zukommen lassen. Die
Klinik, in der ich gerade bin, ist nur eine Stunde
weg von deiner Insel. Beinahe hättest du mich
entdeckt, zwei mal. In dem Laden, in dem du
immer eingekauft hast und auf dem Schiff.
Erinnerst du dich? Ich habe dich im Laden
angerempelt, als ich schnell hinausgerannt bin."
Georg redete einfach weiter.
„ Ich habe gehofft, dass wir uns durch die Email
noch einmal neu kennen lernen können und
wollte dich bei unserem Treffen überraschen.
Unser Großer fand diese Idee auch super und
deine Eltern auch."
Luise reagierte nicht und so redete Georg einfach
weiter.
„ Ich konnte dann aber nicht kommen. Der Unfall,
du weißt. Sie haben dich nicht erreicht, also
haben sie mich angerufen und ich bin natürlich so
schnell wie möglich nach Hause gefahren.
Du hast die Email nicht gelesen, dass ich nicht

kommen kann, oder?"
Luise schüttelte zunächst den Kopf. Dann fiel es ihr wieder ein.

„ Doch, habe ich. Aber offensichtlich zu spät. Erst am nächsten Tag. Und ich konnte es mir nicht erklären. Jetzt verstehe ich so langsam."
Luises Kopf schwirrte, es war einfach unmöglich, ihre Gedanken zu ordnen.

„Die Kinder und meine Eltern wussten davon?", fragte Luise zaghaft.
„ Ja, sie wissen nichts davon, dass ich in der Klinik bin, aber dass ich in deiner Nähe war, um dich wieder zurückzuerobern. Schatz, ich wollte unsere Beziehung von Neuem beginnen, es sollte alles anders werden, aber ich habe dich in Gefahr gebracht. Ich kann mir das niemals verzeihen!"

Luise nahm Georg vorsichtig in den Arm. Sie konnte es sich zwar nicht real erklären, aber die Geschichte kam ihr jetzt wie ein seltenes Liebesgeständnis ihres Mannes vor.
Lange wiegten sich die beiden hin und her.
Irgendwann stand Luise auf, holte das Verbandszeug und versorgte Georgs Hand, wobei sie von ihm richtiggehend fixiert wurde.

„ Du wirst die Hand röntgen lassen müssen. Es kann etwas gebrochen sein", sagte Luise ruhig.

Georg musterte seine Frau und schüttelte den Kopf.

„ Du bist einfach unglaublich! Ich erzähle dir, welchen Mist ich gebaut habe und dass du deshalb beinahe noch vergewaltigt worden wärst, und du verbindest mir seelenruhig die Hand. Du kannst einfach nicht anders, oder? Du stehst immer wieder auf. Du fällst, stehst auf und kümmerst dich als erstes um die anderen… Gott, wie ich dich dafür bewundere!"

Luise schaute zu ihrem Mann auf, antwortete aber nicht. Was hätte sie auch darauf sagen sollen?
Nachdem sie fertig war, setzte sie sich wieder neben Georg.

„ Weißt du, ich habe dir schon oft gesagt, dass es so nicht wirklich ist. Ich leide auch, ich leide auch darunter, nicht so beschützt zu werden, wie ich es bei anderen tue, die ich liebe.
Ich habe mir immer einen starken Mann gewünscht, der mein Zufluchtsort ist, wenn die Welt da draußen über mich hereinbricht.
Ich flehe dich seit Jahren an, dieser Zufluchtsort, diese schützende Höhle für mich zu sein, Georg. Das weißt du. Und in der Zeit, als ich krank wurde, hätte ich dich mehr gebraucht denn je."
Luise verstummte. Es war nicht das erste Mal, dass sie mit Georg darüber redete.

„ Als du krank wurdest und ich meine emotionale Reaktion darauf selbst realisierte, ging ich ja erst zu diesem Psychologen", sagte Georg und starrte vor sich hin.

„ Ich war schockiert über mich selbst, Luise. Da habe ich gemerkt, dass etwas tatsächlich nicht mit mir stimmen kann, was mein Gefühlsleben angeht."

Wieder wurde Georg still.

„ Das verstehe ich nicht, Georg. Wie meinst du das?", fragte Luise zögerlich nach.

„ Es ist einfach nur schlimm und verletzend, wenn ich es dir erzähle…"

„ Georg! Bitte, ich habe keine Nerven mehr für irgendwelche Halbwahrheiten oder Lügen!", fuhr Luise energisch dazwischen. Und das meinte sie auch so. Es musste doch einmal Schluss sein damit.

Georg begann noch einmal:

„ Ich war im ersten Moment geschockt, als ich davon erfuhr, wie schlecht es dir ging, dass du einen Unfall hattest. Ich wollte es nicht wahrhaben, wollte es einfach verdrängen. Als ich aber erfuhr, dass die Ursache für den Unfall diese Krankheit war, die dich nie mehr ganz gesund werden lässt, triumphierte ich innerlich."

„ Was?", entfuhr es Luise. Sie stand auf und lief im Wohnzimmer umher.

„ Ja. Ich weiß, verstehe es nicht falsch, aber ich fühlte mich dir zum ersten Mal überlegen. Ich dachte, dass ich jetzt endlich der Starke von uns beiden sein kann, der, an den du nicht mehr heranreichst, weil du dazu einfach nicht mehr in der Lage bist.

Als mir der Irrsinn dieser Reaktion bewusst wurde, musste ich mir eingestehen, dass ich ein emotionales Wrack bin, ein Monster, das aus Selbstgefälligkeit seine Familie aufs Spiel setzt."

Großer Gott! Das hatte sie gerade nicht gehört, oder?

Luise konnte beim besten Willen nicht sagen, was sie denken sollte.

Das war doch wirklich krank!

Er war wirklich krank, oder?

Solche Gefühle einem Menschen gegenüber zu haben, den man angeblich liebt?

Wie passte das alles zusammen?

Georgs Beichte bestätigte nur Luises Befürchtungen, dass er ständig gegen sie gekämpft hatte. Es war also wirklich so gewesen, sie hatte sich das nicht eingebildet.

Andererseits war es für Georg auch ein sehr großer Schritt gewesen, sich einzugestehen, dass da etwas ganz und gar nicht richtig lief.

„ Schatz, bitte sag doch etwas. Schrei mich an, prügel meinetwegen auf mich ein, aber bitte tu irgendetwas!" Georg stand vor Luise und versuchte, sie anzusehen.

Luise wollte ihn aber nicht bei sich haben. Sie stieß ihn weg und schrie ihn tatsächlich an. Zu viel Wut und zu viele Verletzungen hatten sich angestaut!

„ Was habe ich dir bloß getan? Was?

Ich habe, seitdem wir uns kennen gelernt haben, für uns gekämpft, immer wieder aufs Neue!

Ich habe dir verziehen, wenn du mich verletzt hast und darauf gehofft, dass es nicht so schnell wieder passiert.

Ich habe dich doch nur geliebt. Was ist daran so schlimm? Warum bist du überhaupt bei mir geblieben, warum bist du nicht längst gegangen, wenn du mir, wie du sagst, nicht gewachsen bist? Verdammt noch mal!"

Als Georg Luises Arme ergriff, riss sie sich los.

„ Weil ich dich liebe!", sagte Georg leise.

„ Wie bitte?", schrie Luise erneut.

„ Das ist doch nicht dein Ernst!"

Luise hatte Mühe, an sich zu halten. Am liebsten hätte sie auf Georg eingeschlagen…

„ Doch, Luise, das ist ja mein Problem. Ich muss lernen, damit umzugehen. Mit meiner Liebe zu dir, mit meinen Schwächen und mit deiner Liebe, die ich lernen muss, wertfrei anzunehmen. Auch die völlig bedingungslose Liebe der Kinder konnte ich bisher nicht einfach akzeptieren. Ich suchte immer hinter jeder Emotionalität das Schlechte, das Negative. Für mich gab es bisher nicht das einfache Glück, das ich mit offenen Händen auffangen konnte. Ich weiß zwar, dass ich es seit Jahren vor mir habe, in euch, aber es war für mich nicht greifbar", sagte Georg.

Auch wenn es schwer fiel es zuzulassen, Luise begann Georg endlich zu verstehen. Sicher würde er noch einen langen Weg vor sich haben, aber vielleicht würde er es tatsächlich schaffen, mit seinen knapp über 50 Jahren, seine Gefühle zu verstehen, sie in den Griff zu bekommen und noch einmal neu anzufangen.

„ Ich hoffe, du bist mir nicht böse, aber ich möchte jetzt nicht weiterreden.", sagte Luise schließlich in ruhigem Ton.
„ Die letzten Tage waren einfach zu viel und es scheint ja auch nicht wirklich aufzuhören. All die Dinge, die geschehen sind, würden für ein ganzes Leben reichen, alles Dinge, die man nicht haben will und auch niemandem wünscht. Ich bin wirklich am Ende meiner Kräfte, Georg.
Aber ich bin stolz darauf, dass du diese Therapie machst. Sie wird dir sicher helfen."

Mit diesen Worten ging Luise in ihr Schlafzimmer.
Sie hatte nicht einmal mehr die Kraft zu weinen.

31

Als Luise am nächsten Morgen erwachte, hörte sie Georgs gleichmäßigen Atemzüge neben sich.

Vorsichtig drehte sie sich zu ihm um.

Er sah so friedlich aus im Schlaf. Er konnte so liebevoll und herzlich sein, aber seine andere Seite war auch beängstigend.

Langsam versuchte Luise aufzustehen.

Doch Georg bemerkte es und zog sie wieder an sich. Noch halb schlafend kuschelte er sich an ihre Brust und murmelte immer wieder ihren Namen.

Einerseits war es ein vertrautes und sehnsüchtig erhofftes Gefühl, was sich in Luise ausbreitete, andererseits spürte sie aber auch, dass sich ihr Verstand gegen dieses Gefühl wehrte. Warum das so war, wusste sie nicht, sie wollte und konnte auch nicht darüber nachdenken.

Wieder versuchte sie sich aus Georgs Armen zu befreien. Sie wollte zu den Kindern, bei ihnen sein, sich ablenken von dem aufwühlenden Gespräch des letzten Abends.

Luise schaffte es aufzustehen. Sie ging leise ins Bad und stellte die Dusche an.

Das heiße Wasser vitalisierte ihren Körper, sie genoss jeden Tropfen auf ihrer Haut und das Gefühl, zum Leben zu erwachen.

Sie bemerkte nicht, wie sich die Tür der Dusche öffnete.

Erst als sich Georgs Hände sanft um ihre Hüften legten, überkam sie ein wohliger Schauer, den sie seit langem nur aus ihren Träumen kannte.

Es war genau dieser Moment, der Luises Gefühlschaos und die eigentliche Ablehnung gegenüber Georg komplett in den Hintergrund rückte.

Sie fragte plötzlich nicht mehr nach, dachte nicht mehr nach, sondern gab sich den Empfindungen und Reaktionen ihres Körpers auf Georgs zaghaften Liebkosungen einfach hin, als wäre die Zeit zurückgedreht worden, all die wahnwitzigen Sachen der letzten Jahre nicht passiert. Es fühlte sich an, als wären sie beide das erste Mal zusammen.

Georg erkundete jeden Millimeter ihres Körpers, peinlich darauf bedacht, nichts auszulassen.

Seine Hände fuhren in ihre nassen Haare, strichen sie vorsichtig beiseite und seine Lippen bedeckten fast vollständig ihren schmalen Nacken. Luise durchdrang ein blitzartiges Aufflammen der Lust, sodass sie gar nicht mehr im Stande war, sich gegen ihre Gefühle zu wehren. Sie drehte sich zu ihrem Mann um, spürte seine Erregung in ihrer Mitte und übernahm für kurze Zeit die Regie.

Jetzt war es tatsächlich so, dass sie ihre momentane Überlegenheit ausnutzte. Doch es war für Georg keineswegs unangenehm, im Gegenteil. Er übergab ihr die Führung bereitwillig, genoss jede einzelne ihrer erst sanften und dann fordernden Berührungen... bis er sie plötzlich hochhob und an sich zog, ihren Mund mit seinem verschlang, sie gegen die Wand der Dusche drückte und sich mit einer Heftigkeit nahm, was beide wollten, dass sie kaum noch Luft bekamen. Das Wasser lief über ihre Körper, heizte die Bewegungen der beiden an und kühlte sie gleichzeitig ab... doch die auflodernde Hitze war unaufhaltsam...

Luise und Georg stürmten in einer ungeahnten Geschwindigkeit dem Höhepunkt entgegen, so, als wären sie förmlich ausgehungert.

32

Die Zeit mit ihren Kindern war traumhaft, auch wenn sie immer wieder mit ihren Gedanken bei dem Morgen mit Georg war. Es war wundervoll gewesen, sich einfach gedankenlos auf seine Empfindungen einzulassen, sich einfach zu nehmen, was man in diesem Moment wollte. Und da es beiden so ging, war es einfach schön, auch wenn ansonsten so viel zwischen ihnen stand.

Georg war inzwischen wieder in die Klinik gefahren. Er hatte sich noch von Luise verabschiedet, sie in den Arm genommen und sich bei ihr bedankt, für ihre Zeit, ihr Verständnis und die Magie zwischen ihnen am Morgen, die auch er schmerzlich vermisst hatte.
Er hatte versprochen, aus dieser Therapie zu lernen.
´Du wirst sehen, wenn ich zurück bin, bin ich ein neuer Mensch! ` hatte Georg gesagt, als er ging.
Die Therapie dauerte noch mindesten sechs Wochen, genug Zeit also für Luise und Georg, darüber nachzudenken, wie die Zukunft aussehen sollte.

Diesmal hatte Luise ihr Handy mit ins Krankenhaus genommen, weil Dora und Klaus mit den Kindern und ihren Eltern sprechen wollten.

Es war schön zu beobachten, wie sie miteinander redeten, so, als würden sie sich schon ewig kennen.

Jessy erzählte sofort von ihrem „ Lauflerngerät" und dass sie wahrscheinlich nach Beendigung der Ferien noch nicht gleich in die Schule gehen konnte.

Das stimmte wohl auch. Nach Aussage des Arztes müsste Jessy mindestens noch acht bis zehn Wochen, inklusive Physiotherapie, zu Hause bleiben.

Auch bei Luca sah es so aus, als würde der Arm nicht rechtzeitig wieder vollständig funktionieren, bis die Schule wieder losging, und ihm war das natürlich recht.

Das bedeutete auch, dass Luise ihre kleine „ Auszeit" verlängern musste. Sie kam also nicht umhin, in der Firma vorbeizuschauen, um sich für längere Zeit krank zu melden.

Gleich am nächsten Tag nahm Luise sich vor, in die Firma zu fahren.

Sie musste auch unbedingt Isa wieder treffen, die aus ihrem Urlaub zurück war.

Sie hatten lange nichts voneinander gehört, Isa wusste noch nichts von all den Dingen, die in den letzten Tagen bei Luise passiert waren.

Schon als Luise das Bürogebäude der Firma betrat, kam Isa ihr freudestrahlend entgegengelaufen.

„ Süße! Was machst du denn hier? Ist das schön,

dich zu sehen!", rief Isa und rannte Luise direkt in die Arme.

„ Ich habe dich so vermisst, Kleine!", sagte Luise und ließ ihre Freundin nicht mehr los.

Als Luise dann zu ihrem Büro gehen wollte, um die Unterlagen für ihren Chef zu holen, wirbelte Isa sie herum.

„ Lass uns doch erst einmal in unser Cafe´gehen und einen leckeren Latte Machiato trinken. Ja? Deinen Bürokram kannst du auch später noch erledigen", meinte Isa und zog Luise wieder aus dem Gebäude.

„ Ja, aber hast du denn schon Pause? Es ist doch erst acht Uhr?", fragte Luise verwundert nach.

„ Logisch. Ich mach Pause, wenn es mir passt", grinste Isa zurück.

Luise ließ sich nicht noch einmal bitten und ging mit ihrer Freundin zum Cafe´.

So hatten sie vielleicht ein wenig Zeit, sich zu unterhalten.

Die Bestellung war schnell aufgegeben und schon wurde Luise nach ihrer Zeit an der Küste ausgefragt.

„ Warum bist du denn eigentlich schon zurück? Und wie ist es mit deiner Affäre gelaufen?", fragte Isa.

„ Wie viel Zeit hast du? Es könnte länger dauern", antwortete Luise.

„ Ich habe alle Zeit der Welt, ich hatte sowieso vor, den Tag heute freizunehmen. Leg los!", kam die prompte Antwort von Isa.

Und Luise legte los.

Sie erzählte Isa einfach alles, was seit ihrem letzten Telefonat gewesen war. Doch als sie zu Ende geredet hatte, saß ihr nicht mehr die quirlige Isa gegenüber, sondern eine kreidebleiche Frau, die nur entfernt aussah, wie ihre Freundin.

„ Mein Gott! Luise! Ich weiß gar nicht, was ich sagen soll!", antwortete sie nur zaghaft. „ Wie geht es dir im Moment?"

„ Es geht schon, Isa, es muss ja. Aber ich sollte dann wirklich noch einige Sachen in der Firma klären, da ich allein wegen der Kinder länger zu Hause bleiben muss, als geplant", antwortete Luise.

Isa wurde immer ruhiger. Sie senkte den Kopf und Luise machte sich langsam ernsthaft Sorgen, dass sie ihr vielleicht doch nicht alles hätte erzählen sollen.

„ Isa? Ist alles ist Ordnung? Was ist denn auf einmal los mit dir?", fragte Luise und setzte noch hinzu: „ Ich muss dich aber darum bitten, die Sache mit Georg nicht in der Firma zu erzählen. Er hat offiziell Urlaub. Ich möchte nicht, dass er ins Gerede kommt, du weißt, wie schnell das geht."

Isa nickte.

„ Natürlich, das versteht sich von selbst. Aber da ist noch etwas, was ich dir sagen muss", erklärte Isa ruhig.

„ Ach ja? Was ist denn? Ist es denn etwas Positives? So zur Abwechslung würde ich mich darüber sehr freuen", antwortete Luise.

„ Nein, leider nicht. Du weißt, dass ich die Personalabteilung leite und ich habe wirklich mit allen Mitteln versucht, es zu verhindern, aber die Firmenleitung hat sich nicht erweichen lassen."

Luise sah ihre Freundin verblüfft an.

„ Was konntest du nicht verhindern, Isa?", fragte Luise.

„ Sie haben den Höller versetzt. Er ist jetzt wieder dein Vorgesetzter, Luise."

Na prima. Schlimmer konnte es doch nicht kommen. Wenn sie wieder anfing zu arbeiten, bedeutete das wieder jeden Tag Spießrutenlauf.

„ Tja, ich kann es ja nicht ändern und muss mich wohl damit abfinden. Ich werde das schon irgendwie schaffen, wenn ich zurück bin", sagte Luise traurig.

„ Das ist es ja. Du musst ihn als Chef gar nicht ertragen", meinte Isa kleinlaut.

„ Wie jetzt? Du sagtest doch, er ist wieder mein Vorgesetzter?" Luise war etwas verwirrt.

„ Ja, und seine erste Amtshandlung war es, dich zu feuern. Du müsstest die Kündigung heute oder morgen bekommen. Es tut mir so Leid, ich konnte es dir einfach nicht am Telefon sagen."

Isa kam um den Tisch herum und umarmte ihre Freundin. So gerne würde sie ihr etwas von ihrer Last abnehmen.

33

Tatsächlich fand Luise am nächsten Tag die schriftliche Kündigung in ihrem Briefkasten.
Komischerweise war sie jedoch nicht so am Boden zerstört, wie sie es angenommen hatte.
Sie machte sich einen Tee und setzte sich in ihren Garten.
Sie hatte noch ungefähr eine Stunde Zeit, bis sie die Kinder abholen konnte, die heute aus dem Krankenhaus entlassen wurden. Und diese Zeit würde sie nutzen. Kurz entschlossen ließ sie ihren Tee stehen, setzte sich in ihr Auto und fuhr in die Firma.

Sie fand Herrn Höller in seinem Büro, in das sie ohne Ankündigung durch seine Sekretärin hineinging. Sie schlug die Tür hinter sich zu, was Herrn Höller dazu veranlasste, sein Telefonat zu unterbrechen.
„ Guten Morgen, Frau Winter. Was kann ich für Sie tun?", fragte er spöttisch.
„ Sie?", antwortete Luise. „ Sie können gar nichts für mich tun, das wäre auch das Letzte, was mir einfallen würde, Sie um einen Gefallen zu bitten."
Luise war bemüht, ruhig zu bleiben, doch sie spürte, dass es ihr nicht ganz gelingen würde, wenn er sie weiter provozieren würde.
Und das tat er, allein durch seine arrogante Art.
Luise legte wortlos die Kündigung auf den Tisch.

„ Ich nehme an, Sie akzeptieren die Kündigung nicht?", fragte Herr Höller höhnisch. „ Muss ich jetzt damit rechnen, dass Sie sich in die Firma zurückklagen? Vielleicht auch noch mit Hilfe Ihres tollen Mannes?"

Luise lachte kurz auf, was Herrn Höller sichtlich aus dem Konzept brachte.
„ Nein, das müssen Sie nicht annehmen. Ich bin Ihnen sogar dankbar dafür. Ich akzeptiere. Um die Abfindung, die Sie nun gegenüber der Firma zu verantworten haben, wird sich mein Anwalt kümmern", antwortete Luise in ruhigem Ton.

„ Jetzt hören Sie mir mal zu, Frau Winter! Die Kündigung ist einwandfrei durchgearbeitet, Sie werden keine große Abfindung erwarten können!"
„ Ach ja? Das werden wir ja dann sehen, vielleicht sollten Sie sich solche Aktionen in Zukunft besser überlegen. Ihre abartige Arroganz wird Ihnen früher oder später auf die Füße fallen, Herr Höller!", entgegnete Luise.

„ Wie reden Sie denn mit mir?", schrie Herr Höller jetzt.
„ So, wie ich es schon immer hätte tun müssen, vielleicht wären Sie dann nicht zu so einem grotesken Möchtegernmacho mutiert!", antwortete Luise scharf und verließ den Raum. Das schockierte Gesicht dieses frustrierten

Mannes würde ihr wohl immer im Gedächtnis bleiben.

Diese Genugtuung tat Luise richtig gut.

Beschwingt ging sie durch den Flur zu Isas Büro.

Als Isa nicht gleich antwortete, öffnete Luise leise die Tür.

Isa telefonierte und bemerkte sie nicht. Sie saß mit dem Rücken zu Luise und skypte. Wahrscheinlich mit ihrem Freund, wie es sich anhörte.

Luise schlich sich an sie heran und wollte sie erschrecken, als sie auf Isas Handy plötzlich Georgs Gesicht entdeckte!

Auch er hatte sie offensichtlich gesehen und rief ihren Namen.

Isa fuhr erschrocken herum.

„ Luise! Was machst du denn hier?"

„ Es ist nicht so, wie es aussieht, Luise, bitte!", hörte sie noch Georgs Stimme, bevor Isa auflegte.

„ Er hat Recht! Es ist wirklich nicht so, wie es aussieht!", versuchte es Isa noch mal.

Es war einfach unglaublich, dachte Luise. Georg schaffte es gerade mal, eine Nachricht zu versenden, so behauptete er zumindest, und mit Isa konnte er sogar skypen! Verblüffend!

Luise lachte laut los.

Isa schaute sie verwundert an. Vielleicht dachte sie, dass Luise jetzt komplett durchdrehen und verrückt werden würde.

„ Luise, lass es mich erklären. Georg wollte sich nur mit mir über dich unterhalten, über eure Beziehung und über dich! Nichts weiter! Glaube mir!", erklärte Isa weiter.

„ Isa, Süße, es ist völlig gleichgültig und mir tatsächlich vollkommen egal, was du mit meinem Mann zu tun hast oder nicht. Ihr kennt euch lange genug und ihr seid alt genug, um zu wissen, was ihr tut. Würdest du mir noch einen Gefallen tun?", fragte Luise.
„ Natürlich, aber…"
„ Bitte lass mir meine Sachen aus dem Büro nach Hause schicken. Es ist ja nicht viel. Danke schön!"

Luise gab ihrer Freundin einen Kuss auf die Stirn und verließ ihr Büro.
Ihr Handy klingelte, doch als sie sah, dass es Georg war, nahm sie nicht ab.
Sie fuhr ins Krankenhaus.

Die Kinder waren fertig und erwarteten Luise bereits.
Luises Eltern würden noch ein paar Tage länger im Krankenhaus bleiben müssen, aber es sah wirklich gut aus.
Überhaupt hatte Luise das Gefühl, dass alles in Ordnung kam. Sie fühlte sich unglaublich erleichtert und wenn sie so darüber nachdachte, hatte auch sie in den letzten Tagen keinerlei

körperliche Beschwerden mehr gehabt.

Ein Lächeln huschte ihr übers Gesicht, als sie ihre Mutter zum Abschied küsste. Ihr Vater, an dessen Bett Maria saß, hatte es gesehen.

„ Meine Kleine, geht es dir gut?", fragte er.

„ Ja, Papa, es geht mir wirklich gut."

Endlich mit den Kindern zu Hause angekommen, kümmerte sich Luise erst einmal um den Haushalt. Nachdem alles gewaschen, aufgeräumt und etwas zu essen gemacht war, setzte sie sich zu ihren Kindern in den Garten.

Jessy hatte es sich auf dem Liegestuhl bequem gemacht und Luca lag in der Hängematte.

„ Fall mir bloß nicht runter ihr seid beide lädiert genug, findest du nicht?", sagte Luise zwinkernd.

„ Komm her, etwas essen. Das Essen im Krankenhaus hat dir doch bestimmt nicht gereicht."

„ Nein. Und noch dazu war es grottenschlecht", antwortete Luca und setzte sich neben seine Schwester, um etwas von ihrem Teller zu stibitzen.

„ Mama?", sagte Jessy auf einmal.

„ Können wir Tante Dora und Onkel Klaus nicht noch einmal besuchen? Wir haben doch noch Ferien. Zu Hause wird es bestimmt total langweilig.

Luise schaute ihren Sohn an, der zustimmend mit den Augen zwinkerte, als könne er seine Mutter so überreden.

Das war gar keine so schlechte Idee. Sie hatte sowieso das Gefühl, dass ihr hier die Decke auf den Kopf fallen würde. Und nachdem auch ihr Handy ständig klingelte und sich Georg und Isa mit Anrufen abwechselten, wäre es vielleicht wirklich besser, hier wieder wegzugehen. Nicht dass einer der beiden plötzlich vor der Tür stand, das wäre dann doch zu viel des Guten.

„ Klar! Warum nicht", antwortete Luise.

„ Lasst uns doch einfach gleich packen und morgen früh fahren wir los", entschied Luise.

„ Echt?", fragte Jessy.

„ Ja, echt!", entgegnete Luise und kuschelte sich an die beiden.

„ Das wird uns gut tun und ihr werdet bestimmt viel schneller gesund, bei der frischen Luft am Meer."

„ Ach, Mum, du bist die Beste. Und was ist mit Papa? Wo ist er eigentlich?", erkundigte sich Luca.

Luise erklärte, dass er wieder auf Geschäftsreise war und so schnell nicht zurückkommen würde.

„ Es hat also nicht geklappt? Seine Aktion: Ich hole meine Frau zurück, meine ich?", fragte Luca.

Luise lachte.

„ Ach, Luca. Was soll ich dazu sagen. Es ist wohl einiges schief gegangen… sagen wir es mal so.", meinte Luise und stupste ihren Sohn dabei an.

34

Mit ein paar Anrufen bei Luises Anwalt waren die wichtigsten Sachen schnell geklärt. Nachdem sich die drei noch bei den Großeltern verabschiedet hatten, fuhren sie los.

Diesmal hatte Luise ihr Auto genommen, um sich nicht mit den Taschen abzuschleppen, zumal Jessy nicht laufen und Luca nichts tragen konnte.

Die Fahrt verlief auch verhältnismäßig problemlos. Luise hätte damit gerechnet, für eine so lange Fahrt nicht wirklich fit genug zu sein. Aber weit gefehlt. Alles lief super.

Sie fuhr gerade in das Inseldorf hinein und hielt am Straßenrand an. Von hier aus konnte man das Meer so wunderbar sehen. Da die Kinder schliefen, stieg sie leise aus und lehnte sich an ihren Wagen.

Verträumt schaute sie auf die Wellen, die kurz nach ihrem Aufbäumen brachen und dabei in der Sonne golden schimmerten. Schon nach so kurzer Zeit hatte sie sich danach gesehnt.

„ Mum? Du bist glücklich hier, oder?"

Luca hatte sich neben sie gestellt und beobachtete wie sie das Meer.

„ Ja, Schatz, das bin ich", flüsterte Luise fast, denn sie erkannte, wie Recht ihr Sohn hatte.

Sie fühlte sich nicht nur wohl, sie war tatsächlich

zufrieden und glücklich auf dieser Insel. Und das trotz der relativ kurzen Zeit, die sie vorher hier verbracht hatte.

Jessy war aufgewacht und klopfte am Fenster des Wagens. Luca und Luise stiegen wieder ein und fuhren die letzten Meter bis zu dem kleinen Lokal, das Luise so lieben gelernt hatte.

Dora und Klaus warteten schon auf die drei und standen vor der Tür, um sie zu empfangen.

Die herzliche Umarmung der beiden, die Gegend, das Meer…alles hier schien Luise so vertraut, als würde sie nach Hause kommen. Es war ein so erleichterndes Gefühl, endlich dort angekommen zu sein, wo sie sie selbst sein konnte.

Wieder hier bei Dora und Klaus zu sein, ließ Luise die schrecklichen Dinge der letzten Wochen einfach vergessen. Hier war sie bei sich und diesmal war sie nicht allein, ihre Kinder waren bei ihr und das machte die Situation fast perfekt.

Klaus trug Jessy ins Haus und Dora half Luise und Luca, die Sachen hineinzutragen.

„ Luise, es ist so schön, dich wieder hier zu haben. Ich wusste gar nicht, was ich ohne dich tun sollte. Unsere Kneipe ist jeden Tag so gut besucht, dass Klaus und ich Mühe haben, alles zu schaffen. Du hast den Laden wirklich wieder auf Vordermann gebracht! Danke schön!", sagte Dora und drückte Luise im Hineingehen einen Kuss auf die Stirn.

„ Aber jetzt lasst uns erst einmal etwas essen, ihr

müsst ja halb verhungert sein", fügte Dora noch hinzu und Luise sah ihr lächelnd hinterher.

Am späten Nachmittag saßen die fünf im Garten und schauten gedankenversunken auf das Meer.
Luises Handy klingelte.
Es war Georg, und Luise entschied, den Anruf entgegenzunehmen.
„ Entschuldigt mich kurz, Papa ist am Telefon", sagte sie und ging ins Haus zurück.
„ Ich möchte auch mit ihm reden, Mama!", rief ihr Jessy hinterher.
Luise nickte. „ Gleich, Schatz."

„ Hallo Georg! Wie geht es dir?", fragte Luise kurz, als sie abnahm.
„ Luise! Endlich! Bitte lass mich erklären, warum ich mit Isa telefoniert habe", begann er, aber Luise beendete sofort seinen Versuch.
„ Bitte, ich möchte keine Rechtfertigungen mehr. Du kannst tun und lassen, was du möchtest. Und wenn du mit Isa redest oder auch sonst irgendetwas mit ihr tust, dann ist das doch deine Sache. Du musst mir nichts erklären, ihr beide nicht. Es ist nicht nötig", meinte Luise.
„ Aber…ich weiß nicht, was ich sagen soll. Da ist nichts zwischen mir und Isa, zumindest nicht wirklich…", setzte Georg noch hinzu.

Puh, das hätte er sich jetzt sparen können, dachte Luise. Genau aus diesem Grund hatte sie bisher vermieden, mit ihm zu reden.

Er hatte ihr das Messer so oft in die Brust gestoßen, dass es ihr endgültig und auch für lange Zeit reichte, von ihm verletzt zu werden.

„ Lass es bitte gut sein! Du machst die Sache nicht einfacher. Gibt es noch etwas Wichtiges zu besprechen, Georg?"

Am anderen Ende der Leitung wurde es kurz still.

„ Ach, Luise. Wir sollten noch einmal reden, ich weiß, aber nicht am Telefon. Ich muss auch gleich wieder zur Therapie, aber ich komme am nächsten Wochenende nach Hause. Könnten wir da Zeit für uns finden?", fragte Georg.

„ Das werden wir sehen Georg. Möchtest du mit den Kindern sprechen? Jessy hat nach dir gefragt", antwortete Luise.

Sie gab das Telefon an Jessy weiter, die natürlich sofort davon erzählte, dass sie wieder bei Dora waren. Auch Luca sprach kurz mit Georg, es schien aber eher ein nüchternes und sachliches Gespräch zu sein, denn Luca nickte nur und antwortete knapp.

Wahrscheinlich, um die ein wenig gedrückte Stimmung aufzulockern, schnappte sich Klaus den kleinen Ball, der im Garten lag und warf ihn zu Luca.

„ Lust zum Spielen, Großer?"

Und Luca ließ sich nicht zweimal bitten, obwohl er gehandicapt war.

Dora nahm Luise an die Hand und ging ein paar Schritte mit ihr in Richtung Strand.

„ Möchtest du reden, Luise?", fragte Dora, als sie sich gemütlich auf eine Bank gesetzt hatten und auf das Meer hinausschauten.

Lange Zeit saß Luise nur da, den Blick gesenkt, als würde sie jedes einzelne Sandkorn zählen wollen.

Doch dann begann sie, sich die Sorgen von der Seele zu reden. Sie hörte nicht auf, bis sie Dora wirklich alles erzählt hatte, auch von der furchtbaren Nacht mit diesem Mann nach dem Unfall ihrer Familie, dem Wiedersehen mit Georg zu Hause, ihrer belastenden Krankheit, ihrer beruflichen Situation und von Isa, ihrer Freundin, die sie trotz allem liebte.

Es tat gut, sich alles von der Seele zu reden und Luise hatte tatsächlich das Gefühl, all ihre Probleme, zumindest für einen Moment, los zu sein. Die unglaublich wohltuende Leere in ihrem Kopf, die keinerlei Gedanken zuließ, war richtiggehend befreiend.

Dora hatte die ganze Zeit über Luises Hand gehalten. Dass Luise weinte, hatte sie selbst gar nicht bemerkt.

„ Weißt du…", begann Dora nach einer Weile,

„ Ich habe schon bei unserem Kennenlernen bemerkt, was für ein wunderbarer Mensch du bist und auch, dass dich Dinge bedrücken, die schwer auf deinen Schultern lasten und die dir trotzdem niemand abnehmen kann. Es ist immer wieder schockierend zu sehen, dass gerade Menschen wie du es bist von anderen verletzt werden, ausgenutzt werden und hauptsächlich von ihnen genommen wird, statt ihnen auch zu geben."

„ So fühlt es sich nicht an, Dora. Ich kann an meiner Natur nichts ändern, aber ich kann es ändern, den negativen Dingen in meinem Leben mehr Bedeutung beizumessen als denen, die mich glücklich machen", sagte Luise leise.

„ Ich habe eine wunderbare Familie, Kinder, die ich über alles liebe, die jetzt hier bei mir sind. Hier bei euch, wo ich zum ersten Mal seit langem frei bin."

Luise lächelte, als sie über ihre Worte nachdachte. Sie konnte es schaffen, da war sie sich sicher.

Dora zog sie an sich und Luise legte ihren Kopf auf Doras Schulter.

Diese Sicherheit, diese Geborgenheit, hatte sie lange vermisst.

„ Was meinst du? Hast du Lust, den Kindernachmittag morgen mit mir vorzubereiten? Morgen kommen die ganz Kleinen, es wird sicher in einem Chaos enden, aber trotzdem freue ich mich darauf", meinte Dora schließlich.

„ Ja, natürlich!", antwortete Luise.

„ Ich bin ja jetzt arbeitslos, also für jede Beschäftigung dankbar!", zwinkerte sie Dora zu.

Jessy hatte unglaublichen Spaß daran, die kleinen Kuchenformen für die Kinder vorzubereiten und was noch schöner war, ihre Ideen, was man noch alles so aus dem Kuchenteig und der Schokolade machen konnte, waren schier unerschöpflich. Es war einfach eine Freude, ihr zuzusehen und - zuhören.

Selbst Luca und Klaus gesellten sich in die Küche und ließen sich von der kleinen Jessy inspirieren.

Der kommende Tag würde mit Sicherheit ein voller Erfolg für die Kindergartenkinder werden.

Während Jessy und Luca weiter in der Küche hantierten und experimentierten, kümmerten sich Luise, Klaus und Dora um die Gäste im Lokal.

Es kamen immer mehr Leute und Luise verstand langsam, was Dora damit meinte, es nicht mehr allein zu schaffen. Wenn das so weiterging, musste wohl noch jemand eingestellt werden.

Nachdem Luise die vorerst letzte Bestellung aufgenommen hatte und wieder aus der Küche kam, blieb ihr plötzlich fast das Herz stehen!

Vor ihr stand der Mann, den sie für Uli gehalten hatte!

Luise begann zu zittern, das Glas, das sie gerade hatte greifen wollen, fiel zu Boden und sie musste sich am Tresen festhalten.

Als Klaus bemerkte, was los war, rief er kurz nach Dora, die sofort dazukam.

Offensichtlich erklärte sie ihm kurz die Situation, da Dora aufgrund der Reaktion von Luise erkannt hatte, um wen es sich bei diesem Mann handeln musste.

Der Mann starrte Luise an, sagte aber nichts, er setzte sich auch nicht.

Klaus ging auf ihn zu und wechselte ein paar Worte mit ihm.

Dora kümmerte sich um Luise und nahm sie mit in die Küche zurück.

Sie war immer noch kreidebleich. Ihr hatte es die Sprache komplett verschlagen und sie konnte nur zustimmend nicken, als Dora sie fragte, ob es DIESER Mann war.

Luises Kinder waren zum Glück im hinteren Teil der Küche und bekamen von der Situation nichts mit.

Als Klaus hereinkam, fragte Dora, ob er wieder gegangen sei.

Klaus wandte sich an Luise.

„ Er will dich sprechen. Er sagt, er muss sich entschuldigen", meinte Klaus.

Luises Blick ging zwischen Klaus und Dora hin und her. Sie hatte keine Ahnung, wie sie sich verhalten sollte.

Kurze Zeit später hatte sie sich aber doch entschieden. Entschlossen stand sie auf, nahm Klaus an die Hand und ging in den Gastraum.

Der Mann, den sie mal als sympathisch, gutaussehend und faszinierend empfunden hatte, sah jetzt für sie aus wie ein Wolf im Schafspelz, eine Kreatur mit der Maske eines schönen Mannes.

Klaus deutete in Richtung eines leeren Tisches und der Mann folgte ihnen.

Er begann sofort und ohne Umschweife zu reden, als die drei saßen.

„ Ich möchte mich entschuldigen für den Vorfall. Ich weiß, was ich Ihnen angetan habe, ist nicht einfach gutzumachen. Ich bin davon ausgegangen, dass Sie eine…Sie wissen schon. Sie haben mich angesprochen und deshalb bin ich davon ausgegangen, dass…", endete er kurz.

„ Ich habe Sie offensichtlich verwechselt, es tut mir Leid", antwortete Luise knapp.

„ Das ist mir dann auch aufgefallen. Dennoch hätte ich Sie nicht bedrängen und erst recht nicht schlagen sollen. Es tut mir so leid!

Der Alkohol hat sein Übriges getan und Sie haben mich komplett verrückt gemacht. Entschuldigung, wenn ich so ehrlich bin. Wenn Sie mich anzeigen sollten, könnte ich nichts dagegen tun."

Allein die Tatsache, dass er mit seinem Erscheinen in der Gaststätte Luise erst die Möglichkeit geboten hatte, Anzeige zu erstatten, war schon irrsinnig.

Er schien es ernst zu meinen mit seiner Entschuldigung. Sollte sie sich so geirrt und in ihm getäuscht haben?

„ Darf ich fragen, wie Sie eigentlich heißen?", fragte Luise schon deutlich entspannter.

„ Wie nannten Sie mich noch gleich? Uli, wenn ich mich recht erinnere. Uli heiße ich nicht. Mein Name ist Erik Kramer. Ich bin Anwalt und verbringe fast meine ganze freie Zeit hier auf dieser Insel. Ich musste diese Sache einfach aus der Welt schaffen."

„ Anwalt?", fragte Luise noch einmal.

Daher wehte also der Wind.

„ Ja, ich weiß. Ich bin eben auch nur ein Mensch", antwortete Erik bedrückt.

„ Sie sind mir auch schon auf einem Ausflug mit dem Schiff begegnet, oder irre ich mich?", setzte er noch hinzu.

„ Ich denke schon", meinte Luise.

„ Ich würde Sie womöglich mit einer Anzeige ruinieren, stimmts?", sagte sie dann.

„ Ja, vermutlich", antwortete Erik.

Klaus wurde trotz der sich entspannenden Situation immer nervöser.

Er funkelte Luise regelrecht an, nicht so freundlich mit dem Kerl umzugehen.

„ Als Anwalt haben Sie doch sicher eine Visitenkarte bei sich. Die würde ich gerne haben. Sie werden von mir hören!", sagte Luise mit fester Stimme und stand auf.

Erik gab ihr bereitwillig die Karte und bedankte sich höflich für die Zeit, die sich Luise für ihn genommen hatte und verließ das Lokal, allerdings nicht ohne sich noch einmal nach Luise umzudrehen.

„ Sag mal, Kind! Bist du denn von allen guten Geistern verlassen? Das war doch der Kerl, der dich geschlagen hat? Oder nicht? Und du lässt ihn so einfach davonkommen?"

Klaus schrie fast, so wütend war er. Auch Dora schüttelte ungläubig den Kopf.

Luise musste sich erst noch einmal hinsetzten und diese Begegnung gerade sacken lassen.

Es war natürlich nicht so einfach, sich zu entscheiden, wie sie sich jetzt verhalten sollte, aber allein die Tatsache, dass er sich für sein Verhalten entschuldigt hatte und damit Luise alle Möglichkeiten eröffnete, gerichtlich gegen ihn vorzugehen, veranlassten sie dazu, ihm zu verzeihen. Zumal sie mit ihrer irrigen Annahme, es handele sich um Uli, auch nicht ganz unbeteiligt an der ganzen Sache gewesen war.

Was aus dieser Begegnung schlussendlich wurde, der Verlauf des Abends und die Folgen waren natürlich nach wie vor nicht entschuldbar.

Dennoch war Luise vorerst der Meinung, die Sache einfach auf sich beruhen zu lassen.

„ Seht es doch mal so: Er war hier und hat sich entschuldigt. Er ist Anwalt und ich würde ihn mit einer Anzeige bestimmt in große Schwierigkeiten bringen. So gesehen habe ich ihn doch in der Hand, oder nicht?", meinte Luise ruhig.

Dora und Klaus sahen sich verdutzt an.

„ Sie nun wieder!", motzte Klaus und warf die Hände hoch.

„ Aber…", wollte Klaus fortfahren, wurde aber von seiner Frau unterbrochen.

„ Lass sie, Klaus, es ist ihre Entscheidung, nicht deine oder unsere", sagte Dora und klopfte Luise aufmunternd auf die Schulter.

„ Vielleicht brauchen wir ja noch einmal einen

günstigen Anwalt, wer weiß?", schmunzelte Luise und ging zurück an die Arbeit.

„ Dieses Kind!", hörte sie Klaus noch hinter sich her rufen und lächelte. Er machte sich Sorgen und sie liebte ihn dafür umso mehr.

Und Luise sollte Recht behalten, wenn auch auf eine klein wenig andere Art, als sie es gedacht hätte.

Nicht ganz eine Woche später kam Erik wieder in das Lokal. Diesmal war Luise jedoch keineswegs erschrocken, als sie ihn sah.

Diese Augen, kam es ihr wieder in den Sinn, doch so schnell der Gedanke da war, so schnell verscheuchte sie ihn auch wieder.

Selbstbewusster, als sie es von sich selbst erwartet hatte, ging sie auf Erik zu.

„ Hallo, Luise! Wie geht es Ihnen?", fragte Erik.

„ Danke, gut! Und selbst?", antwortete Luise sofort.

„ Wenn ich ehrlich bin, nicht so gut. Diese Sache zerrt noch immer an mir. Ich wollte Ihnen wirklich nicht weh tun. Ich war einfach nicht ich selbst. Und ich dachte, ich höre von Ihnen", meinte Erik.

„ Warum sollten Sie von mir hören? Dachten Sie, ich zeige Sie sofort an?", fragte Luise nach und sie konnte sich ein Lächeln nicht verkneifen.

„ Das hatte ich gehofft. Nein, ich meine natürlich nicht, dass Sie mich anzeigen würden, das nicht, aber dass Sie sich vielleicht doch melden…wegen der Sache.", antwortete Erik kleinlaut.

Luise üerkam ein ungewohntes Gefühl der Überlegenheit.

„ Wissen Sie, ich werde mir das noch überlegen. Das liegt ja wohl in meiner Hand", entgegnete Luise selbstbewusst.

„ Oh ja! Das stimmt. Sie haben mich in der Hand, Luise, und das vom ersten Augenblick an!", sagte Erik und seine Augen verrieten ihr, dass er nicht allein den Vorfall zwischen ihnen beiden meinte.

„ Sie sind wirklich unmöglich!", lachte Luise.

„ Was möchten Sie denn bestellen?"

Jetzt lachte auch Erik.

„ Sie sind wunderbar und Ihr Lachen ist einfach traumhaft. Ich würde es gerne noch viel öfter sehen und hören. Und jetzt möchte ich gerne Ihren herrlichen Kuchen probieren, mit einer schönen Tasse Kaffee", grinste Erik.

35

Das Backfest mit den Kindern am nächsten Tag war wieder ein voller Erfolg. Luca und Jessy hatten eine Menge Spaß und fielen am Abend total müde ins Bett.

Mittlerweile fühlten sich die drei in der kleinen Wohnung pudelwohl und die Tage auf der Insel vergingen wie im Flug.
Luise ging es so gut wie lange nicht. Nichts war von ihrer Krankheit zu spüren, nichts erinnerte an die vielen Probleme, die sie sonst zu bewältigen hatte. Selbst ihre Eltern waren inzwischen aus dem Krankenhaus zu Hause, es ging ihnen bereits viel besser. Sie hatten versprochen, in den nächsten Wochen vorbei zu kommen, wenn sie wieder ganz gesund wären.

Es war ein ungewöhnlich ruhiger Samstagmorgen. Es war gerade sieben Uhr, die Kinder schliefen noch und selbst die Möwen waren scheinbar noch nicht wach.
Luise legte ihren beiden einen Zettel hin, dass sie am Strand war, und schlüpfte heimlich aus der Wohnung.
Obwohl sie fast jeden Tag diesen wunderbaren Strand genießen konnte, faszinierte sie der Anblick des Wassers, das noch so friedlich vor ihr lag, immer wieder aufs Neue.

Der kleine Bäcker an der Strandpromenade hatte schon geöffnet und Luise ging sich einen Kaffee holen. An einem ruhigen Plätzchen ließ sie sich nieder und beobachtete die Wellen. Stundenlang konnte sie das tun, ohne auch nur den kleinsten Gedanken an irgendetwas zu verschwenden. Nichts tun, nichts denken...herrlich.

Luise war so in die Schönheit ihrer Umgebung versunken, dass sie nicht bemerkte, dass sie Gesellschaft bekommen hatte.
Erst als sie sich zum Gehen umwandte, sah sie Georg hinter sich sitzen.

„ Ich wollte dich nicht erschrecken. Du sahst so friedlich aus", sagte er.
„ Das hast du nicht", antwortete Luise ganz ruhig.
„ Gehen wir ein Stück?", fragte Georg und sie nickte.
Lange gingen die beiden nebeneinander her, ohne etwas zu sagen.
Schließlich begann Georg, von seiner Therapie zu erzählen. Darüber, wie er gelernt hatte, mit seinen Gefühlsschwankungen umzugehen, darüber, wie er erkannt hatte, wie viele Fehler er in der Beziehung zu Luise gemacht hatte und sie dadurch dazu gebracht hatte, sich selbst zu verändern.
Es stimmte, es hatte in ihrer Ehe viele Situationen gegeben, in denen Luise wider ihre Natur plötzlich geschrien oder auch Dinge gesagt hatte,

die sie nie so meinte.

Diese Reaktionen hatten häufig richtige Angstzustände in ihr hervorgerufen, weil sie nicht wusste, wie sie damit umgehen sollte.

„ Auch wenn du es vielleicht nicht hören willst, aber ich möchte dir einfach erklären, warum ich mit Isa Kontakt hatte. Ich muss ehrlich sein und nicht wie sonst so oft dir immer wieder Dinge verschweigen, die ich vielleicht für unwichtig halte und sie dir deshalb nicht sage. Auch das habe ich inzwischen gelernt."

Luise schaute Georg an. Er hatte sich sehr verändert. Irgendwie sah sie in ihm nicht mehr den Mann, den sie in den letzten Jahren mehr oder weniger an ihrer Seite hatte, sondern den, den sie damals kennen gelernt hatte. Er kam wieder zum Vorschein, langsam, wie ein zweites Gesicht, das nur ab und an zu sehen war.

„ Ich war in den letzten Monaten ziemlich verzweifelt, als ich erkannt hatte, dass ich ein Problem habe. In Isa habe ich zunächst jemanden zum Reden gesucht, deine Freundin, die dich besser kennt als ich vielleicht, die mir helfen könnte, dich zu verstehen, besser mit dir und uns umzugehen.

Anfangs redeten wir nur ab und an am Telefon, aber wir trafen uns dann auch mal im Büro.

Sie ist eine schöne und kluge Frau. Mir sind wohl auch irgendwann die Sicherungen durchgebrannt und ich habe sie anzumachen versucht. In dem Moment fand ich das auch noch in Ordnung, aber als sie mich entschiedener, als ich es erwartete hatte, in die Schranken wies, wurde mir die groteske Situation erst klar! Ich hatte dich mit ihr betrügen wollen, mit deiner besten Freundin und ich weiß, dass ich es nicht wieder gutmachen kann. Es ist unentschuldbar! Aber wie gesagt, es kam nicht dazu, zum Glück! Es war eine Kurzschlussreaktion, über deren Folgen ich nicht im Geringsten nachgedacht habe", endete Georg.

Luise war inzwischen stehengeblieben.
Scheinbar waren ihre Befürchtungen, was andere Frauen in Georgs Leben anbelangte, doch nicht ganz unbegründet. Was sie dazu veranlasste nachzufragen, was vor einigen Jahren an dem Wochenende in dem Hotel tatsächlich passiert war. Warum auch immer, vielleicht war es ihr wichtig, es einfach ein für alle Mal zu klären.
„ Nichts, Schatz. Es ist nichts passiert. Diese jungen Hühner haben mir in der Sauna damals zwar mehr als eindeutig zu verstehen gegeben, was sie von mir wollten, aber ich bin natürlich nicht darauf eingegangen. Klar hat es mir geschmeichelt, wen würde es kalt lassen, von zwei Frauen angemacht zu werden. Aber ich hätte wohl auch nicht die ganze Zeit noch bei ihnen bleiben sollen, das wurde mir ziemlich schnell klar, als ich dich auf dem Zimmer, im Bad nicht mehr fand und stattdessen mit diesem Kerl am Tisch." Georg sah Luise in die Augen und zog sie nah an sich heran.

„ Es ist so viel falsch gelaufen, auch weil ich nicht immer ehrlich war, nicht mit dir geredet habe, dir nicht geholfen habe, wenn du Hilfe nötig hattest. Ich bin ein verkorkster Idiot, der lange nicht gemerkt hat, was für ein unglaubliches Glück er eigentlich hat. Ich hoffe nur, du verzeihst mir."

Georg beugte sich ein Stück vor, um Luise zu küssen.

Doch sie löste sich von ihm.

„ Nein, bitte nicht", sagte sie und ging weiter.

„ Aber Luise!", hörte sie ihren Mann hinter sich.

Inzwischen waren sie bei der „ Einkehr" angekommen.

„ Die Kinder sind mittlerweile bestimmt wach, möchtest du mit nach oben kommen?", fragte Luise, an Georg gewandt.

„ Gerne. Hier wohnt ihr also, wenn ihr hier seid?" Georg tat erstaunt.

„ Ja, wir wohnen hier und ich arbeite auch hier", antwortete Luise.

„ Ich habe von deiner Kündigung gehört", sagte Georg kleinlaut.

Als Luise in die Wohnung kam, waren ihre Kinder natürlich nicht mehr im Bett.

„ Ich habe eine Überraschung für euch", sagte Luise im Hineingehen.

Jessy war ganz aus dem Häuschen, ihren Vater zu sehen. Sie vermisste ihn sehr und auch Luca war die Freude über das Wiedersehen anzusehen.

Luise musste zugeben, dass sich Georg wirklich ein bisschen verändert hatte, auch was den Umgang mit den Kindern anbelangte.
Er blieb über das Wochenende bei ihnen und die vier kamen in der kleinen Wohnung erstaunlich gut zurecht.
Georg beschäftigte sich die ganze Zeit ausschließlich mit den Kindern. Er nahm sie mit zum Strand, trug Jessy meist, dass sie nicht durch den Sand humpeln musste, und ging sogar mit Luca zur Surfschule, bei der er schon ein paar Stunden absolviert hatte. Schade nur, dass Luca wegen seiner Verletzung momentan noch nicht weitermachen konnte.
Auch als Luise im Lokal beschäftigt war, kümmerte sich Georg anstandslos um Jessy und Luca.
Luise hatte das Gefühl, als ob Georg an diesem Wochenende die letzten Jahre mit den Kindern nachholen wollte. Man merkte ihm an, wie viel Spaß es ihm machte, mit ihnen zusammenzusein.

„ Unsere Kinder sind einfach toll!", sagte Georg am Abend, bevor er wieder fahren musste.
„ Und du auch, mein Schatz! Schade, dass ich so lange gebraucht habe, es wirklich zu erkennen. Ich bin so ein Idiot gewesen."
Offensichtlich erwartete er gar keine Antwort von

Luise, denn er ging gleich wieder hinüber zu seiner Tochter ins Wohnzimmer, um mit ihr zu lesen.

Am späten Nachmittag des nächsten Tages musste sich Georg wieder auf den Weg machen.

Da die Klinik, in der er untergebracht war, nur eine Stunde entfernt war, hatte er auch noch ein wenig Zeit. Er bat Luise, noch einmal mit ihm an den Strand zu gehen.

Er nahm sie an die Hand und sie liefen zusammen ans Meer. Die Sonne versank langsam am Horizont. Es war ein wunderschönes Bild, der Wind wehte sanft, die Möwen verstummten langsam und es war nur noch das Rauschen der Wellen zu hören, die das Meer behutsam zur Ruhe wiegten.

Georg stand hinter Luise, legte seinen Kopf auf ihre Schulter und hielt sie fest umschlungen.

„ Nie wieder möchte ich dich loslassen, nie wieder", flüsterte er ihr leise ins Ohr.

Luise schloss die Augen und verlor sich in ihren Gedanken an die Zeit, in der es mit Georg noch genau so war wie gerade in diesem Moment.

Sie hatte es sich immer so gewünscht, gehofft, dass es nie enden würde, dass die Liebe zwischen ihnen beiden magisch blieb, sie füreinander da waren, ohne je zu zweifeln…

Die Jahre hatten gezeigt, dass es ein Traum gewesen war. Einer der Träume, die nicht ohne weiteres und auch nicht allein durch Glauben und

Wünschen in Erfüllung gehen würden.

Die Beziehung von Luise und Georg war von Beginn an eine intensive, kraftraubende und schwierige Verbindung gewesen, die noch dazu nicht von beiden gleichermaßen unterstützt und am Leben erhalten wurde.

Luise, die voller Gefühl, harmoniebedürftig und mit Herz und Seele in der Liebe zu ihrem Mann verwoben war, hatte es nicht geschafft, Georg von ihrer und der bedingungslosen Liebe der Kinder zu überzeugen.

Dass Georg möglicherweise gar nicht anders konnte, als so zu reagieren, wie er es die letzten Jahre über getan hatte, weil er mit Luises inniger Art rein emotional nicht umgehen konnte, hatte die Ehe am Ende dahin gebracht, wo sie jetzt war.

„ Luise, wie soll es mit uns weitergehen?", fragte Georg schließlich leise in die beginnende Nacht hinein.

Langsam drehte sich Luise um und sah ihrem Mann in die Augen. Ihre Augen glitzerten und das Meer spiegelte sich in ihnen. Sie hob ihre Hand und fuhr Georg vorsichtig über das Gesicht.

Es war ihr so vertraut. Seine hellen Augen, in denen sie so oft versunken war, sein Mund, der so viel Lust in ihr geweckt hatte, seine Stärke, die er selbst nicht erkannt hatte…ihre große Liebe.

„ Ich kann dir nicht sagen, was die Zukunft für uns bereithält. Ich kann dir nur sagen, dass ich dich immer lieben werde. Doch ich habe meinen eigenen Weg gefunden. Ich bin hier glücklich, Georg, wirklich glücklich. Welchen Weg du gehen musst, kannst nur du allein herausfinden." Luise küsste ihn zärtlich und mit all ihrer tiefen Liebe und schmeckte dabei seine salzigen Tränen, die ihm langsam über die Wangen rannen…

Mein Herz schlägt schneller als deins,
sie schlagen nicht mehr wie eins,
wir leuchten heller allein,
vielleicht muss es so sein.

Ich fühl mich jung und du dich alt,
wir fallen um, uns fehlt der Halt.
Wir müssen uns bewegen,
ich bin dafür, du dagegen.
Wir gehen auf anderen Wegen.

Ich geb´ dich frei,
ich werde dich lieben,
du bist ein Teil von mir geblieben…

Quelle: Songtext/ Auszug/ songtexte.com
von Andeas Bourani

Un(d)endlich ich

284

Epilog

Luise lebte mittlerweile seit mehr als drei Monaten mit den Kindern bei Dora und Klaus auf der Insel.

Sie hatten ihre alte Heimatstadt verlassen und Luise damit auch ihr Leben dort. Und obwohl die letzten Monate nicht einfach gewesen waren, war sie sich doch sicher, das Richtige getan zu haben.

Luca und Jessy gingen jetzt hier zur Schule. Sie vermissten ihre Freunde zwar noch immer, aber da Luise noch oft in ihre Heimat zurückkehrte, um ihre Eltern zu besuchen, verloren auch die Kinder nicht den Kontakt zu ihnen. Besonders die Freunde von Luca waren ganz wild darauf, ihn in den Ferien zu besuchen.

Jessy hatte sich besser in der neuen Schule eingelebt, als es Luise für möglich gehalten hatte, und auch sie selbst war überglücklich, nicht nur durch ihre Arbeit im Lokal endlich etwas zu tun, was sie wirklich liebte. Ihr gingen auch die Ideen nicht aus, immer neue Dinge anzufangen.

Und so wurde die „ Einkehr" nicht nur zu einem der beliebtesten Ausflugslokale der Insel, sondern auch die Zeit hier für Luise zu einem entspannten, ruhigen und wunderbaren Lebensabschnitt, so wie sie es sich immer erträumt hatte.

Selbst finanziell war Luise indes ganz gut abgesichert. Es hatte tatsächlich geklappt, aus der fristlosen Kündigung durch Herrn Höller eine immense Abfindung zu erstreiten. Und nicht nur das! Durch das Gerichtsverfahren wurde der Firmenleitung endlich bekannt, mit welchen Methoden Herr Höller arbeitete. Dieser Mann hatte die Firma durch dieses Verfahren eine so große Menge an Geld gekostet, dass er endgültig entlassen wurde.

Georg lebte inzwischen allein in dem Haus ihrer einstigen Heimatstadt.
Er hatte seine Therapie erfolgreich abgeschlossen und Luise erkannte fast einen ganz neuen Mann in ihm. Es war schön zu sehen, wie gut es ihm ging. Und obwohl Georg nicht müde wurde, Luise fast täglich am Telefon und auch bei den vielen Besuchen auf der Insel seine Liebe zu beteuern, wusste sie noch immer nicht, wie es mit ihnen weitergehen würde.
Zumal da auch noch Erik war, der, seitdem sie hier lebten, sehr oft im Restaurant vorbeikam. Zwischen Luise und ihm hatte sich eine wirklich gute Freundschaft entwickelt, oder vielleicht auch ein wenig mehr, wer wusste das schon…

Luise wusste nur, dass sie um keinen Preis ihr neues Leben wieder aufgeben wollte, auch nicht, oder erst recht nicht, um der Liebe willen. Dafür hatte sie bereits bitter bezahlt.
Jetzt lebte sie und wurde nicht, wie bisher, von anderen gelebt.
Sie hatte den Mut, selbst zu entscheiden, was für

sie gut und richtig war, auch wenn das bedeutete, nicht mehr jeden Menschen an seinem Leben teilhaben zu lassen…

Luise war glücklich…endlich!

Un(d)endlich ich

Danke schön…

an alle, die immer für mich da sind und mich unterstützen, was auch immer mir gerade in den Sinn kommt, insbesondere dann, wenn ich wieder eine neue Romanidee unbedingt umsetzen möchte. Danke an meine Familie, meine Kinder, die mir die Zeit zum Schreiben zugestehen und besonders an meine liebe Freundin und Lektorin Heidi, ohne die meine Bücher einfach nicht annähernd gut genug wären, um sie Ihnen als Leser zu präsentieren.

Ein besonderes Dankeschön gilt auch meiner lieben Betti, die sich ebenfalls die Mühe gemacht hat, das Manuskript vorab zu lesen, und mich auf den einen oder anderen Fehler aufmerksam gemacht hat und mir mit guten Vorschlägen und Ideen zur Seite gestanden hat.

Es ist so schön, dass wir uns gefunden haben! Danke, KLEINE!

(PS: Sie mag das Wort KLEINE nicht besonders, weil sie eigentlich – mindestens - einen Kopf größer ist, als ich ;-)!)

Lieben Dank auch an meinen Onkel, der für die wunderbare Zeichnung auf meinem Cover verantwortlich ist!

Und natürlich ein großes Dankeschön an meinen Kollegen, dass er auch diesmal die Gestaltung des Buchcovers übernommen hat. Danke!

Und zu guter Letzt danke ich Ihnen, liebe Leser, ohne die es das Schreiben gar nicht wert wäre!

Herzlichst!

Diana Hübner

Un(d)endlich ich

Ebenfalls bei Book on Demand erschienen:
„ Traumleuchten" ISBN: 9783735740298 (2014)
„ Seelentrost" ISNB: 9783738607352 (2014)

Lektorat: H. Deschner, Brünn (Thür.)
          B. Ludwig, Waldau (Thür.)
Coverzeichnung: W. Heym, Schmeheim (Thür.)
Design und Gestaltung: H. Banz, Walldorf (Thür.)

Herstellung und Verlag:
BoD - Books on Demand, Norderstedt
ISBN 978-3-7347-8486-6